Сериал «Кукловод»

МАРИЯ БРИКЕР

reality detective

Кокон
Кастанеды

Москва Эксмо 2007

УДК 82-3
ББК 84(2Рос-Рус)6-4
Б 87

Оформление серии *С. Груздева*

Серия основана в 2006 г.

Брикер М.

Б 87   Кокон Кастанеды: Роман / Мария Брикер. — М.:
Эксмо, 2007. — 352 с. — (Reality детектив).

ISBN 978-5-699-23383-0

К кинорежиссеру Варламову обратился владелец сети французских
булочных-кондитерских Степан Барышев с необычной просьбой —
как-нибудь отвлечь его дочку Лизу. Девушка, в детстве потеряв мать, теперь изо всех сил мешает отцу наладить личную жизнь. Варламов, подумав, согласился разработать персональное реалити-шоу, по сценарию
которого Лиза тоже должна встретить вторую половинку... Преподаватель Берлинского университета искусств Николай Чуйков обрадовался
приглашению старого друга Варламова выступить на конгрессе в Москве.
С соседкой по купе ему «повезло» — ею оказалась монахиня! Которая на
середине пути... умерла, несколько раз повторив загадочную фразу на
латыни. А в соседнем купе тем временем застрелили известного телеведущего. И, похоже, убийца видел Николая!..

УДК 82-3
ББК 84(2Рос-Рус)6-4

В мире много разных путей, но все они ведут к одной цели. Есть сто способов, но результат всегда один.

Конфуций

Пролог

Смоленск, 1992 год

Горьковатый еловый дымок тянулся вверх, к круглому диску луны. Ночь была прохладной и безветренной. С неба падали звезды, отскакивали от горящих поленьев костра на потертые детские ботиночки и туфельки, прятались во влажной траве. Двенадцать пар детских глаз смотрели на него встревоженно и с надеждой.

— Дайте ваши ладошки, — попросил он.

Дети послушно протянули ему худенькие ручки. В каждую ладошку он положил по желтому камешку. В свете костра камешки светились, словно изнутри, и казались маленькими солнышками. Дети возбужденно загудели, разглядывая свои сокровища. Лишь одна девочка осталась серьезной, она была старше и рассудительнее всех.

— Как же мы поймем, что пришло время? — спросила она.

— Нам будет дан знак. Когда среди зимы вырастет зеленая трава, на деревьях набухнут почки, проснутся медведи и птицы вернутся с юга — я вернусь вместе с ними, и мы встретимся здесь снова, в этот самый день. А до тех пор вы должны жить и хранить эту тайну.

— А тетя Вася плакала и говорила, что мы все скоро умрем, — прошептала девочка.

— Она ведь не знает наш секрет, — улыбнулся он, крепко обнял каждого и поцеловал на прощание.

Он шел к станции с рюкзаком за спиной и повторял про себя: «Теперь они не умрут! Не умрут! Не умрут! Не умрут...»

ЧАСТЬ I

Глава 1

ПРИЗРАКИ ПРОШЛОГО

Москва, 200... год

Экзотика началась у двери в чайную, где их встретила сдержанная девушка азиатского типа в пурпурном шелковом платье, расшитом райскими птицами. Девушка приняла у них верхнюю одежду и проводила в зал. Говорила она без акцента, на чистом русском языке. Кореянка, изображающая китаянку для несведущих клиентов, предположил Варламов, осматриваясь. Небольшой зал тонул в бордовом сумраке настенных бра, на столах черного дерева тлели сандаловые палочки, из динамиков лились мелодии Сезарии Эворы — сплошная эклектика, но со вкусом.

Официантка провела их через зал и указала на огороженную декоративными стенками-ширмами прямоугольную лежанку типа японского татами с деревянными бордюрами по краям. В центре лежака, усыпанного бесчисленными шелковыми подушечками, был установлен низкий столик для чайных церемоний, над столиком висела лампа, рассеивающая мягкий свет.

Варламов напрягся: он не понимал, почему Степан Барышев назначил ему встречу именно в этом месте. Атмосфера заведения больше располагала к интиму, а не к разговорам о делах. И главное, режиссер слабо себе представлял, о чем таком конфиденциальном собирается поговорить с ним успешный предприниматель, владелец сети французских булочных-кондитерских. Близкими друзьями они не были: пересекались иногда на светских раутах. Знакомство случилось пару лет тому назад, когда для съемок нескольких эпизодов варламовского фильма Барышев предоставил в полное распоряжение режиссера одну из своих кондитерских и не взял за это ни копейки. Старался исключительно ради любви к искусству, в котором категорически ничего не смыслил. Во время просмотра киноленты Степа не уснул лишь потому, что его подбадривали изредка мелькавшие в кадре родные интерьеры и дочь Лиза, толкавшая Барышева локтем в бок. С премьеры Степан вышел слегка растерянным, с опаской поглядывая на восторженных киногурманов. На банкете он сдержанно выпил водки, похлопал Варламова по плечу и удалился. В общем, не был Барышев поклонником творчества культового режиссера, значит, не просто чайку пригласил попить Варламова: пришло, видно, время платить по счетам.

Иван Аркадьевич глубоко вдохнул тяжелый запах тлеющих сандаловых палочек, снял ботинки и залез на татами. Степан на мгновение замешкался, глядя на мягкое ложе. Вероятно, бронируя «диван», он никак не предполагал, что придется обнажать конечности, и слегка растерялся.

— Лизку задушу! — прорычал он. — Это она, па-разитка, мне столик здесь заказала. Сказала, что местечко богемное и можно на любые темы общать-ся — никто не помешает. Нет, ну надо же! Надо же — удружила! И как я теперь?.. А, ладно! — Бары-шев обреченно махнул рукой, скинул обувь и, как тюлень, заелозил по татами, устраивая свое бога-тырское тело на подушках. Иван Аркадьевич хихик-нул, поняв заминку Степана, — один носок у пред-принимателя оказался дырявым. — Прохудился, — пожал плечами Степан и застенчиво пошевелил во-лосатым пальцем, торчавшим из носка.

— Бывает, — усмехнулся Варламов.

— Ага, бывает. От моей дочурки все, что угодно, можно ожидать — это она подстроила. Когда я ее о тихом богемном местечке спросил, она, видно, по-думала, что я с бабой на рандеву иду. Носок — это еще ничего. В прошлый раз она мне трусы с Микки-Маусами подсунула. Я на деловую встречу опазды-вал, а после сразу на свиданку собирался. Душ, ко-роче, принял, метнулся в спальню — лезу в ящик за трусами, а там Микки-Маусы, Санта-Клаусы и про-чие придурки! — Барышев поморщился. — Чай бу-дем пить или что покрепче? — спросил он, но, не дождавшись ответа, забасил: — Иван Аркадьевич! Умоляю! Челом об землю бью! Помогите! Любые деньги заплачу! — Степан стукнулся головой о сто-лешницу для убедительности и поднял полные мольбы глаза на режиссера.

Варламов крякнул, невзначай огляделся и высморкался в бумажную салфетку.

— А в чем, собственно, проблема? — после паузы полюбопытствовал режиссер.

— Проблема... Проблема вот в чем... Сейчас я вам все расскажу...

* * *

Лизавета с детства любила пошалить, она обожала пафос и театральные жесты. Закатить глаза, схватиться за сердце и внезапно грохнуться «без чувств» на пол... где-нибудь в общественном месте, сопроводив обморок душераздирающим воплем: «Я завалила сессию», — было как раз в ее духе. К счастью, сессии Лиза заваливала редко. Изобретательный ум и актерский талант вкупе с врожденным обаянием помогали: ближе к концу семестра барышевская дочка внезапно беременела и на экзамены с зачетами являлась с большим животом, заплаканными глазами и нездоровой бледностью на лице. Тяжело дыша, Лизавета присаживалась напротив экзаменатора, называла номер билета, невнятно лепетала ответ, хваталась за живот и начинала учащенно дышать. Преподаватели, как правило, пугались, спешно просили зачетку, ставили «хорошо» и отпускали студентку с миром. Попадались, правда, нахалы, которые пытались сопротивляться психологическому штурму, но их хватало ненадолго, потому что от подобной бессердечности у Лизаветы случался приступ токсикоза, натурально так случался, прямо на пол аудитории. После удачной сдачи экзаменов беременность тут же самопроизвольно рассасывалась, а цвет лица возвращался к прежней весенней палитре. Так Елизавета Степановна Барышева ухитрилась благополучно дотянуть до четвертого курса, забеременев за три года учебы пять с половиной раз. С поличным Лизавету прихватили в конце шестого семестра. Не повезло: в туалет, где Барышева пыталась избавиться от очередной «беременности», заглянула преподавательница, которая пять минут назад черкнула в зачетку Лизаветы волшебное слово «зачет». Ушлую студентку попросили из института, но шумиху поднимать не стали: во-первых, правда могла спровоцировать нежелательный скандал, что, несомненно, подорвало бы репутацию престижного вуза. Во-вторых, Барышев тут же вмешался в конфликт и все уладил. Лиза, получив от отца строгое внушение, пару подзатыльников и наказание в виде лишения карманных денег сроком на месяц, легко перевелась в другой институт, не менее престижный, где благополучно получила диплом юриста. Однако на этот раз учиться пришлось всерьез. Что делать с дипломом, Лиза не знала: плодотворно трудиться на благо Родины в ее планы не входило, поэтому, сунув документ в гламурную рамочку из розового кварца, она повесила его на стенку в своей комнате, чтобы любоваться на него, лежа в джакузи. Барышев, правда, возражал, сказав, что не дело вешать диплом на стену в комнате, где дочь регулярно принимает водные процедуры, так как повышенная влажность может повредить документ о высшем образовании. Но Лизавета настояла на своем, и диплом остался висеть на прежнем месте. Он неплохо смотрелся рядом с подлинником Айвазовского, который папа подарил дочке на окончание института.

Барышев гордился успехами Лизы. Защиту отмечали шумно и с размахом на теплоходе, курсирующем по водам Москвы-реки, с цыганами и модными попсовыми группами и запивали Лизину победу над знаниями шампанским «Дом Периньон». Радость отца можно было понять. Степан Барышев, выпускник кулинарного техникума, всю жизнь мечтал продолжить обучение и получить корочку о высшем образовании, но судьба распорядилась иначе. Завалив вступительные экзамены в институт, Степан отправился исполнять священный гражданский долг в доблестные части стройбата в Среднюю Азию. Через полгода учебки Степу распределили на хлебокомбинат, который снабжал хлебобулочными изделиями местные военные части и зоны, где он продолжил защищать Отчизну, сражаясь с тяжелыми мешками муки.

Застенчивая луноликая Лютфи работала в пекарном цехе: кроткий взгляд гречично-медовых глаз, пудра муки на загорелой, раскрасневшейся от жара тандыра щеке, россыпь тугих смоляных косичек — ее экзотическая красота распалила сердце Степана, словно доменная печь. Из армии Степа демобилизовался с переломами руки и трех ребер, сотрясением мозга, узбекским ковром, чайным сервизом и юной беременной женой. Мечты о продолжении обучения пришлось отложить до лучших времен, семью надлежало кормить, и Степа устроился работать на московский хлебозавод, поднаторев за время службы в этом деле.

Быть главой семьи Степану нравилось, но доменная печь в его сердце с каждым днем супружества полыхала все тише. Схлынула с глаз пелена влюбленности, растаяла тайна, и жена начала раздражать. С ней не о чем было поговорить, с ней нельзя было поспорить, с ней невозможно было поругаться. Лютфи напоминала ему послушную собаку, которая приносит тапочки и вьется вокруг ног, преданно заглядывая в глаза, а Степа любил кошек, свободных и независимых, и тихо бесился. Но более всего Барышева угнетало другое: жена смертельно ревновала его к собственному ребенку и тайно поколачивала девочку. Единственная попытка заступиться за дочку закончилась очередным синяком на нежной детской ручке. Лютфи клялась, что она не виновата, но Степа видел нехороший блеск в ее глазах. Барышев испугался и отдалился от дочери, чтобы не провоцировать жену. Как жить дальше, Степан не представлял: Лютфи он презирал, но выкинуть из дома мать своего ребенка не позволяли ему совесть и страх потерять дочь. Семейная жизнь превратилась в тягучий кисель, замешаный на чувстве вины и безысходности.

Проблема вдруг решилась сама: Лютфи внезапно исчезла. Степа Барышев навел справки через знакомых, выяснил, что жена сбежала с рыночным торговцем фруктами, на этом успокоился и не стал пытаться вернуть беглянку. С уходом жены наступило освобождение от тяжкой обузы, жизнь вошла в спокойное русло, и главное — теперь никто ему не мешал обожать свою дочь. Лишь первый год было сложно воспитывать ребенка одному. Барышев разрывался между домом и работой, детским садом и домашним хозяйством. Помочь было особенно некому, мать Степы впала на старости лет в маразм и в состоянии ремиссии пребывала редко. Отец давно умер. Родная сестра жила в Питере, и своих проблем у нее было море. О другой женщине Степан даже думать не мог.

Грянула перестройка, развалился Союз, обанкротился хлебозавод, умерла мать Степана. Все вокруг рушилось, но Барышев вдруг решил сыграть ва-банк: обменял трехкомнатную квартиру на однокомнатную, вырученные от обмена деньги вложил в дело и открыл частную пекарню. Барышеву везло: несмотря на инфляцию, собственный бизнес вскоре начал приносить первые скромные дивиденды. Степа, почуяв удачу, вошел в раж и рискнул еще раз: взял кредит в банке и к очередной Пасхе вместо сухого кекса «Весеннего», которым давились россияне каждый год в Христово Воскресенье, завалил Москву изумительными сдобными куличами с изюмом, цукатами и разноцветной глазурью. Успех был ошеломляющим, прибыль покрыла все расходы. Барышев расплатился с долгами и вложил деньги в покупку второй пекарни. С тех пор прошло более пятнадцати лет, бизнес расширился, окреп и набрал такие обороты, что Степу стали называть олигархом. Преувеличивали, конечно — он был всего лишь успешным предпринимателем средней руки, но Барышеву звание «олигарх» льстило, и он изо всех сил старался ему соответствовать. Отгрохал домину на Рублевке, с колоннами, фонтаном и декоративным прудом, запустил туда златоперых рыб, прикупил себе «Хаммер-2», ботинки от Версаче и костюм от Босса.

Лиза росла живой и веселой. Внешне дочка совершенно не походила на мать, что тоже радовало Степана: русоволосая и голубоглазая — в него, статная, крепкая, лишь широкие скулы и легкая эротичная раскосость глаз выдавали в ней азиатскую кровь и напоминали Степе о прошлом. Лиза правды о своей матери не знала. Для девочки Барышев сочинил легенду о том, что ее мать была летчицей, первой женщиной-испытательницей, и погибла, исполняя на сверхзвуковом самолете мертвую петлю. Лиза матерью гордилась и в эту сказку искренне верила, пока была маленькой. А когда подросла, верить перестала и начала изводить отца вопросами. Степан вопросов пугался, старался перевести разговор на другую тему, тащил дочку в магазин за подарками, на аттракционы, в кино или в цирк. Лиза быстро смекнула, что к чему, и начала умело манипулировать отцом для достижения своих целей. В семнадцать лет девушке надоели эти игры, и она, грозя побегом в невиданные дали, потребовала объяснений. Степа выпил водки и все честно рассказал. Он надеялся, что дочь поймет его, но все вышло иначе. Лиза устроила истерику и потребовала немедленно найти мать. Степан отреагировал на просьбу дочери без энтузиазма, но приложил к поискам максимум усилий: нанял лучших детективов и поднапряг знакомых оперов, посулив за любую информацию о жене хорошее вознаграждение. Поиски вскоре дали результат, но полученные сведения оптимизма не внушали. Выяснилось, что Лютфи умерла от передоза в каком-то сомнительном притоне спустя полтора года после побега из семьи. Степан не смог открыть дочери правду — язык не повернулся, соврал, что розыски не увенчались успехом. Он боялся травмировать дочь и опасался, что Лиза по горячности обвинит его в смерти матери и возненавидит. Лиза на этом не успокоилась, надежду найти мать не потеряла и продолжала давить на отца. Барышев мучился под прессингом, но терпел, чувствовал свою вину: ведь если бы он попытался в свое время разыскать глупышку Лютфи, которой на тот момент исполнилось всего восемнадцать с половиной лет, то, возможно, она осталась бы жива, и у Лизаветы была бы мать. Чувство вины так глубоко пустило метастазы в его сердце, что Степан прощал дочери все, но чем старше становилась Лиза, тем активнее она лезла в его личную жизнь. Девочка бдительно следила за всеми интимными контактами Степана и делала все возможное, чтобы расстроить его очередной роман — для дочери это стало идеей фикс. Барышев понимал, отчего Лиза так себя ведет: она ждет и надеется на возвращение матери и считает любовниц отца ее соперницами. Степан шел дочери навстречу, старался своих женщин тщательно скрывать и рвал по ее требованию контакты. Но нерегулярная половая жизнь, постоянное напряжение и стресс вскоре начали сказываться на его мужском здоровье. Барышев испугался и решил как-то исправить ситуацию: на день рождения подарил дочери квартиру. Лиза подарок восприняла без восторга, наотрез отказалась переезжать, объяснив, что за городом ей дышится легче. Из вредности, конечно же. Барышев предпринял следующую попытку — попытался отправить дочь на обучение за границу. Лиза в ответ устроила очередную истерику. Степан вновь смирился, терпеливо ожидая, когда Лизавета закончит российский вуз, найдет себе работу и оставит его в покое. Но этого не произошло! Лиза на работу не стремилась и единственным ее развлечением, помимо сования носа в личную жизнь отца, были идиотские ролевые игры на спор с друзьями. Теперь Барышев жалел, что в свое время отговорил дочь поступать в театральный, о котором грезила девушка, внушив Лизе, что диплом юриста в жизни ей пригодится больше. Дочь приняла его аргументы и спорить не стала, но после получения диплома извела Степана упреками, что он сломал ее молодую жизнь, не позволив заниматься тем, чем ей хотелось. Барышев и сам это понимал: Лиза всю свою творческую энергию тратила на него, придумывая все новые и новые хитрые уловки, чтобы испортить ему жизнь.

Терпение Барышева лопнуло окончательно после постыдной осечки в постели с очередной мимолетной подружкой. В самый разгар любовной прелюдии в гостиничном номере, где происходило свидание, раздался ехидный смешок дочери. Степан ошалело вскочил, судорожно наматывая на бедра простыню, но никого, кроме любовницы, в номере не оказалось. Барышев решил, что он свихнулся, тяжело опустился на кровать и вдруг снова услышал ехидный смешок — звук шел из его портфеля. Оказалось, что паршивка засунула туда какое-то хитрое электронное устройство с записью своего смеха, которое включилось в самый неподходящий момент.

Домой Степан вернулся в состоянии озверения и ворвался в комнату дочери с решительным намерением ее придушить. Лизы, к счастью, дома не было, поэтому весь свой гнев Барышев обрушил на шкаф, звезданув по нему несколько раз ногой. Дверцы открылись, на пол с верхней полки свалилась картонная коробка, по полу рассыпались Лизины фотографии и... — Барышев обомлел — отксерокопированные листы отчетов детективов о смерти Лютфи! Лиза знала всю правду о матери и судя по пожелтевшему цвету бумаги — давно. Шок был таким сильным, что от потрясения Степан едва устоял на ногах. Оказалось, он ошибался в мотивах поведения дочери! Не из-за матери она пыталась расстроить его личную жизнь, а из-за себя любимой. Лизавета, не похожая на мать внешне, унаследовала характер жены, точнее самую отвратительную ее черту — патологическую ревность, и дико ревновала Степу ко всем, кому он уделял внимание, не желая ни с кем его делить. Все ее требования найти мать, упреки, придирки были рычагом манипуляции, на который она умело давила.

На автопилоте Степан привел комнату в порядок, спустился в гараж, сел в машину и рванул к сестре в Питер — ему необходимо было остыть. Решение, как поступить, он принял уже на подъезде к городу на Неве: порвать со всеми любовницами и посвятить Лизе всю свою оставшуюся жизнь. Если бы он знал, какие коррективы в его планы внесет поездка в Питер, то никогда бы не сел в тот вечер за руль. Барышев неожиданно познакомился с одной женщиной и без памяти влюбился. Влюбился так, что перестал представлять без нее свою жизнь. Только с ней он видел будущее и не мог позволить себе потерять ее из-за глупых выходок дочери. Все изменилось.

В Москву Степа вернулся спокойным, с четким пониманием того, что делать дальше.

* * *

Барышев замолчал, устало откинулся на подушки и закрыл глаза. Лицо его было бледным и спокойным. В какой-то момент Ивану Аркадьевичу даже показалось, что Степан уснул.

— Вы хотите, чтобы я занял Лизу в своей картине? Правильно я понимаю? — сухо спросил режиссер, когда пауза затянулась настолько, что молчать стало просто неприлично. — При всем к вам уважении, Степан, я этого делать не буду. Я работаю только с профессиональными актрисами. — Варламов терпеть не мог подобных просьб, поэтому решил не тянуть с отказом.

Барышев открыл глаза, посмотрел на Ивана Аркадьевича и улыбнулся — как-то нехорошо улыбнулся, и у режиссера стало неспокойно на душе. Во взгляде Степана не было обиды, в нем угадывалась холодная уверенность, что Иван Аркадьевич отсюда никуда не уйдет, пока они не договорятся.

— Да, для Лизы вы — кумир. Она вас боготворит и все ваши фильмы смотрит. Это она меня уговорила два года тому назад помещение вам дать под съемки. Мне это на хрен, если честно, не нужно было. И деньги я на этом потерял. А когда увидел, что за мозгодурство вы сняли... — Взгляд предпринимателя очерствел. — Ошибаетесь, Иван Аркадьевич, просить снять Лизу в ваших картинах я не собирался, хотя моя девочка только об этом и мечтает. О другой услуге речь: я знаю, что вы не просто режиссер, но еще и талантливый сценарист. Напишите сценарий, который избавит меня от дочери.

— Вы меня ни с кем не перепутали? — спросил режиссер, холодно блеснув глазами. — Наймите киллера, дешевле выйдет.

— Не разочаровывайте меня, Иван Аркадьевич.

Зачем все так буквально понимать? Лизу я очень люблю, и киллер мне не нужен. Мне вы нужны, а я нужен вам. Я прекрасно знаю, в какие игры вы любите играть. Реалити-шоу с участием Лерочки Берушиной и Алевтины Сорокиной я смотрел не отрываясь. Вы там чудесно сыграли роль свадебного агента.[1]

— Наш разговор окончен, господин Барышев. — Варламов поднялся, в бешенстве сжав кулаки. Степан его разозлил, напомнив о прошлом. Напрасно он это сделал.

— Что же, окончен так окончен. Мое дело предложить. Всего хорошего, Иван Аркадьевич. Передавайте привет Алечке. Кстати, ваша приемная дочь до сих пор не в курсе тех событий? Думаю, ей полезно будет узнать, как вы ее использовали в своих играх.

Варламов некоторое время напряженно смотрел на Барышева, затем неожиданно расхохотался и сел. Подозвал официантку, заказал себе коньяк. Два года тому назад он шантажом втянул в грязную игру известного олигарха и его дочь, чтобы отомстить за смерть любимой женщины. Теперь бизнесмен Степан Барышев пытается проделать подобное с ним, только мотив у него иной. Забавно! Иван Аркадьевич насмешливо посмотрел на Барышева.

— Ваша жена никуда не сбегала с рыночным

---

[1] Читайте об этой истории в романе Марии Брикер «Мятный шоколад».

торговцем, так ведь, Степан? Это вы приложили руку к ее исчезновению, — сказал режиссер. Степан в лице не изменился, лишь беспокойные жесты выдавали его волнение. Варламов продолжил: — Поэтому вы искать жену не стали, знали, что это бесполезно. И вопросов дочери о ее матери пугались. Избаловали девочку до крайности, пытаясь загладить вину перед ней и свою совесть успокоить. Совесть вас мучает по сей день, и чем старше вы становитесь, тем сильнее она терзает вас. Тяжело с таким грузом жить, да, голубчик? По молодости лет кажется, что время сотрет воспоминания о грехах. Ан нет, подлая совесть лишь на время затихает, а ближе к старости снова начинает вопить. Особенно по ночам. Покойная малышка Лютфи к вам во сне приходит, укоряет. Просыпаетесь вы в холодном поту каждый раз, и страшно вам одному пробуждаться. А тут еще дочь постоянно о грехах напоминает, не дает забыть, и в личную жизнь лезет. И никак вы не можете это прекратить! Единственный выход — от дочери избавиться. Убрать ее с глаз — как раздражающий фактор. Да, Степан?

— Дьявол! Вы дьявол, Варламов! Верно мне про вас рассказывали! Все верно! — прошептал Барышев, отодвигаясь от режиссера подальше. — Вы ничего, слышите, ничего не сможете доказать! Я не убивал Лютфи. Я... просто договорился, чтобы ее увезли. Увезли подальше от Москвы. Вот и все! Я не знал, что все так выйдет. Не знал! Всю жизнь теперь за это плачу, кровью!

— Успокойтесь, я вам не исповедник и грехи отпускать не собираюсь, — сухо сказа Иван Аркадьевич. — Смерть вашей жены пусть на вашей совести останется. Все перед Богом ответ будем держать.

— Как вы узнали? — спросил Барышев, продолжая смотреть на режиссера с ужасом.

— Вы сами обо всем мне рассказали. Чистая психология, и никакой мистики. С самого начала я уловил в вашей истории логическую неувязку. Дело в том, господин Барышев, что собаки не сбегают от своих хозяев. Впредь не советую морочить мне мозги! Тем более выставлять условия. Не люблю я этого. А теперь вернемся к нашему делу. Вы хотите, чтобы я переписал вашу с Лизой жизнь? Ну что же, давайте поиграем...

Глава 2

БАБОЧКА

— На бабочку похожа, — прошептал оперативник Вениамин Трофимов.

— Снимите ее кто-нибудь оттуда! Снимите ее немедленно! Господи, ужас-то какой! Вот ужас. — Следователь Елена Петровна Зотова приложила ладонь ко лбу и закрыла глаза. Постояла минутку, пытаясь справиться с охватившим ее волнением.

Зрелище, которое предстало перед глазами, когда опергруппа спустились в погреб старого деревенского дома в Подмосковье, не могло никого оставить равнодушным: распятая на кресте юная девушка, длинные темные волосы, яркий, похожий на тунику шелковый халатик, обруч из колючей проволоки на голове, лицо в кровоподтеках, металлические штыри вбиты в руки и в ноги, локти зафиксированы черными эластичными чулками. Скорее всего, убийца снял их с несчастной. На полу, словно пятна крови, валялись остроносые красные туфельки на шпильке. Тело пока не тронуло трупное разложение, и в первое мгновение Зотовой показалось, что девушка жива, оттого и сердце сразу заныло, и зазнобило от ужаса. Даже двое забулдыг-строителей, приглашенных в качестве понятых, кажется, протрезвели. Они молча жались к бетонной стене и с вытянутыми синими физиономиями таращились на распятие. Мурашек добавили и мрачное освещение погреба, и животные вопли хозяйки дома. Именно она обнаружила труп и позвонила в милицию. Сотрудники внутренних дел, прибыв на место, оценили обстановку и сразу связались со столичной прокуратурой, сообщив, что они столкнулись с преступлением на религиозной или национальной почве. Молодцы, ушлые ребятки, подсуетились, чтобы дело по подследственности передать. С хозяйкой тоже подсобили: пожилая женщина, когда приехали сотрудники правопорядка, пребывала в состоянии прострации, они дали ей нюхнуть нашатыря и влили в несчастную лошадиную дозу успокоительного. Лекарство подействовало на женщину странным образом: расслабило вместо нервной системы голосовые связки. Лучше бы уж хозяйка по-прежнему в трансе находилась, а не голосит на весь дом, раздраженно подумала Зотова. Хорошо, что удалось от нее добиться членораздельных свидетельских показаний. Прежде чем впасть в истерическое состояние, свидетельница поведала, что три недели тому назад этот дом она сдала в аренду по объявлению, которое разместила в газете «Из рук в руки». На объявление долго никто не откликался, она уже и надежду потеряла, но вдруг позвонила дама, проявившая живой интерес. Женщина назвалась Аленой. Договорились о встрече на месте, в деревне. Клиентка подъехала на такси. Выглядела она солидно, как актриса, одета была дорого: деловой костюм, плащ, сапожки на каблуках, шляпка, солнечные очки. Хозяйка даже немного растерялась, в толк не могла взять, зачем этой богатой дамочке понадобилась ее развалина без отопления и горячей воды, да еще с видом на кладбище. Клиентка уловила ее неуверенность и прозрачно намекнула, что дом она хочет снять для амурных свиданий с весьма известным человеком. Сама она тоже человек публичный, поэтому желает арендовать домик подальше от посторонних глаз и не хочет афишировать свое имя. Намек свой Алена подкрепила обещанием заплатить за три месяца вперед. Хозяйка сразу согласилась, ключи отдала со спокойной душой, но через три недели вдруг заволновалась и решила заехать, проверить, все ли в порядке. К тому же, у нее намечался юбилей, а в погребе остались фирменные домашние заготовки, не покупать же к празднику заводскую кислятину! Чтобы ненароком не смутить своим визитом любовников, женщина приехала ближе к полудню, когда таинственные постояльцы, по ее разумению, должны были находиться на работе. На всякий случай постучалась. Никто не отозвался, она открыла дверь своим ключом, вошла. В доме было чисто, все вещи стояли на местах, она успокоилась, даже стыдно как-то стало, возникло ощущение, словно она в чужую жизнь заглянула без спросу. Дом-то вроде и ее был, но в данный момент он принадлежал другому человеку. Однако от идеи прихватить с собой пару банок закуски женщина не отказалась и спустилась в погреб.

Сверху, с улицы, снова послышался утробный вой, и сердце подпрыгнуло к горлу.

— Работайте! — раздраженно скомандовала Елена Петровна.

— Успокойся, солнышко. Сейчас все сделаем. Сначала сфотографировать тело нужно в этом положении, — улыбнулся ей судмедэксперт Сергей Павлович Веснин, и Елена Петровна разозлилась еще больше. Нашел кого учить! Как будто она не знает, что делать и когда! Веснина сослуживцы величали исключительно Палычем, а Зотова про себя называла коллегу Антонимом — слишком много противоречий уживалось в его характере. Веснин походил на добродушного Карлсона — грузный толстяк, но при внешней неповоротливости и неуклюжести эксперт был легок на подъем, словно у него имелись секретная кнопочка и пропеллер. Одевался Веснин дико небрежно, но в работе был стерилен и педантичен, как хирург. Противоречивым было и отношение Зотовой к эксперту: Елена Петровна нежно его любила, но терпеть не могла, когда он начинал разговаривать с ней, как с дитем малым. Впрочем, сейчас она сама была виновата. Дала волю эмоциям, нечасто она себе подобное позволяла. Не то чтобы она бревном была бессердечным, сочувствие к жертвам Зотова проявляла всегда, но при этом хладнокровия не теряла и спокойно выполняла свою работу. А тут вдруг... сорвалась.

— Я спокойна, — буркнула Елена Петровна. — Вова, отомри и начинай фотосъемку, — обратилась она к криминалисту Владимиру Рыжову, который, так же, как и оперативник Вениамин Трофимов, стоял, как изваяние, и таращился на крест.

К Трофимову, симпатичному и обаятельному молодому человеку, Зотова благоговела, ценила его за сообразительность и эрудицию. Венечка отвечал Елене Петровне взаимностью. Впрочем, следователя прокуратуры Елену Петровну Зотову любили все сотрудники уголовного розыска: сыскари чувствовали в ней родственную душу, потому что она сама пропахала опером на Петровке пятнадцать лет и ушла с оперативки только потому, что стали болеть ноги, начались проблемы со спиной и бегать по свидетелям сил уже не осталось.

Рыжову Елена Петровна тоже симпатизировала. Володя был отличным экспертом, с его помощью удалось раскрыть несколько сложных дел, но, несмотря на это, Зотова никак не могла научиться воспринимать молодого криминалиста всерьез. Владимир любил подурачиться, частенько отпускал циничные шутки, коверкал свою речь сленгом и постоянно отвлекался. Иной раз ей хотелось схватить эксперта за ухо и оттаскать, как маленького.

— Лен, иди прогуляйся минут пять, не мешай работать, — снова подал голос Палыч.

— Протокол и план тоже без меня составите? — язвительно уточнила Елена Петровна.

— Подождет твой протокол. Иди, радость моя, хозяйку уйми, воет, как бензопила.

— Да, Леночка Петровна, успокойте ее, пожалуйста, — заныл Рыжов, расчехлив наконец фотоаппарат. — Реально, блин, достала уже, сил никаких нет. А мы все сейчас сделаем. Не волнуйтесь.

— Я не волнуюсь! — гаркнула Зотова и подумала, что совсем уже коллеги обалдели, отсылают ее, следователя, чтобы она им работать не мешала. Кто здесь главный, спрашивается. — Ладно, сейчас вернусь, — хмуро согласилась Елена Петровна и вылезла из погреба, кряхтя и тихо ругая нехорошими словами крутую лестницу, ведущую наверх. А заодно и бестолковых мужиков, которым в голову не пришло, что тяжело с ее весом и больными ногами изображать из себя горную козу. Хорошо, хоть брюки сегодня напялила, а не юбку. Прямо как знала. Два года в шкафу висели, мягкие, уютные, тепленькие. Невестка подарила. Елена Петровна долго не рисковала их надеть, боялась напугать коллег альпийскими округлостями своего тела, но вышло наоборот — все без исключения ей сделали комплименты. Приятно, елки-палки! Настроение поэтому было чудесным, до тех пор пока они не приехали на место происшествия...

— Расстроилась, — проводил ее взглядом Трофимов.

— Еще бы не расстроиться, похоже, начался очередной сериал, где в главной роли — маньяк. На этот раз сдвинутый на религии. Небось, мессией себя мнит и мир от грешников очищает! Фильмов голливудских насмотрелся, придурок. Помните картину, где маньяк убивал за смертные грехи? Как ее? Название запамятовал. — Палыч замер с сосредоточенным лицом.

— «Семь» она называлась, — подсказал Трофимов. — С Брэдом Питтом в главной роли.

— Точно! — обрадовался судмедэксперт. — Ты, кстати, на него похож малость. На Брэда Питта, я имею в виду.

— Спасибо, а ты на Дэнни Де Вито, — вернул комплимент оперативник. Палыч хмыкнул: сравнение его возмутило, потому что Веснин, любуясь своим отражением, всегда улавливал свое сходство с Джеком Николсоном, а не с толстым голливудским коротышкой.

— Сколько же психов на свете? — сменил он тему. — Как их земля только носит, тварей?

— Да, тут однозначно клиника, — согласился

Трофимов. — Думаете, он ее за грехи какие-то распял?

— Думать — это твоя задача, а моя — причину и время смерти установить. Володь, если ты отснял все, давай-ка действительно попробуем крест на пол положить. Намучилась девочка, бедная. Подсобите, мужики! Душа прямо не на месте, пока она в таком положении. Да, реакцию Лены можно понять.

Мужчины осторожно положили крест на пол, Палыч присел рядом с телом.

— Холодно здесь, определить время смерти сложно будет, предположительно двое суток назад она умерла. То бишь в ночь с четверга на пятницу, может под утро. Судя по характеру ран, он живой ее пригвоздил, скот поганый!

— Почему ее криков никто не слышал? Акустика в этом погребе, как в оперном театре, — усомнился Рыжов. — Глянь, Палыч. На губах помада, если бы ей рот заклеивали, то помада бы размазалась или стерлась. Следов от клейкой ленты или пластыря вокруг рта тоже нет.

— А кому слышать крики-то ее? — подал голос один из понятых, темноволосый худощавый мужчина средних лет, с лицом спившегося инженера. Вполне вменяемым лицом, с проблеском интеллекта. Второй понятой был молод, высок, нескладен, сутул и на мир смотрел пустыми голубыми глазами. — Сезон еще не начался, — объяснил темноволосый строитель. — Весной народ только по выходным сюда наведывается. В будни — редко кто. Из деревенских здесь никто не живет. Тараканиха только, бабка древняя, глухая как пробка. Козы у нее, молоко, яйца. Продает недорого, свежее все, так и питаемся. До магазина хрен дойдешь, он в пяти километрах отсюда. Сторож еще зимовал, славный дедок, да угорел спьяну в начале весны. Летом дачники приезжают, но тоже неактивно. Местечко это не особо приветливое. Вроде от Москвы недалеко, заповедник Приокский рядом, лес богатый, Ока поблизости, но дорога от шоссе такая дрянная, что проехать можно, только когда сухо. А как дождь пойдет, все — трендец, лишь на джипе или тракторе. А пешкодралом от станции далеко. Кладбище еще это... Пейзаж, прямо скажем, не располагающий к романтизму. Днем-то ничего, но как ночь наступает, так без поллитры не выживешь. Хорошо здесь исключительно любителям уединения, таким, как наш работодатель.

— А кто ваш работодатель? — спросил Трофимов.

— Писатель один, шибзданутый на всю голову. Мы дом для него перестраиваем. Хочет здесь постоянно жить и опусы строчить. Книжку нам подарил свою, так мы с Петром чуть умом не повредились, когда читали. С похмела как-то решили просветиться... Поскорей бы объект сдать да свалить отсюда от греха подальше, иначе сопьемся на хрен.

— О чем книга-то? — развеселился Владимир.

— Книга-то, — почесал затылок понятой. — Научная книга, про посвященных. А дядька этот —

ученый. Так вот, он пишет, что существует старинная рукопись, спрятанная в неизвестном месте, и в ней содержатся древние знания о создании мира. Истинные знания. А посвященные являются носителями ключей-шифров. Если собрать эти ключи, то можно узнать, где хранится рукопись, и проникнуть в тайны мироздания.

— Жадные какие эти посвященные, — гоготнул криминалист. — Сидят, как наседки, на своих ключах и никому их не дают. А мы тут, понимаешь, маемся в неведении, как оно все на самом деле было! Дарвина зубрим в школе, вдохновляемся Писанием...

— Хорошо б они и дальше молчали, потому что эти древние знания очень опасны и могут привести к катастрофе, кровопролитным войнам и множествам смертей. Открывать истину людям можно только после того, как будет дан знак свыше, а до этого очень важно сохранить эти знания в тайне. Поэтому имена посвященных тоже в секрете держат. Вообще-то, время почти уже пришло, знак был дан. Так что ждите, скоро случится Апокалипсис и придет нам всем полный кирдык.

— Полный бред! Надо ж было такое придумать, мозги реально вспучило. Писателю вашему, похоже, слава Дена Брауна покоя не дает, — сообщил Владимир. — Если об этих посвященных никто не знает, откуда автор о них узнал?

— Ага, сказка о Кощее Бессмертном: смерть в яйце, яйцо в заднице у зайца, заяц в сундуке, сундук

неизвестно где, — поддакнул Трофимов, оборвав
дискуссию. — Хватит, может, трепаться?! Без ваших
посвященных тошно. — Вениамин посмотрел на
разговорчивого понятого. — Что вы делали в прошлый четверг?

— Что делали — работали мы, — смутился
строитель.

— Ночью тоже работали?

— Ночью мы спали и ничего не слышали.

— Совсем ничего?

— Совсем. Мы, это... спим крепко, и объект наш
далековато отсюда. За прудом. Ори, не ори — не
слышно ничего.

— А писатель ваш, он часто сюда наведывается?
Как его зовут, кстати? — снова обратился к строителям Трофимов.

— Константин Аполлонович Трегуб. Вы что, его
подозреваете? — испугался строитель. — Не, не он
это, точно вам говорю. По всему видно, что убийца
обладает хорошими физическими данными, раз
крест с девушкой сумел поднять и к стене прива-
лить. А Трегуб — старый пердун; если бы он крест
поднял, то прямо тут бы и помер от натуги. И потом,
Константин Аполлонович давно здесь не появлялся.
Шифруется, гад.

— В каком смысле? — уточнил Трофимов.

— В том смысле, что денег нам за работу должен. Когда уезжал, обещался привезти через пару
дней, и до сих пор везет. Нет бы по-человечески
сказать — денег нет, мужики. Как будут, так сразу.

Нехорошо так себя вести, еще интеллигент называется.

— Согласен, нехорошо так себя вести, — равнодушно сказал Трофимов и потерял к писателю интерес. — Крест, видно, с местного кладбища приволокли, — предположил он.

— Да, оттуда, — снова вступил в разговор строитель. — Две недели тому назад с одной могилы сдернули. Кладбище со второго этажа дома писателя видно. Мы в одно утро с Петькой проснулись, смотрим, а на одной могиле креста нет.

— Что же не заявили? — спросил Трофимов.

— Мы подумали, что это пацаны из соседней деревни нашкодили, отморозки. Повадились, паразиты, у Тараканихи яйца воровать, а к осени так вообще обнаглели и козу сперли. Мы решили бабке подсобить, пошли разбираться. Нашли сосунков, хотели по-людски поговорить, так, мол, и так, совесть надо иметь, бабка старая, тяжело ей, молоком только и живет, возвращайте козу взад. Один заточку вытащил. Другой розочкой от бутылки перед моим носом стал махать. Глаза выкатил, изо рта реально слюна течет — дебил, одним словом.

— Так без козы и ушли? — полюбопытствовал Трофимов.

— Почему? — удивился строитель. — С козой мы ушли, как же без козы! По-людски поговорить не вышло, пришлось разговаривать по-мужски. Пару пенделей говнюки получили, больше к Тараканихе носа не кажут. А насчет креста мы разбираться не пошли, не успели. Повезло ребятушкам, за такие дела, как осквернение могил, мы бы...

— Ладно, откуда крест, это сейчас не главное, — перебил строителя Владимир. — А как его подняли и к стене привалили — в самом деле вопрос интересный. Ну все, Леночку Петровну можно звать и приступать к детальному осмотру. Вень, кликни ее, — попросил он.

Трофимову никуда ходить не пришлось, Елена Петровна вернулась сама и, кряхтя и ругаясь, спустилась в погреб.

— Хорошие новости, ребятки, — доложила она. — Очень хорошие новости. Я даже и не рассчитывала на подобную удачу. Нашелся свидетель, точнее свидетельница. Соседка из дома напротив только что приехала. Она знает, как зовут нашу загадочную арендаторшу.

Месяц тому назад она получила приглашение принять участие в зрительской массовке в популярной передаче «Чудеса света» и поехала на Киностудию имени Горького. Предварительный инструктаж и отбор проводила редактор этой программы. В передаче соседка так и не засветилась, в последний момент сбежала из павильона, природная застенчивость помешала ей стать звездой телеэфира. Но имя редактора в ее голове отложилось и вновь всплыло на прошлой неделе... — Елена Петровна сделала многозначительную паузу, — в минувший четверг! Она здесь только по выходным бывает, работает, но вечером ей позвонил какой-то незнакомый мальчишка и сказал, что ее дом горит. Телефонный хулиган. Она перепугалась и понеслась на ночь глядя. Возвращаться уже поздно было, решила там заночевать и встать пораньше, чтобы успеть на работу. Но уснуть никак не получалось, нервы за день расшалились, вокруг ни души, страшно ей было. В половине двенадцатого ночи женщина услышала шум и увидела в окно, как к дому напротив подъехала машина, марку она не разглядела, большой темный внедорожник. Из машины выпорхнула дамочка, в которой соседка сразу опознала редактора той программы. По описанию — все сходится. Это еще не все! Цыплакова Елена Константиновна, так зовут редактора, приехала сюда не одна, а в компании с ведущим этой программы, известным тележурналистом Артемием Холмогоровым, и юной темноволосой девушкой.

— Ого! — присвистнул Владимир. — Вот тебе и амурное свидание. Значит, девушка по своей воле сюда приехала?

— Выходит, что по своей воле. Во всяком случае, по словам соседки, в дом они вошли втроем. Ничего подозрительного в их поведении женщина не заметила. Разве что ей показалась странной одежда девушки: она была в халатике, а поверх него накинула мужскую куртку. Минут через пять соседка снова услышала шум и в окошко глянула. Редактор программы вышла из дома, одна, села за руль внедорожника и уехала. Больше соседка ничего не видела,

спать легла. Проснулась в пять утра и поехала в Москву.

— Лен, я Веньке уже говорил. Как раз предположительно в ночь с четверга на пятницу девушка была зверски замучена, скончалась она, скорее всего, ближе к утру, — сказал Палыч. — И я, кажется, понял, почему никто не слышал ее криков. Не кричала она вовсе. Накачали ее чем-то, прежде чем распять. На теле нет следов борьбы, только незначительные знаки от волочения. Переломов и ушибов тоже нет, значит, в подвал она сама спустилась, и, судя по характеру ран, она боли не чувствовала, когда ей штыри в руки и в ноги вбивали. Либо наркотик, либо психотропный препарат, либо большая доза снотворного.

— Хоть не мучилась, слава богу! — вздохнул криминалист.

— Мучилась, но недолго, — возразил Палыч. — Она в себя приходила. Взгляни на рану правой руки. Потерпевшая пыталась ее высвободить, но слабо пыталась, видно, сил, чтобы сопротивляться и звать на помощь, у нее уже не осталось. Господи, бедная девочка! Что характерно, следов от инъекции я не вижу. Предположительно, препарат она приняла сама, тоже по доброй воле. Или ее обманом вынудили выпить лекарство. После скажу, что там конкретно было.

— Значит, доверяла убийце, раз сама эту дрянь приняла, — сообщил Владимир.

— Или убийцам, — поправила эксперта Зотова.

— Сомневаюсь, что убийц было двое.

— Нашел что-нибудь? — заинтересовалась Елена Петровна. — Следы?

— Со следами все глухо. После того, как девочку распяли и крест подняли, за собой все тщательно подчистили и пол помыли. Но смущает меня крюк в стене. — Владимир сел на корточки. — Его ввинтили в стену недавно. Ну-ка, ну-ка, я же говорил! — Рыжов осторожно снял с крюка обрывок ниточки, зацепившейся за кончик, и посмотрел ее на свет. — От веревки канатного типа, — сообщил криминалист и, задрав голову, указал рукой на потолок. — А теперь, Леночка Петровна, туда посмотрите, в потолке тоже крюк. Он давно висит. Думаю, деревенские раньше на нем туши подвешивали.

— И что? — спросила Зотова.

— На сгибе крюк словно бы протерт. Преступник, видимо, использовал два крюка, как строительный ворот, чтобы тяжелый крест поднять. Веревку к верхушке креста привязал, затем перекинул ее через верхний крюк, пропустил через крюк в стене, и ему осталось сделать лишь несколько усилий. Доску в полу тоже грамотно проломил, чтобы упор для основания был и крест бы не скользил. Если бы убийц было двое или больше, разве стали бы они так париться? Подняли бы на руках, и все дела. Очевидно, убийца соображает в строительстве или инженерных премудростях. — Владимир покосился на понятых, те переменились в лицах и вжались в стену. Трофимов тоже заинтересованно скользнул по работягам взглядом.

— С рукой что? — спросил он у молодого строителя: кисть у него была забинтована. Тот затряс рукой, выпучил глаза и замычал что-то нечленораздельное.

— Обжегся он сваркой, — ответил за товарища другой строитель. — Калитку варили.

— Я разве вас спрашивал? Я его спрашивал, — нахмурился Трофимов. — Отвечай на вопрос, не мычи!

— Немой он. С рождения.

— Простите, — смутился опер.

Повисла неловкая пауза.

— Итак, — вмешалась Зотова. — Со слов свидетельницы мы знаем, что около половины двенадцатого ночи девушку сюда привезли Цыплакова и Холмогоров. Зачем? В этом направлении и будем копать. Венечка, бери мою машину, дуй в быстром темпе в Москву, выясняй координаты Цыплаковой — и в прокуратуру ее. Ничего ей не объясняй, потоми в моем кабинете, пусть созреет для беседы. Меня смущает, что в холодильнике продукты свежие. Вот что меня смущает! Если девушку планировали убить и с этой целью ее сюда привезли, зачем прикупили продовольствие? Я здесь закончу и потом с экспертами вернусь.

— А что с Холмогоровым? — уточнил Трофимов.

— Ненавязчиво разведай обстановочку, но пока трогать Холмогорова не нужно, как бы ненароком в каку не наступить. Знаю я этих популярных журналистов, с голыми руками к ним лучше не лезть. Начнет права качать, вой поднимет, адвокатов на нас натравит. Надо понять, на что давить. Редакторшу программы сначала прощупаем, а после за тележурналиста примемся. Все, начинаем, Палыч, — дала указание Зотова и открыла папку с протоколами.

Глава 3

МОСКВА СЛЕЗАМ НЕ ВЕРИТ (РЕМЕЙК)

Иван Аркадьевич еще раз взглянул на фото Лизы, спрятал его в карман и закурил. В небольшом итальянском кафе, недалеко от станции метро «Кропоткинская», где режиссер назначил барышевской дочке встречу, было прохладно и тихо. Приятно пахло молотым кофе, корицей и булочками. На круглых столиках, покрытых накрахмаленными белоснежными скатерками, стояли свежие розы — отличное место для разговора по душам.

Из окна открывался уютный вид на Гоголевский бульвар и залитые солнцем купола храма Христа Спасителя. Он любил центр Москвы, мощенные камнем мостовые, отреставрированные старинные особняки, переулки и дворики Бульварного кольца и мелодичный перезвон колоколов аккуратных церквушек.

Сценарий о том, как изменить жизнь семейства Барышевых, пришел в голову режиссеру уже в чайной. С тех пор прошел месяц. Сразу после разговора с Барышевым ему пришлось улететь домой, в Вену, чтобы завершить прошлые дела. Остальное время ушло на подготовку проекта. И весь этот месяц идея настойчиво щекотала мозг, так что хотелось поскорее от нее освободиться и нажать кнопку «старт». Шантаж режиссера не пугал: Барышев, трусоватый по характеру и измотанный постоянным страхом, никогда не решился бы на этот шаг, но угроза Степана легла на благодатную почву и, как валерьянка, успокоила совесть режиссера. Теперь у Варламова был оправдательный мотив, в котором он остро нуждался. История, которая произошла прошлой весной, охоту играть в подобные игры отбила у него надолго. Чуть приемную дочь из-за своих сумасшедших затей не потерял![1] Тогда он себя корил и ненавидел, но, получив очередное предложение, завелся вновь, почуяв запах адреналина. Кто бы мог подумать, размышлял Иван Аркадьевич, поглядывая в окно на храм, кто бы мог подумать...

Барышев предупредил, что дочь постоянно задерживается и ждать ее иной раз приходится до бесконечности, но Лиза вошла в кафе точно в обозначенное режиссером время. Иван Аркадьевич в этом не сомневался: актрисы, которым он делал предложение о совместной работе, никогда не позволяли себе опаздывать на встречи.

---

[1] Читайте об этой истории в романе Марии Брикер «Желтый свитер Пикассо»

Варламов с любопытством разглядывал ее. Лиза выглядела немного заспанной (явно ночь провела без сна) и перед походом в кафе, похоже, сильно нервничала. Варламов отметил, что она криво накрасила один глаз. В остальном Елизавета Степановна была безупречна. Стильное белое пальто, свитер, оголяющий проколотый пупок, высокие замшевые сапожки. В волосах вместо обруча — очки от Диора. На плече — сумочка от Луис Виттона. Красивая, высокая, загорелая, блистательная. Глянцевый образ портили лишь полноватые бедра и колени, но, судя по вызывающей мини-юбке, в которой она явилась на встречу, комплексов по этому поводу девушка не испытывала.

Волнение Лизу Барышеву никак не оставляло. Она то комкала в руках салфетку, то ощипывала лепестки несчастного букета, а когда официантка принесла заказ, опрокинула бокал минералки на скатерть, выругалась и смешалась. Варламов потешался над ее смущением. Казалось невероятным, что эта красивая девушка с длинными русыми волосами и азиатским разрезом глаз способна испортить кому-то жизнь. Иван Аркадьевич счел ее очень милой. Лиза не играла, не жеманничала, слушала его внимательно, с восторгом на него смотрела. Правда, смысла его слов она категорически не понимала. Собственно, в этом и была ее прелесть: в своей растерянности и глупости Лиза казалась естественной и настоящей. Варламов заранее жалел, что очень скоро Елизавета Степановна Барышева справится с волнением и начнет изображать этакую светскую львицу или роковую даму, чтобы соответствовать своему статусу.

К столику подошла официантка и поинтересовалась, не желают ли они что-нибудь еще.

— Свиные отбивные у вас есть? Пожалуйста, принесите, — попросила Лиза. — Еще, пожалуйста, фаршированные баклажаны, сырную тарелку, рыбное карпаччо и салатик «Цезарь».

Режиссер слушал заказ с удивлением, похоже, Барышева решила сделать широкий жест: накрыть стол и накормить его. Забавная девушка!

— А вы, Иван Аркадьевич, что же ничего не заказываете? Кушать разве не будете? — поинтересовалась Барышева.

Режиссер заказал блины с икрой, с трудом удерживаясь от смеха. Впервые в жизни он лицезрел «публичную» обжору в девичьем обличье.

Барышева ела с аппетитом и, что удивительно, сметала все! А «перекусив», Лиза поумнела. Видно, еда ее расслабила и успокоила.

— Значит, вы предлагаете мне не в фильме сняться, а поучаствовать в вашем новом проекте? — спросила она, наконец-то сообразив, о чем толкует ей режиссер. — Ну надо же! А я губу раскатала, когда отец сказал, что вас заинтересовал мой типаж и вы согласны на меня взглянуть.

— В данный момент роли в кино у меня для вас нет. К тому же я — сноб и работаю только с профи. У вас нет опыта. У меня нет времени и желания, чтобы обучать вас на съемочной площадке. Нет у меня для вас и сценария. Очень многого нет, как видите. Но вы мне понравились, и ваш типаж меня действительно заинтересовал, Лиза. Поэтому я и предлагаю своего рода компромисс.

— Роль в реалити-шоу, — заключила Лиза. — Ни фига себе! Я в шоке, короче. Не думала, что вы такой хренью занимаетесь. Вы же гений! Ладно, извините, дело ваше, конечно. Можно мне подумать минутку? — На личике Барышевой отразилось такое смятение, что Варламову ее стало немного жалко.

— Смею вас уверить, Лиза, что шоу у нас планируется необычное. Никакого отношения к телевизионным проектам оно иметь не будет. Идею оплатил один богатый человек, он, помимо меня, будет единственным зрителем, прихоть у него такая. Так что всемирный позор вам не грозит, — успокоил девушку режиссер. — Считайте, что участие в этом проекте для вас станет кастингом в большое кино и отличной школой. Если все пройдет удачно и мне понравится ваша игра, то я подумаю над более серьезным предложением.

— Значит, вы мне как бы пограничный вариант предлагаете? Отец вам что, мало денег дал?

— Милая девушка, идите домой, — сухо улыбнулся режиссер.

— Простите, я дура! — заорала на весь зал Елизавета Степановна. — Кретинка безмозглая! Вы обязаны меня простить, я же дочь булочника. Из грязи в князи мы! Воспитание плебейское. Культура поведения отсутствует. Убеждена, что все можно купить за деньги. Кстати, так оно и есть, по большому счету. Не умею я общаться с творческими людьми, вот и ляпнула глупость. Точнее, в первый раз общаюсь. Исключение моя подруга Муська — звезда «фабричная», но он — это отдельная поп-песня.

— Он? — удивленно переспросил Варламов.

— Ага, моя подруга — мальчик, — ошарашила режиссера Лиза. — В общем, если вы меня уже простили, я на все согласна! Это я так, для проформы пококетничала малость. Что конкретно от меня требуется?

— Очень рад, что вы поняли меня правильно, — рассмеялся Иван Аркадьевич: странное дело, но с каждой минутой Лиза Барышева нравилась ему все больше и больше. — Наше шоу будет строиться по принципу ролевой игры, то есть вам будет предоставлена полная свобода действий. Вы знаете, что такое ролевая игра?

— О-о-о! — эмоционально отреагировала Лизавета.

— Хорошо, тогда постарайтесь представить, что вы в игре.

— Как? Прямо сейчас?

— А зачем тянуть? Я только...

— Клево! — перебила режиссера Лизавета. — Я даже вспотела вся от возбуждения. Знали бы вы, как я люблю эти игры! Это же такой адреналин! Кого мне изображать? Хотите, я сейчас прикинусь эпилептиком и нам не нужно будет платить за обед? — возбужденно предложила она.

Варламов отрицательно покачал головой, но было поздно — Лиза сунула в рот что-то белое, и изо рта у нее обильно пошла пена. Через секунду Елизавета Степановна Барышева, закатив глаза, лежала на полу и билась в жутких конвульсиях.

* * *

— Славная погодка, не находите? — воодушевленно сказала Лиза и откашлялась.

Варламов молча протянул Лизавете еще один бумажный носовой платок. Погодка в самом деле была славная, солнечная, безветренная и теплая. На бульваре, куда им пришлось переместиться из кафе, с трудом удалось отыскать свободную лавочку. Горожане наслаждались теплом и нежились на солнышке. Правда, Иван Аркадьевич присаживаться на скамейку не стал, и светскую беседу поддерживать у него тоже настроения не было. Концерт, который устроила барышевская дочка, привел режиссера в такой ужас, что он до сих пор не мог оправиться от шока. К тому же никогда в жизни он еще не покидал кофейное заведение с помощью... охранника.

— Ну откуда я могла знать, что они меня по прошлому разу помнят? — стирая с лица и свитера остатки пены, возмутилась Лизавета. — Я забыла, что в этом кафе уже изображала эпилепсию. Разве все эти заведения упомнишь? Эх, а в прошлый раз почти прокатило.

— Почти? — глухо уточнил Иван Аркадьевич.

— Ага, почти, — подтвердила Елизавета радостно. — Для меня даже собирались «скорую» вызвать, но тут вдруг среди посетителей нашелся служитель клятвы Гиппократа и начал, собака, мне экстренную медицинскую помощь прямо в зале оказывать. Оказал по полной программе, урод, пришлось всетаки за ужин заплатить. — Лиза вздохнула, поковыряла носком сапожка гравийную дорожку под ногами. — Да не расстраивайтесь вы так! — воскликнула она и похлопала ладонью по лавочке. — Садитесь. Подумаешь, было бы из-за чего переживать.

— Я постою, — отказался Иван Аркадьевич, снова вспомнив охранника, точнее его ботинок.

— Ну, продолжаем игру? — утвердительно спросила барышевская дочурка. — Что бы еще такого сделать плохого? А хотите, я...

— Сидеть, молчать и слушать меня! — рявкнул Иван Аркадьевич: в его душе поднималась волна сочувствия к несчастному Барышеву, которому приходилось постоянно терпеть подобные выходки. Бедный Степа, если бы он был на его месте, то дочурку придушил бы уже давно. Лиза притихла, испуганно глядя на режиссера. Он склонился к ее лицу и сказал заметно тише: — Клоунессы меня не интересуют, милая девушка. Можешь дальше изображать идиотку на публике, но учти, в моем сценарии таких ролей нет.

— Я больфе не буду, чефное слово, — надула щеки Елизавета.

— Пошла отсюда вон! — сквозь зубы сказал режиссер, сунув руки в карманы, дабы избежать смертоубийства.

— Поняла! Все поняла, Иван Аркадьевич! — Елизавета сдула щеки и вмиг стала серьезной.

— Молодец!

— Точнее, не совсем поняла, — снова надулась Лиза. — Вы же сами сказали, что мне будет предоставлена полная свобода.

— Абсолютной свободы не существует, душа моя сердечная. Действовать будешь в определенных рамках. Не хмурься. У меня для тебя сюрприз — в игре я отвел для тебя роль Ангела.

— Ангела? — Лизавета перекосилась и посмотрела на Варламова как на полоумного.

— Согласна? — уточнил Иван Аркадиевич.

— Сказала же, что на все согласна. Только это... не совсем мое амплуа, — басовито гоготнула девушка.

— Хорошая актриса должна уметь перевоплощаться в любой образ, — подмигнул Иван Аркадьевич и подумал, что ангелочек из барышевской дочурки, несомненно, получится чудесный. Жаль, что никто, кроме него, не увидит этот дебют.

— А что делать-то нужно? — уточнила Лиза и снова басовито гоготнула.

— Сейчас объясню. Все просто. Оглянись по сторонам, солнышко. — Варламов снова склонился к ушку Лизы и прошептал: — Смотри, как много людей вокруг. О чем они мечтают, как ты думаешь?

— О бабках, — не задумываясь, ответила Лизавета.

— Ошибаешься, душа моя: каждый мечтает о счастье и ждет чуда. Выбери одного из них, самого несчастного, и осчастливь. Исполни самую заветную его мечту. Любую, но не материальную, а духовную. Ты — Ангел, а не спонсор. В финансах, впрочем, не скупись, на проект выделены достаточные средства, чтобы любую, даже самую невероятную идею воплотить в жизнь. — Иван Аркадьевич достал из внутреннего кармана голубоватый конверт и вручил его Лизе.

Барышева его открыла.

— Вау! — воскликнула девушка, с любопытством заглянув внутрь — в конверте лежали платиновая кредитная карточка и пачка наличных в банковской упаковке.

Варламов улыбнулся и продолжил вводить Лизу в курс дела:

— Сюжет банальный, но вечный. Люди обожают такие истории. Главное — подключи фантазию и воображение. Помни, что хоть сюжет и не нов, он должен развиваться по оригинальному сценарию. А сценарий ты будешь сама, голуба моя, по ходу дела писать, только не на бумаге, а в жизни. А теперь мы подошли к главному — от того, как ты этот сюжет построишь, будет зависеть твое будущее. Поняла?

— А что тут непонятного? Такой круговорот желаний в природе. Я исполняю чью-то мечту, а вы после — мою, — уточнила Лиза.

— Да, солнышко, все именно так, — подтвердил Иван Аркадьевич. — Если мне придется по душе твой сценарий, то я за основу своего будущего фильма возьму именно эту историю. И, конечно, ты понимаешь, что о нашем разговоре никто не должен знать. Начнешь языком трепать — вылетишь из проекта. Так что отнесись к делу серьезно и постарайся. Ну а я буду за тобой внимательно наблюдать.

— Как?

— У тебя в загородном доме, в квартире и в машине установлены миниатюрные видеокамеры, но основное действие должно произойти в элитном подмосковном пансионате «Кантри Парк». Натура там симпатичная... я люблю красивую натуру. И вот еще что — возьми. — Варламов протянул Лизе два мобильных телефона и зарядные устройства.

— А это еще зачем? — поинтересовалась Барышева.

— На шею повесишь. В сотовый тоже встроена миниатюрная камера, она будет фиксировать моменты, которые невозможно снять другим способом. Ты должна носить это всегда. Не потеряй, телефон стоит бешеных денег, и не забывай подзаряжать. Второй мобильник подаришь под каким-нибудь предлогом кандидату на счастье.

— Обалдеть! Клевую вы игрушку придумали. — Лиза просияла, тут же повесила сотовый на шею, зарядное устройство и второй телефон сунула в карман и хитро сощурилась. — Ну вы даете, Иван Аркадьевич! Значит, вы заранее знали, что я соглашусь? Очуметь просто! Верно мне отец про вас говорил, что вы... — Лиза на секунду замолчала и смущенно уточнила: — Что вы, это самое, очень умный человек. Надо же! Вот это я понимаю — шоу! Можно начинать?

— Можно, солнышко. Теперь можно, — разрешил Варламов.

Лиза широко улыбнулась и с азартом принялась выискивать жертву.

— Вон та замухрышка с косицей, похоже, самая несчастная из всех, — кивнула Елизавета в сторону одной из лавочек. — Приклеилась задницей к скамейке, на часы постоянно поглядывает и явно мужика ждет. Спорим, что он не придет? Как вы думаете, подойдет такая на главную роль?

— Приготовились — мотор! — шутливо хлопнул в ладоши Варламов. — Успехов тебе, Лиза! — усмехнулся он и зашагал прочь, вздохнув с облегчением. Теперь можно было расслабиться и получать удовольствие — процесс, как говорится, пошел. Барышевская дочурка проглотила наживку и села на крючок.

— Эй, куда это вы, Варламов? — спохватилась Лиза. — Вы забыли выдать мне крылья! Как же я без крыльев теперь? — Елизавета лукаво улыбнулась, но в следующую минуту улыбка с ее лица сползла. К будущей кандидатке на счастье подошел субъект мужского пола. И какой субъект! Настоящий мачо! Высокий, красивый, стильный брюнет с букетом нарциссов. Героиня тут же из несчастной превратилась в счастливую, вскочила и повисла у товарища на шее. — Блин, — расстроилась Лиза. — Мы так не договаривались! Блин, блин, блин...

Неожиданно случилось чудо. Отлепив девицу от себя, мачо всучил ей букет, что-то сунул девушке в карман джинсовой курточки и зашагал прочь. А героиня осталась стоять, растерянно глядя брюнету вслед.

— Йе-с! Настал мой звездный час! — пропела Лиза, тряхнула волосами и поднялась с лавки.

* * *

Девица с косицей постояла с минуту истуканом, разревелась и выкинула цветы в урну рядом с лавочкой. Продолжая рыдать, она достала из кармана мятые купюры достоинством в сто евро (как успела заметить Барышева) и снова застыла, глядя в заплеванное нутро помойки...

Клиническая дура, подумала Лиза и подошла к девушке.

— Подозреваю, что с деньгами ты хочешь поступить так же концептуально, как со вшивым букетом? — насмешливо спросила Барышева. Девушка замерла с вытянутой рукой и ошеломленно посмотрела на Лизу. От неожиданности у нее даже слезы высохли. — Лучше мальчика себе купи на эти деньги и плеточкой его отшлепай. Могу телефончик дать. Мальчики — блеск! Полегчает сразу, — посоветовала она, разглядывая свою подопечную: бледная, конопушки, темно-каштановые волосы, болотного цвета глаза, нос уточкой, губы... губы требуют инъекции ботокса, косметика отсутствует, в ушах дикие серьги с фальшивыми рубинами, одета, как лохушка, в джинсы Версаче-Коньково и куртку Кельвин-Кляйн-Лужники. Сумочка, блуза и ботинки идентификации не поддавались — китайцы явно не старались произвести впечатление своей продукцией. Да, работа предстоит колоссальная, пришла к выводу Лизавета Степановна и сразу прикинула в уме, во сколько ей обойдется новый наряд Золушки плюс расходы на косметолога, стилиста, визажиста, маникюршу, курс антицеллюлитного массажа (на всякий случай), эпиляцию, солярий, сеанс спа, обертывание, аромотерапию и т. п.

Сценарий родился у Лизы мгновенно: превратить замухрышку в королеву, чтобы знойный мачо осознал свои ошибки, свихнулся от любви и тут же сделал этой клюшке предложение. Для усиления интриги Лиза решила влюбить в девицу кого-нибудь из своих богатеньких друзей, чтобы знойный мачо помучился немножко от ревности. Варламов, правда, просил сочинить оригинальный сюжет, но ничего более умного в голову не приходило, и Лизавета Степановна слегка опечалилась. Она чувствовала, что в ее будущем сценарии не хватает перца и нужно обязательно придумать какой-нибудь оригинальный сюжетный ход. Пока Лиза изо всех сил напрягала мозги, лохушка продолжала недоуменно таращить на нее свои глазищи. Пауза затянулась.

— Так что? Телефон будешь записывать? — решила привести ее в чувство Лиза.

— Вы сутенерша, да? — тихо спросила замухрышка.

— Что ты сказала? — Лиза от возмущения задохнулась. Не была бы она Ангелом — за такие слова косицу бы у девицы проредила!

— Простите... Простите меня... Больше спасибо, но мне этого не нужно. Совершенно я в этом не нуждаюсь! Не нужны мне никакие телефоны, — залепетала девушка, и на ее бледных щеках проступили красные пятна.

— Да шучу я. Просто жалко тебя стало, вижу, плохо тебе. Вот и решила поддержать. Денег тоже жалко. Раз тебе они не нужны, поехали лучше в клубешник какой-нибудь, забуримся. Очень хочется праздника. Ну что? Едем? Меня, кстати, Лизой зовут.

— Очень приятно, а меня Варей.

— Варей? Я почему-то не сомневалась, что тебя как-то в этом духе и зовут. Пошли, Варвара-краса, длинная коса, отметим твою вновь обретенную свободу.

— Пойдемте, спасибо вам, Лиза, — вяло отреагировала девушка и поплелась следом за своим Ангелом. Лиза тихо ликовала. Варламов должен быть доволен — первая сцена отыграна безупречно!

Девушки перешли через дорогу и остановились у новенького золотистого «Лексуса».

— Моя тачка, — похвалилась Лиза, нажала на пульт сигнализации и открыла для Варвары переднюю дверь. — Карета подана, садись, — подтолкнула она к машине свою подопечную, но Варя садиться не торопилась, растерянно глядя в кожаное нутро иномарки. — Садись уже, что стоишь? — поторопила Лиза. — И давай на «ты», а? Не люблю я церемоний.

— Давайте, если хотите, — без энтузиазма согласилась Варя и вдруг спохватилась: — Ой, вы знаете, Лиза, а я вспомнила! Мне срочно нужно домой. Там, понимаете, кот у меня некормленый.

— Бедный котик. Так что же мы стоим! Поехали скорее, покормим несчастную кису. А потом — в клуб, — с жаром предложила Елизавета, глядя в растерянные зеленые глаза своей подопечной.

— Мне как-то неловко вас загружать своими проблемами, — заблеяла Варвара.

— Какие проблемы, милая! Никаких проблем, — уверила ее Лиза. — Говори адрес.

— Я вас обманула. Нет у меня никакого кота, — буркнула Варвара, ее щеки снова стали пунцовыми. — И дома нет, по сути. Я в общежитии живу.

— Тоже мне, открыла тайны мадридского двора! Садись, не бойся, я не кусаюсь. Просто одиноко мне, понимаешь? Твой крендель хотя бы пришел, а мой вообще не явился и телефон вырубил, сука. И что, плакать теперь из-за всяких центропупистов?

— Как вы сказали — центропупистов? — Девушка впервые улыбнулась и забралась в машину.

— Слава богу, ожила! — обрадовалась Лиза, захлопнула дверь, села за руль и надавила на газ.

«Лексус» плавно тронулся с места и слился с потоком других машин. Все шло по плану, теперь нужно было девчонку напоить, чтобы у нее развязался язык и она выболтала все свои мечты и секреты.

* * *

В зале музыка из динамиков лупила так, что барабанные перепонки, казалось, вот-вот лопнут. Разговаривать было невозможно, и Лиза решила устроиться в баре: здесь играла лирическая музыка и почти не наблюдалось посетителей. Симпатичный бармен тут же проявил к ним живой интерес, точнее к Лизе, и был в срочном порядке отослан делать коктейли. Лиза заказала себе клубничную «Маргариту», для Варвары — убийственный «Лонг Айленд».

В свете неона Варино лицо выглядело еще более бледным и напоминало застывшую гипсовую маску. К разговорам и веселью будущая счастливица была явно не расположена. Смотрела она в одну точку и сидела на барном стульчике так, словно оглоблю проглотила. Мумия, раздраженно подумала Лиза и сделала два больших глотка вкуснейшего коктейля.

Варвара поболтала соломинкой лед в стакане, но к своему напитку не притронулась, продолжая гипнотизировать взором барную стойку. Лиза чувствовала, что ее протеже в счастье только и ждет удобного случая, чтобы улизнуть домой, а этого никак нельзя было допустить.

— Ты почему коктейль не пьешь? Попробуй — это вкусно.

— Я вообще не пью. Извините, Лиза, не успела вас предупредить. Мне от алкоголя дурно становится. Сразу начинаю болтать всякий вздор и необдуманные поступки совершать, а потом мне за них очень стыдно. Вы даже себе не представляете насколько.

— Очень даже представляю, я тоже многое могу спьяну натворить. Один раз на барной стойке стриптиз устроила. Подумаешь! На следующий день никто об этом не вспомнил. Все были в ноль. Пей, говорю, здесь все к этому делу привычные, а тебе расслабиться нужно и стресс снять — иначе никак!

— Вы думаете? — спросила Варвара и робко придвинула к себе бокал.

— Однозначно, и хватит мне «выкать». Мы же договорились, — напомнила Лиза.

Варвара виновато пожала плечами, придвинула бокал еще ближе, осторожно попробовала коктейль.

— Правда, вкусно. Никогда коктейли не пила, — улыбнулась девушка, и напиток с астрономической скоростью исчез из ее бокала. Щеки Варвары зарумянились, глаза заблестели.

— Еще будешь? — обрадовалась Лиза.

— Буду, — кивнула Варвара и глупо улыбнулась. — А как же вы?

— Что — я?

— Вы же на машине?

— Это не проблема. Позвоню мальчику знакомому, чтобы он меня вместе с тачкой домой отвез. Хороший мальчик, часто меня из клубов забирает и берет недорого, всего стольник.

— Правда, недорого, сто рублей всего, — согласилась Варвара.

Лиза вздохнула еще раз. Клинический случай, подумала она и заказала подопечной второй коктейль.

Пока бармен готовил следующую порцию, Лизавета Степановна решила времени не терять и начать раскручивать подопечную на откровенность.

— А чем ты занимаешься по жизни? — спросила она.

— Во ВГИКе учусь. На третьем курсе.

— Да что ты говоришь? — фальшиво поразилась Лиза. — Во ВГИКе, значит. Ну надо же! Я, когда тебя увидела, то сразу так и подумала — эта девушка однозначно во ВГИКе учится и мечтает стать актрисой.

— Что вы! Какая из меня актриса? — Варя весело рассмеялась. — Я на сценарно-киноведческом факультете учусь. Сценарное отделение.

— На каком ты факультете учишься? — на этот

раз вполне натурально поразилась Лиза, взглянув на свою подопечную по-новому.

— На сценарном. Где же мой коктейль? Бармен, я хочу свой коктейль, — потребовала Варя.

— Отпад! Слушай, да мне тебя сам бог послал. Это же надо, какая удача! — воскликнула Лизавета, отметив, что подопечная меняется на глазах и из скромницы превращается в нормального человека.

— Вы о чем?

— Хочешь, чтобы по твоему сценарию снял фильм великий режиссер Варламов? — спросила Лиза.

— Варламов? Вы, наверное, шутите, Лиза. Я о таком и не мечтала даже...

— Жаль, что не мечтала. М-да... Очень жаль, — немного расстроилась Барышева. — Ладно, не мечтала, так не мечтала, но я не шучу. Короче, слухай сюда. Варламов — знакомый моего отца. Он согласен снять меня в своем фильме, но пока у него нет подходящего сценария и роли. Так вот, у меня к тебе деловое предложение. Ты пишешь сценарий под меня, а я представляю тебя режиссеру и предлагаю ему этот сценарий. Одно условие — сценарий должен быть очень жизненным и оригинальным. Согласна?

— Ха-ха-ха, — ответила Варя, и из глаз ее потекли слезы. Барышева напряглась: реакция подопечной и странный блеск в глазах настораживали.

Бармен поставил перед девушкой бокал, с удивлением глядя на клиентку. Варвара, продолжая рыдать и всхлипывать, выкинула из него соломинку и выпила алкоголь залпом.

— Еще! — потребовала девушка, голос у Варвары зазвенел, как сталь.

— Может, тебе хватит? — робко спросила Лиза и слегка перекосилась.

— Еще, я сказала! Мы веселиться сюда пришли или где? — хлопнула ладонью по стойке Варвара, вытерла рукавом слезы, спрыгнула со стула и устремилась в зал.

Лиза замешкалась, расплачиваясь за коктейли, и побежала следом. Она тоже любила повеселиться, но как-то все это было преждевременно. Музыка снова оглушила ее, Лиза огляделась. В неоновом блеске танцпола извивалось несколько фигур.

— Офигеть! — присвистнула Елизавета Степановна, опознав среди танцующих Варвару.

Ее подопечная стянула с себя курточку, распустила косу и выделывала такой рок-н-ролл, что народ начал расступаться и образовывать вокруг нее круг. Через минуту посетители хлопали, с восторгом глядя на девушку.

Диджей сменил песню, Варвара тряхнула гривой каштановых волос, огляделась, продефелировала к охраннику, скучавшему у стенки, и повисла у него на шее. Охранник не ожидал подобного маневра и в первый момент растерялся. Стоял с совершенно глупой рожей и не шевелился. Лиза сориентировалась первой и попыталась оттащить Варвару от объекта страсти — бесполезно, девушка вцепилась в мужика мертвой хваткой.

— Хочу тебя, мой зайчик-побегайчик, — чирикала она ему в ухо. — Поцелуй свою девочку, мой козлик-проказник!

— Офигеть! — в очередной раз обалдела Лиза.

— Отстань ты от меня, ненормальная, — пришел в себя охранник и с силой отпихнул Варвару от себя. Она не удержалась на ногах и упала на пол.

— Что ты делаешь, козел! Да я тебя урою, скотина! — заорала Лиза, подлетела к мужику и дала ему кулаком в глаз.

На руку Елизавета Степановна всегда была тяжеловата — мужик отшатнулся и ударился головой о стену. Из уголка его рта вытекла струйка крови, видимо охранник прикусил себе губу. Вытерев рот ладонью и заметив кровь, мужик набычился и с размаху залепил Лизе пощечину. Никто и никогда не позволял себе поднять на нее руку, и Лизавета Степановна на минуту растерялась. Охранник продолжал беспредельничать: он грязно выругался, схватил ее за шкирку и поволок к выходу.

Варвара тем временем поднялась на ноги. Секунду она задумчиво смотрела на это безобразие, затем заревела, как сирена «скорой помощи» и прыгнула охраннику на спину, вцепившись ему в волосы. Лиза пришла в себя, воспользовалась моментом, вывернулась из рук мужика и со всей силы ударила его коленом в пах. Тот, глухо охнув, осел на пол вместе с Варварой, которая оказалась сверху и, сидя на спине поверженного обидчика, запела песню группы «Шао-Бао»: «Купила мама коника, а коник без ноги. Гы-гы-гы-гы-гы...» На помощь коллеге заспешил менеджер и еще один секьюрити. Народ в клубе возмущенно заорал и засвистел в знак поддержки дам. Менеджер быстро сообразил, как себя вести, и, мило улыбаясь посетителям, очень вежливо попросил поющую Варвару слезть с тела товарища. Секьюрити с улыбкой Фреди Крюгера направился к Лизе. Варя сразу растаяла от такого обращения, слезла со спины корчащегося в муках мужика и повисла на менеджере, шепча ему что-то ласковое на ухо. Что-то очень ласковое, потому что мужик покрылся красными пятнами и отвесил нижнюю губу.

— Офигеть, — как попугай, повторила Лиза, подняла с пола курточку Варвары и выставила запястья перед собой, дав понять, что она сдается.

Секьюрити обращался с ней тоже крайне вежливо и, стараясь не поворачиваться к девушке фасадом, вывел ее из зала.

Их культурно довели до входной двери и пожелали счастливого пути.

Вечер был теплый и пах чебуреками. Шумные городские улицы притихли, заблестели неоном и светом фонарей.

— Спасибо, — как волк из мультика про казаков, сказала Варя.

— Тебе тоже спасибо. По-моему, мы клево повеселились, — улыбнулась Лиза и потерла горящую щеку.

— Ага, — глухо отозвалась Варвара и снова икнула. Девушку слегка покачивало и явно мутило. Сажать свою подопечную в машину и везти ее домой в подобном состоянии Лиза не решилась. Она купила Варваре минералки и сопроводила ее до ближайшей лавочки на прилегавшем к клубу бульваре.

Варвара пила минералку и с каждым глотком трезвела, но лучше ей не становилось: на смену алкогольному опьянению пришло тошнотворное чувство стыда. Она маялась, терзала пуговицы свой курточки, вздыхала и охала. Лиза молча курила, наблюдая за влюбленными парочками, воркующими на соседних скамейках, и вьюношами, безразличными ко всему, кроме пива. Она бы тоже от пивка сейчас не отказалась, в баре она даже коктейль не успела допить, но пришлось подавить в себе этот порыв. Кто ее знает, эту Варвару, вдруг она тоже изъявит желание присоединиться к банкету? Оно ей надо, спрашивается? Конечно, они славно повеселились, с этим не поспоришь, но на сегодня с нее довольно праздника жизни. «Минералка, минералка и еще раз минералка!» — мысленно провозгласила Лизавета Степановна и покосилась на бледную Варвару, отметив, что с такой подопечной недолго и трезвенницей стать... не дай бог.

— Прости меня, Лиза, — снова разревелась Варвара.

— Начинается! Прекрати реветь, а то сейчас по лбу получишь.

— Я любила его, понимаешь? Мы целых полгода

встречались! Он актер, учится со мной во ВГИКе. Уже в сериалах снимается даже. Очень хороших сериалах. «Помоги себе сам» — слышала?

— Не-а, я телик редко смотрю. Только MTV. Иногда какие-нибудь реалити, «Фабрику», например, или «Дом-2», чтобы поприкалываться. А сериалы вообще не смотрю, нервы не выдерживают.

— Жаль. Алеша в том сериале играл роль любовника троюродной сестры бывшего мужа главной героини. Уверена, что его ждет большое будущее. Он очень талантлив, — Варвара шумно вздохнула. — Все было хорошо. Я хотела сценарий для него написать, настоящий, для полнометражной картины. Чтобы он — в главной роли... И вдруг! Так получилось, что я... Что у меня... Я ему позвонила, рассказала все. А он... встречу мне назначил на Гоголевском бульваре, — нервно хихикнула Варвара. — Когда я на лавке сидела, прямо героиней фильма Меньшова себя чувствовала, но все же надеялась... Надеялась на чудо. Чуда не случилось, он приехал, сказал, что между нами все кончено, и дал мне денег на аборт.

— Что-о? — от подобного известия Лизавета Степановна чуть не свалилась с лавочки.

— Я не буду аборт делать — грех это. Ребенок ведь не виноват, — причитала Варвара, а Лиза продолжала смотреть на нее круглыми глазами и молчать. — Я о семье мечтала! Чтобы все, как у людей. Муж, дети, свой дом. Как я мечтала об этом, Лиза! Мне уже двадцать восемь лет.

— Сколько?

— Двадцать восемь! Я четыре раза во ВГИК поступала. Ничего теперь этого не будет. Ни мужа, ни семьи нормальной. Из института выпрут, из общаги тоже. Кому я с ребенком нужна? Я вообще не особенно пользуюсь успехом у мужчин, а уж сейчас-то... Кто меня теперь замуж возьмет? Мне так мерзко! Дура я, что выпила. Идиотка! Мне так плохо стало. И сейчас плохо, очень плохо, Лиза.

— Мне что-то тоже поплохело малость. Погоди минутку, — криво улыбнулась Барышева и направилась к ближайшим кустам. Взяв телефон, Лиза посмотрелась в него, как в зеркало, и возбужденно зашептала: — Иван Аркадьевич, катастрофа! Моя подопечная собралась рожать! Вы это видели! Вы слышали это! Ситуация резко осложнилась, блин. Что мне теперь делать, а? Роды, что ли, у нее принимать? Я же не акушерка, блин, а Ангел-хранитель! Как быть? Как осчастливить такую идиотку? Отвечайте, вашу мать!

— Лиз, с тобой все хорошо? — окликнула ее Варвара.

Барышева резко обернулась.

— Ага, все пучком, — хихикнула она. — Я, это, отцу звонила просто. Он очень беспокоится, когда я задерживаюсь. Это самое, а какой у тебя срок?

— Три недели, — Варвара отвела взгляд и поковыряла ботинком траву.

— Надо торопиться, пока живот не вырос. Пошли, — схватила ее за руку Лиза.

— Куда? Куда торопиться, Лиза? — испугалась Варвара.

— Строить светлое будущее, — решительно заявила Лизавета и потащила подопечную к машине.

* * *

— Интересная у тебя квартира! — Варвара прошлась по комнатам, с любопытством разглядывая интерьер.

Гостиная была оформлена в стиле диско: полированная красная мебель с серебряными ручками, фотообои, декоративные гитары, развешанные на стенах, полосатые черно-белые занавески, яркие пластиковые дизайнерские стульчики, разноцветная мягкая мебель — от обилия деталей рябило в глазах. Спальня располагалась на втором этаже, куда вела металлическая винтовая лестница, и была похожа на космический корабль — синий потолок, усыпанный неоновыми звездами, переливающиеся занавески, круглая кровать, покрытая валильковой мерцающей органзой. Здесь девушки и расположились: Варвара — сидя на краю кровати, Лиза — по-турецки на мягком ковре на полу.

— Отец подарил на день варенья, — сообщила Лизавета. — Сюрприз решил сделать. Дизайнера втихаря нанял, чтобы он моднявый интерьер сотворил, типа тусовочной хаты. Дизайнер расстарался вовсю. Отец ему полную свободу дал, не влезал, потому что не въезжает он в тему. Видишь, что вышло. — Лиза театрально обвела рукой пространство вокруг себя. — Когда я увидела это дерьмо, чуть в обморок не грохнулась. Потом вроде привыкла, даже понравилось, особенно если косяк выкурить — сразу начинаешь себя комфортно чувствовать. Только я все равно здесь не живу, потому что травкой редко пыхаю. — Лиза весело расхохоталась, глядя на Варвару, личико у которой чуть заметно вытянулось. — Минералку будешь? Или сок апельсиновый?

— Нет, благодарю. Я уже полтора литра воды выхлебала и чувствую себя, как бочка. А где же ты живешь? — спросила подопечная.

— С отцом, в деревне.

— В деревне? — с сомнением переспросила Варя.

— Да, есть такая деревенька под Москвой, на Рублево-Успенском шоссе. Таганьково называется, — хихикнула Лиза. — Если серьезно, я бы переехала в Москву, обожаю этот район, Чистопрудный бульвар, но за отцом приглядывать нужно.

— Ой, прости, пожалуйста, — смутилась Варя.

— За что? — изумилась Лиза.

— Ты сказала, что за отцом приглядывать нужно. Он у тебя болеет, да?

— Ага, болеет, но странною болезнью. Совсем на старости лет офигел, решил жениться. Вообще соображала не работает, не понимает, что телкам не он нужен, а его деньги.

— Не все же такие, — возразила Варвара, — есть и приличные женщины.

— Конечно, есть, — хмыкнула Лиза, — но не про

нашу честь. Ты бы видела тех кошелок, на которых он западает, — у них вместо сисек селикон, а в глазах — калькулятор. Иной раз думаю, что у моего отца глаза на заднице расположены. Как можно не видеть таких очевидных вещей? Если бы он бабу нормальную нашел, я не возражала бы. А так... Последняя его избранница — вообще какая-то театральная актриса. Разве можно доверять актрисам, а тем более на них жениться? Он ее в Питере подцепил, прячет от меня, конспиратор хренов. Я все равно ее вычислю, со сценарием только закончу — и займусь. Ладно, давай закроем эту тему, не для того я тебя сюда пригласила, — нахмурилась Лиза. — В общем, я решила, что пока ты будешь жить здесь.

— Как — здесь? Нет, Лиза, я не могу. Мне неудобно. И вообще...

— Зато мне удобно. Я плачу, я и музыку заказываю. Забыла, что я тебя наняла? Начинай уже думать над сценарием. Завтра я тоже сюда перееду. Вещи только соберу. Если мы вместе поживем какое-то время, тебе будет проще для меня роль написать.

— Значит, ты не передумала?

— Не передумала, не надейся. Мне сценарий и роль позарез нужны.

— Лиза, я не знаю, о чем писать. Совершенно не представляю. — Варвара смущенно отвела взгляд.

— Как это — не знаешь? Завязка уже есть. Скромная девушка ждет парня в сквере, чтобы сообщить ему радостное известие о своей беременности. Он приходит и посылает ее в жопу. Еще денег дает на аборт, сволочь! Девушка в печали, готова уда-виться, но тут является незнакомка, аки Ангел с неба, и давай сиротинушку утешать. Помнишь, что дальше было?

Варя кивнула, выражение ее лица стало стран-ным, восторженным и испуганным одновременно.

— Умница! Я же говорила в баре, что мне сам Господь тебя послал. Просто описывай подробно, что с нами происходит, и все. Сценарий должен по-лучиться оригинальным и реалистичным. Наша ис-тория — как раз то, что нужно. Мне так кажется.

— Да! Лиза, боже мой, наше знакомство пре-красно ложится в сценарий! Поразительно! И завяз-ка, и диалоги, и сцена в баре! Это же настоящий экшн! А экшн просто необходим в хорошем сцена-рии, — воодушевилась Варвара. — Горю желанием приступить.

— Поспи лучше, — остудила пыл Вари Лиза. — Завтра притараню тебе ноутбук, чтобы работать было удобно. Белье чистое, располагайся и чувствуй себя как дома, но не забывай, что ты в гостях. Да, еще кое-что. — Барышева достала из кармана вто-рой сотовый и передала Варваре. — Это тебе. Дарю.

— Зачем это? — смутилась Варя.

— Извини за цинизм, но я тебя не знаю. Пока ты на меня работаешь, я хочу знать, где ты, с кем ты и что делаешь. Эта побрякушка — вроде как маячок. Теперь поняла?

— Поняла, — Варвара кисло улыбнулась. — Я все поняла... Но не вижу смысла... В этом во всем. Совершенно не вижу смысла. Я пойду, ладно. Мне нужно... Там у меня... Я не смогу на тебя работать, Лиза. Совершенно это ни к чему. — Варвара осторожно положила телефон на кровать, поднялась и бочком направилась к лестнице, взялась за перила, обернулась: — Нет, не понимаю! Ты, Лиза, разрешаешь пожить у тебя в квартире. В то же время ты не доверяешь мне и хочешь меня контролировать. Но я ведь могу... Допустим, что-нибудь украсть, оставить телефон дома и спокойно уйти. Нет, ты только не подумай — я не собираюсь ничего красть. Но где ты будешь меня искать, если я все же уйду?

— На сценарном факультете ВГИКа, милая, я буду тебя искать, — усмехнулась Лизавета.

Варвара замерла, секунду о чем-то размышляла, кивнула и побежала по ступенькам вниз.

«Гордая овца. Прекрасный типаж», — ехидно подумала Лизавета и поспешила следом.

Варвара стояла в прихожей, крутила замки и никак не могла открыть дверь. Руки у нее дрожали.

— Открой, пожалуйста, дверь, Лиза, — умоляюще попросила она.

— Ах боже мой! Какие мы благородные, и интеллигентные мы какие! Я фигею над тобой, Варвара-краса. Ее унижают, а она: «Простите, пожалуйста!», «Я не вижу смысла», «Ах, я не смогу». Да-а-а... Варь, с таким характером ты никогда мужика себе не найдешь. Вечно будешь в девках. А ведь я планирую тебя замуж в финале нашего сценария выдать!

— Что за ерунду ты говоришь, Лиза! Как это —

ты планируешь выдать меня замуж? Что за глупые шутки, я никак не пойму? Открой дверь, пожалуйста. Ради бога, открой эту чертову дверь и выпусти меня! Ты меня пугаешь! Я хочу домой! — Варя забарабанила кулачками в дверь, и из ее глаз снова потекли слезы.

— Психопатка! — Лиза оттолкнула Варвару от двери и открыла замок. — Проваливай в свою вонючую общагу. Никто тебя не держит. Я ведь как лучше хочу. Для тебя, можно сказать, стараюсь! Кто мне в уши дул в сквере, что мечтает о семье? По нашему сценарию я вроде как твой Ангел. Какой же я буду Ангел, если не исполню твою мечту? У сценария должен быть хеппи-энд, а какой, на фиг, хеппи-энд, если ты останешься одинокой с ребенком на руках? Зануда! Строит из себя гордячку неприступную! На бульваре нужно было строить! Дала бы своему мачо коленом в пах, букетом бы дерьмовым съездила пару раз по дерьмовой роже. Нет же, сопли пузырями распустила и даже не сказала ему вслед, что он — козел вонючий!

— Я хотела! — крикнула Варя и уныло добавила: — Хотела сказать, но не смогла. Лиза, ты во всем права — я никогда не выйду замуж. И ребенок тут ни при чем. Во мне дело. Только во мне.

— Выйдешь, если останешься у меня. Просто перестань париться, расслабься и доверяй мне. Лиза Барышева плохому не научит. Не обижайся, короче. Я иногда невыносимой бываю. Что поделать, если у меня такой дерьмовый характер? Опять же, мы ведь оригинальный сценарий пишем! Кто сказал, что у ангелов должен обязательно быть сладкий характер? На фига нам штампы? Не уходи...

— Завтра пропишу твой дерьмовый характер в сценарии, и эту безобразную сцену тоже изображу во всей красе, — буркнула Варвара.

— Ты — супер! — рассмеялась Лиза и чмокнула девушку в щеку. — Ну, я пошла. Телефон ты все равно всегда с собой носи. У меня такой же — видишь? Эти фигульки станут нашими талисманами и кармической связью. Ты очень бледная и усталая. Ступай поспи, — дала указание Лиза и вышла за дверь.

Усевшись в любимый «Лексус», Лизавета Степановна включила магнитолу, настроилась на волну любимого радио, врубила звук на полную и, громко подпевая вездесущему Билану, тронулась на полной скорости в сторону Рублевки. Настроение у нее было превосходным. Хорошо, что она выбрала из толпы именно эту овцеподобную особь женского пола. Чудесный материал для обработки: как пластилин, лепи из нее все, что хочешь. Еще и черновую работу за нее всю сделает. Вместе они такой сценарий напишут, что Варламов обязательно возьмет ее на главную роль в своем фильме. Не сможет не взять, потому что она гениальна — придумала такой потрясающий сюжетный ход! Игра в игре. Почему-то вспомнился глупый анекдот: «При вскрытии матрешки внутри оказалось еще семь трупов». Лиза от души расхохоталась. Радость переполняла ее, внизу живота ощущалось приятное жжение. Да, манипулировать чужой жизнью оказалось поистине увлекательным занятием. Это было сродни оргазму — потрясающе! Разве можно сравнить эту игру с детскими забавами в ее тусовке! С дурацкими переодевалками в отбросы общества! Кого в наше время этим удивишь? Ну, посидела она на паперти пару часиков в вонючей одежде с перепачканной мордой, пока хозяева не пришли и вежливо не попросили ее топать домой, к папочке. Постояла у дороги в прикидке путаны полчаса, не успела даже никого снять — получила в глаз от конкурентки. Скука смертная! Даже кражи в супермаркетах в последнее время ее не заводили. Уроды-менеджеры начали узнавать Лизу в лицо, спокойно из магазина выпускать, а после счет за краденый товар на дом присылать — никакого адреналина. Самым веселым приключением за последнее время стала торговля сосисками в Александровском саду. Друзья ржали, как придурки, глядя на нее — в ярком переднике и дебильной шапочке. Муська вообще по асфальту в истерике катался, тыча в нее пальцами. Всех клиентов распугал, идиот! Она разозлилась и стала кидаться в друзей сосисками, пока милиция не подгребла. Славно оторвались, потом отправились в клубешник. Лиза переодеваться не пожелала, осталась в своем костюмчике продавщицы. Фейс-контролер ее на входе тормознул — они снова ржали как ненормальные. Никакого кокса не нужно было. Менеджер потом долго извинялся, когда она клубную VIP-карту предъявила. И снова они ржали, глядя на его вытянутую морду. На секунду ей стало жаль, что она не может рассказать друзьям о своем участии в новом проекте великого Варламова. Варвара бы однозначно произвела в их тусовке фурор. Повеселились бы на славу! Однако уговор есть уговор, придется держать язык за зубами. К слову, никто ведь ей не запрещал Варвару с друзьями знакомить. В пансионат «Кантри Парк» она Муську обязательно с собой возьмет. Роль для него Лиза уже придумала. Муська с удовольствием ее исполнит, если Лиза его попросит, и вопросов задавать не станет. Раз надо — так надо. Муська — он понимающий, единственный в их тусовке настоящий человек, и на лбу у него не написано, что он гей. Осталось придумать, под каким предлогом заманить в пансионат знойного мачо. По законам жанра выдать Варвару замуж следовало именно за отца ее будущего ребенка, говнюка такого! Рожа у него в самом деле знакомая, подумала Лизавета. «Помоги себе сам» — надо же было так неприлично сериал назвать, развеселилась Барышева и посигналила охране на въезде в коттеджный поселок, чтобы ей открыли ворота.

В дом Лиза влетела в состоянии эйфории, сообщила отцу, что временно она поживет в своей квартире, и тут же бросилась собирать чемодан. Спать она легла лишь на рассвете и долго не могла уснуть, ворочаясь в постели и размышляя о своем новом амплуа благодетельницы. Лежа на прохладных шелковых простынях, она воображала, как удачно сложится при ее непосредственном участии Варина дальнейшая судьба, и улыбалась. Игра есть игра, но осознавать, что она в рамках этой игры делает благо, тоже было приятно.

Глава 4

СНЕЖНАЯ КОРОЛЕВА

Не баба, а айсберг — замороженная какая-то, размышляла Зотова, разглядывая холеную световолосую женщину, сидящую перед ней. Если бы Елена Петровна не заглянула в паспорт редакторши, то пребывала бы в полной уверенности, что этой стервочке с холодными светло-зелеными глазами и красивым фарфоровым лицом, свежим, как майская роза, несмотря на конец рабочего дня, только перевалило за тридцать, но ей оказалось больше сорока. Елена Петровна машинально потрогала мешки под глазами, провела пальцем по морщинке на лбу и почувствовала дискомфорт. Лицо у нее начало отекать ближе к тридцати восьми, а после сорока на физиономии в один прекрасный момент проявились, как негатив, все радостные и несчастливые воспоминания ее жизни. К этим прелестям добавилась россыпь бежевых пигментных пятен на лбу, сеточка мелких морщинок вокруг глаз и сухость кожи. Что с этим добром делать, Зотова не представляла. Если с мешками можно было хоть как-то бороться, прикладывая к глазам холодные чайные пакетики с ромашкой и тампоны с теплым оливковым маслом, то с мимическими морщинами сражаться было бесполезно. Сын как-то подарил ей дорогущий новомодный крем от морщин, разрекламированный по всем телевизионным каналам. Эффект был ошеломляющим: через неделю после применения старая кожа слезла с лица, как шкура у змеи во время линьки, и физиономия стала, словно попа младенца... во время диатеза, полное омоложение. Правда, морщины остались на прежнем месте, а воспаленные щеки пришлось пару недель мазать вонючими болтушками, прописанными дерматологом. Больше подобных экспериментов Елена Петровна над собой не устраивала, обходилась проверенными средствами: кремами «Вечер», «Нежность» и «Балет». Прежде она делала маски из подручных средств. Клубничная особенно запомнилась: кожу стянуло до «улыбки» и отбелило... в некоторых местах, а лоб на следующий день превратился в звездное небо. От «озвездения» помог тавегил, больше Елена Петровна масок не делала и смирилась.

Ерунда это все, утешала она себя, подумаешь, морщины. Зато у нее есть грудь — шикарная, по словам очевидцев. Елена Петровна поправила свою шикарную грудь и уставилась на декольте Елены Константиновны Цыплаковой, пытаясь методом дедукции вычислить, натуральный ли бюст у редакторши или силикон? Силикон, пришла к выводу Зотова, а над личиком постарался высококлассный пластический хирург, причем уже не один раз. Если бы у нее были деньги, то она бы тоже выглядела не хуже, решила Елена Петровна. Вернее, если бы у редакторши не было денег, то неизвестно, как бы она выглядела, уточнила свою мысль Зотова и сразу почувствовала себя легче.

Цыплакова тем временем смотрела на следователя с нескрываемым превосходством и презрением, но Елену Петровну это уже не волновало.

— Елена Константиновна...

— Алена, просто Алена. Ненавижу, когда ко мне по отчеству обращаются, — раздраженно перебила ее редактор.

Молодится, стерва, злорадно подумала Зотова и сотворила на лице благодушное, понимающее выражение.

— Хорошо, Алена, как скажете. Меня, кстати, тоже Еленой зовут. Елена Петровна Зотова, следователь прокуратуры. — Цыплакова сдержанно улыбнулась и кивнула. — Вы знаете причину, по которой вас сюда пригласили? — поинтересовалась Елена Петровна.

— Не имею ни малейшего представления и с нетерпением жду, когда вы меня наконец-то просветите, уважаемая Елена Петровна. Жду, между прочим, довольно долго. Хочу заметить, что мое время стоит дорого. — Алена постучала длинным акриловым ноготком по циферблату своих изысканных золотых часиков.

— В таком случае, не будем больше терять ни минуты и сразу перейдем к делу. Меня интересует, что вы делали в минувший четверг? Точнее, в ночь с четверга на пятницу?

— Черт, — выругалась Алена, и на ее безупречном лбу появилась складка.

— Отвечайте, пожалуйста, на вопрос, — потребовала Зотова. — Где вы были ночью с четверга на пятницу? Рассказать правду в ваших интересах. Даю вам минуту, после я буду иначе с вами разговаривать. Время пошло. — Елена Петровна постучала пальцем по циферблату своих убогих часов с облезлой позолотой и потертым ремешком.

— В ночь с четверга на пятницу я была дома, приняла ванну и легла спать, — заявила редактор.

— Послушайте, Алена, — разозлилась Зотова. — Есть свидетель, который утверждает, что в четверг около половины двенадцатого ночи вы были в деревне Петрушино Серпуховского района Подмосковья. Приехали вы туда на темном внедорожнике. У вас ведь есть темный внедорожник, Алена? Вы были не одна, а в компании с ведущим вашей программы, Артемием Холмогоровым, и молодой темноволосой девушкой. Девушку, которую вы привезли в Петрушево, в ту ночь убили.

— Я ничего не знаю. Я не знаю никакой девушки! Что за ерунда! Что за глупости вы говорите! Никаких домов ни в каких деревнях я не снимала. У меня прекрасная дача на Клязьме. Да, у меня есть темный внедорожник, и что с того? Пол-Москвы имеет темные внедорожники. Повторяю, я была дома, в своей квартире, и спала. А с Холмогоровым я не виделась уже неделю, в прошлый понедельник мы отсняли несколько программ, с тех пор я с ним не общалась. Знаю только, что он собирался в Германию и сейчас должен быть в Берлине.

— Свидетель участвовал в вашей программе, поэтому узнал вас. Отпираться бессмысленно. Три недели назад вы сняли там дом, хозяйка подробно описала вашу внешность и сообщила, что клиентка назвалась Аленой. При заключении сделки вы постарались изменить внешность, надели шляпку и темные очки, но, я уверена, что она вас опознает. К чему упорствовать, я никак не пойму? Это очень глупо с вашей стороны.

— Свидетельница ваша обозналась. Меня там не было! Я дома была! — Цыплакова менялась буквально на глазах, превращаясь из самодостаточной сильной женщины в дерганую неврастеничку.

— Свидетельница? Разве я говорила вам про свидетельницу? С чего вы взяли, что свидетельница, а не свидетель?

— Вы говорили про хозяйку, хозяйки разве бывают мужского пола? — попыталась она оправдаться, вышло неубедительно: это поняли и Елена Петровна, и сама Цыплакова.

Некоторое время в кабинете следователя стояла тишина.

— В этой жизни все бывает, — вздохнула наконец Елена Петровна, решив сменить тактику допроса.

Что-то в манерах женщины не укладывалось в

«корзинку». «Корзинкой» Елена Петровна для себя называла ожидаемое поведение подозреваемого, обвиняемого или свидетеля. В «корзинку» можно было сложить даже самое неадекватное поведение. На допросах люди нередко держатся неадекватно, но даже у нелогичности есть норма, которую можно втиснуть в некие рамки. Поведение Цыплаковой выпадало из рамок. Что она врет, ясно было с первой минуты допроса, но врала она так неумело, так глупо, так примитивно, и эта ее бессмысленная ложь в сочетании с ее типажом, умом и личностными характеристиками вызывала у Зотовой некоторую растерянность. Если бы на ее месте в данный момент оказалась какая-нибудь особь без извилин в голове, с низким интеллектом, то данное поведение (упорное нежелание признавать факты) воспринималось бы следователем как норма. Но перед ней сидела умная женщина, к тому же в силу специфики своей работы, постоянного цейтнота и стресса умеющая мгновенно принимать решения, адаптироваться к любой ситуации, а значит, обладающая способностью вести себя гибко. Выходит, она каким-то боком причастна к преступлению, раз так себя ведет, с сомнением предположила Зотова.

— Как зовут девушку, которую вы привезли в деревню? Кто она? Зачем вы ее привезли туда? Зачем вы сняли там дом три недели тому назад? Для каких целей? Сколько времени вы там находились?

Что делали? В котором часу вы оттуда уехали? Куда затем направились? — сыпала Зотова вопросами и на все получала один и тот же ответ:

— Я ничего не знаю! Я была дома! Я требую адвоката! — твердила Цыплакова,

Елена Петровна устала давить и решила опять сменить тактику, отметив, что достала ее фраза: «Я требую адвоката!» Реально достала. Собственно, она нисколько не возражала против приглашения адвокатов, закон есть закон, но почему?! Почему именно эта словесная конструкция каждый раз слетала с языка допрашиваемых? Четко! Слово в слово: «Я требую адвоката». Не умоляю, не прошу пригласить, не будьте добры — требую, и точка. Бесило ее это, беси-ло!

С трудом подавив в себе желание сказать Цыплаковой, что она знает о силиконе в ее сиськах, Елена Петровна в очередной раз изобразила на лице полное благодушие.

— А что вы так нервничаете, Елена Константиновна? — медовым голосом проворковала Зотова. — Успокойтесь, голубушка. Вы были дома. Прекрасно. Давайте пропуск, я подпишу. Завтра подъезжайте к двенадцати, вот повестка, опознание будем проводить. — Елена Петровна черкнула на бланке свою подпись и протянула его редактору. — Раз это были не вы, так чего переживать-то? Действительно, свидетельница могла ошибиться, было темно. И хозяйка дала довольно размытое описание. Идите, только подписку о невыезде подпишите и из Москвы никуда не выезжайте.

Алена медленно поднялась, склонилась над столом, поставила свою подпись на протоколе и подписке, машинально взяла пропуск, сделала два неуверенных шага к двери, взялась за ручку. Выглядела она растерянной и, кажется, не верила, что ее так просто отпустили.

— Когда, ты говоришь, душа моя сердечная, Холмогоров возвращается? Я так понимаю, ты его покрываешь? Да, Аленушка? — спросила Зотова, намеренно перейдя на «ты». Цыплакова вздрогнула и посмотрела на следователя с изумлением, но в следующую секунду выражение ее лица изменилось, застыло, и Елена Петровна прочитала в ее остекленевших зеленых глазах такой холодный ужас, что у нее мороз пробежал по спине. «В точку, — удовлетворенно подумала следователь, — попалась, голубушка! Теперь не уйдешь». — Это по просьбе Холмогорова вы сняли дом в деревне? — снова перешла на «вы» Зотова.

Цыплакова отрицательно мотнула головой, но она явно «поплыла», по лицу было видно, что поплыла — и в том направлении, в котором требовалось. Осталось еще чуть-чуть поднажать.

— Холмогоров — ваш любовник? — с сочувствием спросила Зотова.

— Холмогоров — мой муж, — всхлипнула редактор, закрыла лицо руками и медленно опустилась обратно на стул.

* * *

«Москва... Как много в этом звуке...»

Она выросла в маленьком городке на Волге, но в один прекрасный момент для Леночки Цыплаковой этот звук стал смыслом жизни. Ей стало тесно и душно на чистеньких провинциальных улочках, захотелось простора. Лежа на пружинистой койке в своей комнатушке, юная Леночка разглядывала фотографии известных актеров и певцов и воображала себя в модных вещах из журнала «Бурда»: то прогуливающейся вдоль набережной Москвы-реки под руку со знаменитым певцом Кобзоном, то сидящей за столиком в Доме кино с красавцами Козаковым или Янковским. Леночка не грезила о славе актрисы или певицы, ее устремления были проще — она мечтала удачно выйти замуж. Не обязательно за Кобзона, Янковского или Козакова, но непременно за мужчину достойного и с перспективами. В их городе, по ее разумению, достойных не было, а перспективных и подавно. Данный класс мужчин обитал исключительно в столице, оттого ее девичье сердце рвалось в Москву, навстречу своему счастью. Осталось получить аттестат зрелости и уговорить мать отпустить ее. Разговора с мамой Леночка боялась, как атомной войны. Мать, суровая, хмурая, нервная, измотанная бытовыми проблемами и тяжелой работой, могла дочке и по морде залепить сгоряча. Один раз она ремнем по заднице так прошлась, что Леночка потом сидеть не могла неделю. Главное, обидно — ни за что: Зойка, подружка, в гости вечером забежала, о своих печалях любовных поведать, сигарету предварительно у отца свистнула и выкурила ее с горя в кухне. Лена кухню проветрила, но мать с суток вернулась под утро, запах табака все равно унюхала и разбираться, кто прав, кто виноват, не стала. За помаду и глаза со «стрелками» она тоже лупила Лену почем зря, с мальчиками запрещала встречаться, а однажды Леночка мамины сережки на день рождения подруги надела, так чуть ушей не лишилась потом. Строгая, в общем, была мать, не знала Леночка, как о своем желании поехать в Москву ей поведать, но без материнского благословения покидать родные края не хотела. Да и денег у нее не было. Как ни пыталась она скопить на школьных завтраках, так и не смогла. На киношку все спустила и колготки эластичные. Время выпускных экзаменов приближалось, Леночка разговор опасный откладывала, но извелась вся, так в Москву ей хотелось, даже личико у нее осунулось, и учиться девушка стала хуже, с пятерок на четверки скатилась в последней четверти, за контрольную по алгебре неожиданно трояк схлопотала. Мать тройку в дневнике увидела, в ярость пришла и за волосы дочь оттаскала, сильно, в глазах у Лены от боли рябь пошла. После, правда, мать ее приголубила, голову ей помыла, сполоснула настоем ромашки, просушила полотенцем, локоны на бигуди накрутила, платочек хлопковый повязала. Всю ночь Леночка не спала, ворочалась, неудобно ей в бигудях спать было, лишь под утро задремала, уткнувшись в подушку носом. Мама разбудила ее рано, бигуди сняла, волосы расчесала аккуратно, уложила, серьги ей свои в уши вдела, на шею коралловые бусы повесила, платье велела надеть праздничное и туфли. Затем усадила Леночку, нарядную, как куколка, на тахту, сама напротив на стул присела и долго сидела, молча глядя на дочь. Странно так смотрела, Леночке не по себе сделалось, мурашки по рукам пошли, и ладони вспотели.

«Красивая ты, Ленка, — вздохнула мама. — Вся в отца пошла. Порода в тебе чувствуется. Нечего тебе в нашем захолустье прозябать. Поезжай-ка ты в Москву — в институт поступишь, выучишься, мужика себе приличного найдешь. Приличным-то дуры без надобности, им образованных подавай! Меня папаша твой любил, целый год из Москвы сюда таскался. Иной раз на полдня приезжал, лишь бы меня увидеть и побыть рядом, а женился на профессорской дочке. Ты на меня не гляди с удивлением. Это я сейчас, в свои тридцать пять, как старуха выгляжу. Одной пришлось тебя тянуть, сутками работала, света белого не видела, да еще на вредном производстве, вот и состарилась раньше времени. А когда в твоих летах была, так мне ухажеры продыху не давали. Но я всем от ворот поворот давала, отца твоего любила сильно, ждала все, когда он меня в Москву к себе позовет или здесь останется. Последний раз он приехал, я тебя под сердцем носила, в ноги бросился, покаялся, что женился. Просил таким его принять, семейным. Не приняла, мне чужого не нужно, и о тебе не сказала. Не хотела дитем его удерживать. Думала, если любит, вернется. Больше мы не виделись. Не в обиде я на него, не пара мы с ним были. Кто он — секретарь комсомольской организации, аспирант, а я — обычная наладчица с восемью классами. Не бери с меня пример, — наставляла мать, — образовывайся! Я дурь из тебя ремнем выбивала с детства, чтобы ты приличной девушкой выросла, а не шалавой какой-нибудь. Учись, Ленка, ума-разума набирайся и блюди себя во всем. Встретишь хорошего парня, ему стыдно за тебя не будет. Я тут денег скопила, с каждой получки откладывала. — Мать залезла в секретер, достала жестяную банку из-под печенья и протянула ее Лене. — Возьми, на первое время хватит. И сходи, купи себе материальчик на пару платьев приличных, в Москву ведь едешь — столицу. — Леночка с трудом удержала коробку в руках, пальцы не слушались, онемели. Всю жизнь они жили скромно, мать ее во всем ограничивала, а вот оно как вышло! Ради ее будущего мать, выходит, старалась. Мать потрепала ее по щеке, и взгляд ее снова очерствел: — Только не обессудь, дочка, помогать я тебе больше не смогу. Дальше сама управляйся — я долг свой материнский перед тобой выполнила».

Мать вышла, а Леночка еще долго сидела на тахте, не веря своему счастью.

Теперь у нее была полная свобода и деньги, осталось выбрать подходящий вуз. На эту тему Леноч-

ка размышляла недолго и решила поступать на филфак МГУ. Способности к филологии у нее были
несомненные: половине класса она строчила сочи-
нения, умело стилизуя язык под каждого ученика;
на всех городских олимпиадах по русскому занима-
ла первые места, была редактором школьной стен-
газеты, писала стихи и рассказы о ВОВ, передовиках
производства и школьных успехах. Одно ее стихотворение даже было опубликовано в местной завод-
ской малотиражке, в рубрике «Новое поколение».

> Мне бы лодку добыть
> И уплыть
> К берегам неизведанным,
> Где на солнце сады цветут,
> В облаках грибы растут,
> А по воздуху плавают рыбы.
> Мне бы лодку добыть
> И уплыть
> К берегам неизведанным,
> Чтобы в небо упасть,
> Среди звезд танцевать,
> Светом лунным наполнить грудь
> И найти свой путь...

Авторитетный критик Сыромятин после выхода
этого стихотворения написал в своей критической
заметке, что: «Пока есть такая молодежь, которая
стремится к высокому по пути к коммунистическо-
му будущему и использует поэтические аллегории и
метафоры для отражения насущности реализации
продовольственной программы в свете решений
XXVI съезда ЦК КПСС, значит, не все потеряно».

В общем, Леночка была уверена, что в МГУ она поступит без проблем. Мама, несомненно, права, с дипломом университета найти в Москве свое счастье будет проще.

Но все вышло иначе...

Со своим счастьем Леночка Цыплакова познакомилась гораздо раньше, сразу после вступительных экзаменов на филфак МГУ. Она сидела на лавочке рядом с универом, рыдала и от злости кусала губы. В университет она не прошла, завалила письменный экзамен по литературе. По другим предметам тоже не особенно отличилась, но за трояк по любимому предмету было особенно обидно, до смерти обидно — это несправедливо, подло! Трояк жег щеки огнем, сверлил сердце дрелью, щипал глаза. Жить не хотелось, о возвращении домой не могло быть и речи. Мать попросту ее прибьет. По глазам поймет, что она не поступила, и прибьет. В другой вуз поступать — сил не осталось. Хотелось утопиться, всех убить и поджечь здание университета. От самоубийства Леночку удерживало только то обстоятельство, что в общаге на Шверника у нее лежал чемодан с кучей обновок, которые она приобрела в ЦУМе и ГУМе, израсходовав почти все деньги, скопленные матерью за всю ее жизнь. Жаль было умирать, не щегольнув хотя бы разок в этой роскоши!

Он подошел и сел рядом, понес какую-то банальность о погоде, заявил, что у нее симпатичные босоножки, и попросил закурить! Идиот! Неуклюжий медведь с длинными вьющимися волосами, сбитыми мозолями на пальцах — от гитарных струн, в замызганных иностранных джинсах и с юношеским пушком над верхней губой. Кошмарный урод, но слезы сразу просохли.

Оказалось, что он тоже провалился в МГУ в прошлом году, поступал на факультет журналистики, но, чтобы не загреметь в армию, больше рисковать не стал и благополучно сдал экзамены в Станкин, где конкурс был значительно ниже. Разговор завязался сам собой. Через полчаса они, сидя на мраморных перилах смотровой площадки Ленинских гор, созерцали Москву. Он пил теплое «Жигулевское», искоса пялился на ее голые коленки и пытался развлечь девушку. Она с удовольствием лопала подтаявшее «Эскимо», болтала ногами и хихикала, слушая дурацкие анекдоты про Брежнева, евреев и чукчей.

Спустились на набережную поглазеть на речные трамвайчики. Пахло горячим асфальтом, шашлыками и тиной. Солнце садилось, подкрашивая оранжевым остывающую воду. На щербатых ступеньках дремали утки.

Он придержал ее за талию, когда она спустилась к самой воде, чтобы сполоснуть руки, а потом, как истинный джентльмен, разрешил ей вытереть ладошки о свою футболку. Она шутливо поставила мокрую отметину на его груди, в районе сердца. Он шутливо закатил глаза и повалился на траву.

Вечером Леночка оказалась у своего нового приятеля в гостях, где он довольно умело слизал остатки шоколада с ее губ и предложил ей остаться у него. Она осталась, идти ей было некуда, да никуда и не хотелось... На следующий день ее чемоданчик перекочевал из общаги в его квартиру на Университетском проспекте. Квартира была трехкомнатной, просторной и шикарно обставленной. Никогда в своей жизни Леночка не видела такого богатства. Что удивительно — ее новый парень жил один! Родители находились в длительной командировке в Тунисе и приезжали домой редко, на один месяц в году, но ежемесячно выплачивали сыну денежное пособие, через опекуна. Деньги пропивались и проедались совместно с друзьями, которые ошивались в его квартире постоянно. Тусовки, пиво, песни под гитару, дым коромыслом, тяжелый рок — очень быстро она стала своей на этом празднике жизни, и плевать ей было на то, что Артем, тогда еще Артем, воспринимает ее как свою личную вещь и позволяет себе поднять на нее руку. Прикладывая свинцовые примочки к синякам на лице, Алена уговаривала себя, что все это ерунда: агрессия и частые скачки настроения вызваны его нездоровым образом жизни, постоянными пьянками, гулянками — влиянием алкоголя на неокрепший юношеский мозг. Холмогоров ее любит, иначе не стал бы настаивать на браке. А раз любит, то ему придется с ней считаться. Когда они поженятся, Алёна найдет способ прекратить это постоянное безобразие. Полная радужных надежд, она согласилась выйти за Артема замуж. Подали заявление в загс. Алена стала готовиться к свадьбе, воображать себя невестой, подбирать в уме свадебный наряд, мечтать о красивом застолье. Но Холмогоров заявил, что терпеть не может всю эту пошлятину, и заставил ее надеть на бракосочетание джинсы. В загс приехали на троллейбусе, из гостей присутствовали только свидетели, которых Алена видела в первый раз в жизни. С ее стороны — неприятная длинная девица, как позже выяснилось, подруга детства Холмогорова. Вела она себя безобразно: ее лошадиный идиотский смех во время церемонии Алена помнила до сих пор. Со стороны жениха — прыщавый очкарик, одноклассник Артема. Но самым унизительным было не это. Когда работница загса сказала фразу: «А теперь поздравьте невесту, молодой» — Холмогоров проигнорировал ее губы и торжественно пожал жене руку. Через месяц родители в очередной раз приехали в отпуск из командировки, Артем не посчитал нужным предупредить, что дома их ожидает новая «ячейка общества». Разразился скандал, мать тряслась в истерике, отец сдержанно отчитывал сына и грозил лишить его наследства. Алена забилась в угол гостиной, с ужасом наблюдая некрасивую сцену. Ужасала не реакция родителей, их в какой-то мере можно было понять, а поведение молодого мужа. Холмогоров выслушивал претензии с сардонической улыбкой и выражением удовлетворения на лице.

Алене вдруг стало дурно: голова закружилась, к горлу подкатила тошнота, она зажала рот рукой и бросилась в туалетную комнату. Сколько времени она провела в обнимку с унитазом, Алена не помнила. Сквозь муть в голове она слышала, что в дверь несколько раз стучались, потом ее оставили в покое. Когда она вышла, в гостиной никого не было. Алена на цыпочках пошла к комнате Артема, где теперь они обитали вдвоем, но, услышав голоса, замерла у двери. Ее муж разговаривал с матерью.

— Я добра тебе желаю, неужели ты не понимаешь!

— Мам, я все понимаю, но не надо вот этого, а, — лениво парировал Артем. — Оставь меня в покое, пожалуйста. Просто оставь в покое, и все!

— Прости, что была так резка. Я не должна была, это твой выбор, это твое решение. Прости меня, это все от неожиданности. Но как я могла иначе отреагировать? Попробуй поставить себя на мое место. Твой юношеский максимализм меня когда-нибудь доконает! Я еще могу понять твою выходку с университетом — не нужно нам было за тебя просить и денег давать, ты бы сам спокойно поступил. Ладно, пусть будет Станкин. В конце концов, при желании ты легко можешь перевестись после второго курса из этой помойки в приличный вуз. Но твой скоропалительный брак с провинциальной девочкой из явно неблагополучной семьи? Это как понимать? Да, она очень красива, но зачем жениться, милый мой? А как же Ирина? Ума не приложу, как мне теперь смотреть в глаза ее родителям? Все уже обговорили, расписали, в каком ресторане свадьбу играть, составили список гостей. Ирочка, наверное, уже платье себе заказала. Нам с отцом хотел досадить, это ясно, но о ней ты подумал? Что будет с ней, когда она узнает?

— Ничего с ней не будет, — хохотнул Холмогоров. — Ирка на меня не в обиде.

— Ты ей сказал? — охнула мать.

— Сказал, естественно. Она даже присутствовала на нашем бракосочетании. Выступила свидетельницей со стороны невесты. Ржала, как дура, на весь загс. Все нормально, мам.

— Вы же с детства друг друга любили. Как же так?

— Да с чего ты взяла? Не знаю, что вы там себе напридумывали с ее родителями, но жениться мы с ней не собирались. Она просто мой друг.

— Артем, я знаю, что у вас был роман!

— Мама, мы просто пару раз с ней покувыркались в постели. Так сказать, в исследовательских целях. Дурака валяли. Вот и весь роман. Прости.

— Твоя жена, случайно, не беременна? — подавленно спросила мать.

— А если и так, то что? — усмехнулся Артем.

— Прекрати! Прекрати немедленно огрызаться! Я не просто так спросила, и ты прекрасно об этом знаешь. Ты должен понимать, какие могут быть последствия, если она родит. На твоем месте я бы ее предупредила.

— Она не беременна, — буркнул Холмогоров. — Когда же ты поймешь, наконец, что я не маленький мальчик!

— Мы привезли с отцом презервативы. Я положила их тебе в тумбочку рядом с кроватью. Будь, пожалуйста, осторожен. А лучше все ей объясни, чтобы она сама за всем следила. Так надежнее.

— Мама! — взвыл Холмогоров — в комнате скрипнула кровать.

Алена спиной попятилась от двери, влетела на кухню, грохнула чайник на плиту и долго не могла зажечь конфорку, роняя спички на пол одну за другой. Все стало ясно — Артем никогда ее не любил. Никогда! Он женился на ней, чтобы доказать родителям, что он самостоятельный и будет делать все, что ему нравится. В начале их знакомства Артем как-то пожаловался, что родители даже из-за границы пытаются его контролировать, постоянно грузят и навязывают свои правила. Выходит, он женился на провинциалке в знак протеста, нарочно. Он никогда ее не любил... Не любил...

К горлу снова подступила тошнота, Алена отбросила коробок в сторону, подхватила с блюдечка тонкую дольку лимона и сунула ее в рот — тошнить перестало: кисленькое уже в течение трех недель помогало ей избавиться от дурноты...

* * *

— Вы сделали аборт? — спросила Зотова.

Алена вздрогнула и рассеянно посмотрела на Елену Петровну. Она так глубоко ушла в прошлое, рассказывая о своей несчастной жизни, что забыла, где находится.

— Налить вам кофе? — предложила следователь.

— Чаю, если можно, кофе мне нельзя, — вяло улыбнулась Цыплакова. — Да, я сделала аборт. Испугалась слов его матери. Холмогоров об этом даже не узнал.

— Что за проблемы со здоровьем у вашего мужа? Почему ему нельзя было иметь детей?

Елена Петровна поднялась, включила чайник и обернулась к редактору.

— Холмогоров с детства болен шизофренией, параноидной формой.

— В чем причина заболевания? Наследственность? — Чайник за спиной щелкнул, но Елена Петровна не обратила на это внимания и вернулась за стол.

— Отец Артема был диабетиком. Заболел в юношеском возрасте. С диагнозом «приобретенный диабет» врачи иметь детей категорически не рекомендуют, но его жена рискнула родить. Артем родился нормальным, здоровым, все было замечательно. Они обрадовались и решили завести второго ребенка. У Артема начались проблемы, когда его мать была в положении. Срок оказался небольшим, она испугалась и сделала аборт. Правильно сделала! Мамаша Артема меня до конца жизни так и не признала, ненавижу ее, но сочувствую. Врагу такого не пожелаешь: ребенок — шизик. К счастью, я узнала о проблемах Артема вовремя.

— Холмогоров вам сам рассказал о своем диагнозе?

— Он упорно молчал, а я не спрашивала. Боялась, что это приведет к разводу. У нас были довольно сложные отношения, на грани, что называется. Наш брак строился только на том, что я постоянно твердила ему о своем нежелании иметь детей. Врала, что мечтаю сделать карьеру. Уловку такую придумала, и Артема это держало. Где еще найдешь такую жену, которая не хочет малыша? У женщин материнство в крови. А открылось все через восемь месяцев: у него приступ случился. Это было страшно. По-настоящему страшно! Бред преследования, галлюцинации. Артему слышались голоса, он стал подозрительным и очень агрессивным. Я уже позже поняла, что симптомы шизофрении у него и раньше проявлялись. Родители к этому моменту уже вернулись из командировки. Жили мы, к счастью, отдельно, в съемной квартире. Очень повезло, квартира принадлежала родственникам Артема, которые тоже постоянно находились за рубежом. Она разрешили нам у них пожить, а заодно и за квартирой попросили приглядеть. Так вот, когда это случилось, я в панике позвонила его мамаше. Она мне все объяснила и умоляла ни в коем случае не звонить в «скорую». Сама вызвала врача, Артема лечили анонимно, нашли доктора и платили ему, боялись, что с подобным диагнозом у сыночка их никогда больше не выпустят за границу. О будущей карьере сына тоже пеклись.

— Как же родители не боялись сына одного оставлять?

— Не оставляли они его! У Артема были опекуны, дед с бабушкой, родители отца. Артем жил с ними, когда родители находились в командировке. Они за ним приглядывали. После бабушка умерла, Артем к тому времени школу окончил и отвоевал право на отдельное проживание. Дед не особенно сопротивлялся, отпустил внучка, но регулярно, раз в неделю, Артема навещал, каждый день звонил, чтобы проверить, все ли в порядке. Раз в месяц деньги давал. Артем всегда знал, когда дед поедет с проверкой, и к его приезду марафет наводил в квартире. Дедуля даже представить себе не мог, что творилось в его отсутствие! А соседи боялись жаловаться, к Артему такие кадры в квартиру приходили — жуть!

— Почему вы после всего, что случилось, не ушли от мужа?

— А куда? Мне некуда было идти. Осенью того же года я поступила на подготовительный факультет МГУ, но общага мне не полагалась — я к тому моменту уже была москвичкой. Отец Артема, ответственный квартиросъемщик, прописал меня в свою квартиру. — Алена опустила глаза. — И потом, я не могла его оставить. Артем нуждался во мне. Приступ длился где-то дня четыре, а после Артем впадал в глухую депрессуху. Я с ним, как с ребенком, возилась. Он стал полностью от меня зависеть и не хотел меня отпускать. Умолял, на коленях ползал, чтобы я осталась. Мне тяжело было, да. Очень тяжело, но в то же время... Неважно. — Алена чуть заметно улыбнулась и не стала продолжать свою мысль, но Зотова поняла, что она имела в виду. Цыплаковой нравилось, что они с мужем поменялись местами, она получала от этого полное моральное удовлетворение, поэтому не сбежала, а осталась с больным мужем. Типичная история о созависимых людях, понятная, но в душе почему-то вместо сочувствия снова поднялась волна раздражения по отношению к этой женщине. Впрочем, это было неважно.

— Часто у него случались обострения? — спросила Елена Петровна.

— В первые годы нашего супружества — стабильно два раза в год, но постепенно его состояние улучшилось. Артем научился контролировать себя, принимал транквилизаторы. Во всяком случае, когда был со мной, принимал. Мы уже давно не живем вместе, только работаем. Расстались, у каждого своя жизнь и отдельная жилплощадь, хотя официально мы все еще женаты.

— Почему вы расстались?

— Банально... перестали нуждаться друг в друге. Холмогоров, когда почувствовал себя нормальным, меня отпустил, и я ушла со спокойной душой, — пожала плечами Алена. — К тому времени я уже закончила университет, работала редактором в газете, писала статьи, рецензии — в общем, была полностью самостоятельной личностью. Квартиру родителей (их уже не было в живых) Артем оставил за собой.

Я в дедовскую переехала — Холмогорову она тоже по завещанию досталась.

— Выходит, Холмогоров вас недалеко отпустил, раз вы по-прежнему с ним рядом.

— Это бизнес, — возразила Алена. — Деловые отношения — это совершенно другое. Да, Холмогоров меня эксплуатирует по полной программе, но, во-первых, он платит мне деньги, очень хорошие деньги. Столько я нигде больше не заработаю. Редакторы не так уж много получают. Во-вторых, я привыкла ему подчиняться, а он привык, что я ему прислуживаю. Привычка — вторая натура, как известно. Потом, Артему спокойнее, пока я работаю у него в программе, — он уверен, что контролирует меня. Когда Артем стал публичной персоной, он начал панически бояться, что правда о его психическом расстройстве выплывет наружу. Поэтому протокол, который вы настрочили, я не подпишу. И вообще не буду против него свидетельствовать, — вздохнула Цыплакова и улыбнулась, неприятно улыбнулась, с издевкой.

— Боитесь лишиться кормушки? — усмехнулась Зотова.

— Не ваше дело, — неожиданно сорвалась Алена. — Могу описать подробно свои действия! Да, это по просьбе Холмогорова я сняла в деревне Петрушево дом. Я долго искала в газетах и нашла. Здесь нет ничего противозаконного — моя работа заключается в том, чтобы выполнять его поручения.

— С какой целью Холмогоров дом снял? Почему именно в деревне Петрушино?

— Он сказал, что устал от популярности и хочет иметь такое место, где можно спрятаться и где никто его не будет доставать. Почему именно в той деревне — я не знаю. Сама я не публичный человек, но всякое бывает, как выяснилось, поэтому на встречу с хозяйкой поехала я, как секретный агент. Про свидетельницу я оговорилась не случайно. Я видела, как она шпионит за нами из окна. Она лбом к стеклу прилипла, когда мы из машины вышли. Я, правда, не предполагала, что она нас узнает. Стемнело уже.

— Опишите подробно, как развивались события в четверг.

— Артем позвонил мне вечером и попросил срочно приехать к нему. Я приехала. Дома у него была какая-то девица в халате. Он попросил меня отвезти их в деревню, объяснил, что эта девушка — героиня следующей передачи, что она уникальна, поэтому он хочет спрятать ее, чтобы другие журналисты девицу из-под его носа не увели.

— Чем же эта девушка уникальна? Кто она? Как ее звали?

— Он ее Солнышком называл, — с отвращением сообщила Алена. — А кто она и чем уникальна — не имею понятия. Холмогоров толком мне ничего не объяснил. Сказал, что после все расскажет. Дергал меня, торопил. И девицу вытолкал из квартиры прямо так, в халате. Куртку только на нее свою напялил.

— Почему он именно вас попросил отвезти их за город?

— Опасался, что за ним следят. Блин, мне бы уже тогда понять, что дело пахнет керосином! Что у него очередной бред начался! Когда ехали, он всю дорогу дергался, смотрел в зеркало заднего вида, словно его кто-то преследовал, торопил меня, чтобы я быстрее ехала. А я принципиально не нарушаю правила, никогда. Но отчего-то повелась, поверила ему. Холмогоров несколько недель собирал материал для новой программы, о чем будет программа, он скрывал, но уверял, что нарыл что-то неординарное, настоящую сенсацию.

— По дороге вы где-нибудь останавливались? Заезжали куда-нибудь?

— Останавливались один раз, я продукты купила, в доме было шаром покати, только в погребе какие-то хозяйские заготовки.

— Вы в погреб спускались?

— Да, когда ключи от хозяйки получила, все внимательно осмотрела. А потом ключи Холмогорову отдала. А что?

— Холмогоров там бывал до того, как девушку туда повез? — проигнорировала вопрос Цыплаковой Зотова.

— Откуда я знаю? Когда мы приехали, он в доме довольно хорошо ориентировался.

— В каком магазине вы продукты покупали? — уточнила Елена Петровна. — Холмогоров с вами в магазин заходил или в машине оставался?

— В машине. А магазинчик ночной, у заправки, недалеко от поворота к деревне. В общем, добрались до места, и Холмогоров тут же отправил меня обратно. Сказал, что вернется в Москву на электричке. Что ему нужно кое-что сделать, завершить кое-какие дела. Я еще удивилась, потому что у него билет на пятницу был забронирован, в Берлин. Предложила забрать его утром или подождать. Он отказался и попросил, чтобы я больше в деревне не светилась. Я уехала, а он остался с этой девицей. Господи, что там произошло?! Вы говорили, что эту девушку убили в ту ночь? Неужели Холмогоров ее убил?! Псих! Псих ненормальный! — Алена вдруг застонала, согнулась на стуле и схватилась за живот. Лицо ее побледнело, на лбу выступили бисеринки пота.

— Вам плохо? Врача позвать? — Елена Петровна резко поднялась.

— Воды дайте, пожалуйста, — простонала Цыплакова. Зотова налила в стакан воды из графина. Алена покопалась в кармане, достала таблетку, запила. — Сейчас пройдет... — выдохнула редактор. — Когда нервничаю, желудок иногда прихватывает, язва... Что мне делать? Что мне делать, если он позвонит?

— Успокоиться и вести себя как обычно, Алена. Когда Холмогоров возвращается из командировки?

— Завтра. Завтра днем на поезде Берлин — Москва. Номер 13.

— А с какой целью он поехал в Берлин? — спросила Зотова и непроизвольно поморщилась, услы-

шав номер. Вообще-то, она никогда не была суевер-
ной; спокойно переходила улицу, если наперерез ей
перебегала дорогу черная кошка, и в прочие народ-
ные приметы не верила, но сегодня душа отреагировала на несчастливое число ноткой пессимизма.

— Я не знаю, зачем он поехал. Пожалуйста, не
говорите ему, что я все вам рассказала! Я не подпишу протокол и буду все отрицать. Не буду против
него свидетельствовать. Он мой муж, я имею право!

— Право имеете, и закон в данном случае на вашей стороне, — заметила Зотова. — Но подумайте:
что, если Холмогоров еще кого-нибудь убьет?

— Меня, например, если я открою рот, — нервно рассмеялась Алена. — У вас есть свидетельница,
которая видела, что я Холмогорова с той девушкой
привезла в деревню, разве ее показаний мало? Я все
вам рассказала, теперь вы знаете, в каком направлении копать. Что вы еще от меня хотите?

— Имя врача.

— Какого врача? — растерялась Алена.

— Психиатра, который лечил вашего мужа от
шизофрении.

— Иван Васильевич Соланчаков. Номера телефона я его, к сожалению, не знаю. Когда переезжа-
ла, то все старые телефонные книжки выкинула.
Возможно, у Холмогорова его телефон остался. Сомневаюсь только, что Артем у него до сих пор на-
блюдается. Я вообще думаю, что Холмогоров забросил лечение. Забросил, поэтому башню и снесло в

очередной раз! Иначе как еще можно его поступок воспринять?

— Думаю, в Институте Сербского на этот вопрос дадут квалифицированный ответ. Какие транквилизаторы Холмогоров принимает?

— Я же объяснила, что не в курсе. Раньше рисперидон принимал, а что сейчас — я не знаю. — Алена демонстративно посмотрела на часы.

— Последний вопрос, и можете быть свободны. Холмогоров один проживает?

— У него спросите, — резко ответила редактор и поднялась.

— Алена, милая, неужели вы не в курсе его личных контактов? Никогда в это не поверю.

— Я вам не милая! Его личные контакты меня не волнуют! — возмутилась редактор, нервно потерла один глаз рукой, размазала косметику и превратилась из светской красавицы в обиженную школьницу. Глядя на нее, Елена Петровна впервые за все время беседы ощутила в душе сочувствие к этой женщине. Ясно стало, что мужа Алена любит до сих пор и ревнует ко всем. — Ой, — спохватилась Цыплакова, снова села, залезла в сумочку, достала пудреницу. — Кошмар, ну и рожа, — оценила она свой внешний вид и суетливо принялась подтирать синяк под глазом губкой. Не вышло, она снова пошарила в сумочке, достала салфетку, послюнявила ее. — Простите, что-то я сегодня расквасилась совсем. Веду себя, как идиотка. Честно скажу: тема, которую вы подняли, мне неприятна. Я вам о подруге детства

Холмогорова рассказывала, помните? Ее зовут Ирина Белкина. Когда я от Холмогорова ушла, он одно время жил с ней. Вернее, она пыталась с ним жить. Всю жизнь эта баба поблизости маячила, изображала из себя рубаху-парня. Она думала, что я не вижу ничего. Не понимаю, что она Холмогорова любит и ждет, когда наш брак развалится. Дождалась, тут же от своего мужа смылась и вещички свои к Артему перевезла. Наплела ему, что ей, сиротинушке, жить негде. Это Холмогоров мне рассказал, поделился со мной несчастьем подружки. Ах, какая Белочка несчастная, муж ее из дома выгнал, а к родителям она возвращаться не хочет, чтобы их не расстраивать. Я рассмеялась ему в рожу и сказала, что подружка его закадычная — хитрая лиса, в койку к нему стремится и это маневр у нее такой по охмурению. Холмогоров в ответ разорался, назвал меня полной дурой и сказал, чтобы я шла лесом. Больше я в его личную жизнь не лезла. Он, к счастью, меня и не посвящал. Мы хоть и расстались по обоюдному согласию, но желания выслушивать исповеди о его новых бабах у меня не было никакого. Всего хорошего.

Алена подхватила свою сумочку и выскользнула за дверь.

— Чайку даже не попила, — хмыкнула Зотова, вспомнив, что так и не сделала редактору обещанный чай.

Елена Петровна снова включила чайник, приготовила себе кофе и села за стол. Показания Цыплаковой звучали очень убедительно, но все равно в голове они укладывались с трудом. На программу «Чудеса света» Елена Петровна несколько раз попадала случайно, щелкая пультом телевизора, чтобы отыскать какой-нибудь разгружающий мозги сериальчик про любовь, и частенько задерживалась на эфире на пару-тройку минут, хотя тема ток-шоу ее мало интересовала. Увлекал ведущий. Было в Холмогорове нечто особенное, что заставляло ее замирать с пультом в руках, глядя в экран. Совсем не красавец, неуклюжий медведь, верно его охарактеризовала Алена, но он мистическим образом зачаровывал.

Елена Петровна сверлила ручкой дырку в своем любимом блокноте, вспоминала свои прошлые ощущения, анализировала полученную от Цыплаковой информацию и пыталась увязать ее с экранным образом журналиста. Получалось плохо. Некая таинственность и загадочность в телеведущем, несомненно, были, но на шизофреника Холмогоров не походил, выглядел он вполне вменяемым и адекватным. Разве что темы передач подбирал довольно своеобразные. Холмогоров вещал с экрана не об архитектурных памятниках, признанных чудесах света, а о явлениях, не поддающихся здравому объяснению. Убийство неизвестной девушки тоже с трудом поддавалось здравому объяснению. Сплошное белое пятно на кровавом фоне.

Предположим, что преступник — Холмогоров.

Елена Петровна черкнула в блокнот имя журналиста и обвела его в жирный кружок. Итак...

Известный журналист Артемий Холмогоров активно собирает материал для новой программы, уникальный материал, который грозит стать сенсацией. Через некоторое время он просит жену, редактора своей программы, человека близкого, которому он безоговорочно, судя по всему, доверяет, снять в деревне Петрушево дом. Снять анонимно, чтобы никто об этом не знал. Почему именно в Петрушево? С чем это связано? Кладбищем заинтересовался? Чтобы крест легко было перетащить в погреб?

Спустя три недели Холмогоров звонит жене и просит отвести его в деревню вместе с неизвестной юной девушкой, которая находится у него в дома без верхней одежды, в одном халате. Откуда она взялась у него в квартире в халате? Жене Холмогоров объясняет, что хочет спрятать эту девушку от журналистов, а затем планирует сделать ее героиней следующей программы. Жена выполняет просьбу. А дальше начинается и в самом деле настоящая шизофрения. Ничего не понятно и полная сумятица. Холмогоров отправляет жену домой, просит ее больше не светиться в деревне, сам остается с девушкой, и эту девушку находят мертвой через двое суток. Что в той девушке было уникального? Она — очередное чудо? Девушка-вундеркинд? Ясновидящая? Тьфу... Елена Петровна даже рукой повела по воздуху, чтобы отогнать от себя идиотские мысли. Не верила она в ясновидящих, экстрасенсов, предсказательниц и прочих представителей нетрадиционной медицины. Холмогоров уверял жену, что он раскопал сенсацию. Раскопал и пригвоздил свою сенсацию к кресту? Действительно — сенсация! Девушка, правда, так и не стала героиней его программы, а попала в криминальную хронику, точнее попадет. Логика где? Ведь даже у шизофреников должна быть логика. Если Холмогоров спланировал преступление заранее, то почему привлек к этому жену? К чему ему лишние свидетели? Рассчитывал, что жена будет молчать? Глупо! Или думал, что об убийстве никто никогда не узнает? То, что тело обнаружили, — случайность. Если бы хозяйка не приехала дом проверить и не спустилась в погреб, то труп мог бы оставаться там довольно долго, в погребе, опять же, прохладно. По телу Зотовой пробежал мороз, словно она опять на месте преступления оказалась. Распятие с девушкой ярко всплыло перед глазами. Возможно, Холмогоров планировал по возвращении из Германии спрятать тело. Старое кладбище под носом, зарыл бы ее в следующий свой приезд, и все. Или..

— Мать честная! — Елена Петровна зажмурилась от нахлынувших эмоций. Холмогоров возвращается завтра, на третьи сутки, а воскрешение... Господи Боже мой! Уникальная девушка, сенсация! Может, он думал, что девушка воскреснет? Очередное чудо решил продемонстрировать — в этом и заключалась его сенсация? Зотова глубоко вздохнула, чтобы успокоиться, и попыталась выкинуть из головы шизофренические мысли, а вернуться к фактам. Верно говорят, что шизофрения заразительна. Она еще не успела с Холмогоровым познакомиться, а крыша у нее уже медленно поплыла за горизонт.

Полученная от Цыплаковой информация не имела юридической силы, процессуально использовать ее тоже было нельзя, но дорожку к истине она проложила. Алена права, теперь стало ясно, в каком направлении копать и как собирать факты. А пока, на начальном этапе, придется оперировать показаниями свидетельницы — соседки, живущей в доме напротив. Елена Петровна надеялась, что этого будет достаточно, чтобы судья удовлетворил ее ходатайство о задержании тележурналиста и производстве обыска в его квартире. Успеть бы только до завтра, чтобы прихватить Холмогорова на вокзале, тепленького. А после можно будет заняться сбором доказательств, поиском доктора Соланчакова, который анонимно лечил Холмогорова. Побеседовать по душам с давней подружкой журналиста, Ириной Белкиной, возможно, она что-нибудь интересное расскажет. Главное, чтобы товарищ журналист не слинял из страны навсегда, а то ищи его потом по всей Европе! Или все-таки это не он девушку убил?

Телефонный звонок отвлек Елену Петровну от размышлений. Звонил судмедэксперт, усталый и злой.

— Нейролептиком, говоришь, девочку перед смертью накачали с сильным седативным эффектом? Случайно, не рисперидоном? Откуда знаю? Считай, что я оракул, — устало усмехнулась Елена Петровна, поблагодарила Палыча, шмякнула трубку на рычаг и засобиралась домой. Кажется, все сошлось.

Глава 5

ЧЕЛОВЕК КУЛЬТУРНЫЙ

Успел! В самый последний момент успел. Николай Чуйков сунул проводнице паспорт и билет и попытался выровнять дыхание. Отдышаться никак не получалось: грудь сдавило, перед глазами танцевали темные круги, а сердце выдавало чечетку. Пора курить бросать, подумал Николай Владимирович и криво улыбнулся проводнице, совсем не симпатичной девице с лошадиным лицом. Совсем не симпатичная девица-проводница криво улыбнулась ему в ответ. «За что ей деньги платят?» — возмутился Николай, покосился на свое отражение в окне вагона и возмущаться перестал. Видок после вчерашнего у него был, скромно говоря, дерьмовый: морда помятая, волосы взъерошены, пальто... Чуйков с тоской оглядел себя — так и есть, пальтишко он застегнул не на те пуговицы. Зачем он вообще его напялил? Запарился весь. Нет, чтобы в чемодан сунуть, на тот случай, если погода в Москве прохладная. Молодец,

Николай Владимирович! Что ж теперь удивляться, что на физиономии проводницы отражается лишь натянутая любезность. При других обстоятельствах она давно бы уже растаяла. М-да. Сам виноват, не фиг было вчера отмечать пятничный вечер. Лет сто, как в России не живет, а бухать перед выходными так и не разучился. Рефлекс, мать его! Проснулся бы бодрячком, упаковал бы вещи — и на вокзал. Спокойненько, без напряга. А получилось как всегда. Это ж надо было! Так нажраться!

Коля нахмурился, пытаясь воспроизвести в памяти события вчерашнего дня. Не вышло. Утро воскресить тоже не получилось, оно было туманным и седым, совсем как в романсе, который он пел прошлой ночью. Почему соседи не вызвали полицию, осталось для Коли Чуйкова загадкой: солировал он громко, с чувством и исполнил романс аж десять раз подряд. Заклинило его что-то перед поездкой на исконную Родину. Ностальгия вдруг накатила. Непонятно, откуда она взялась только? О Москве он предпочитал думать пореже, слишком тяжело было о ней вспоминать.

Муть в голове растаяла лишь после бутылки пива и холодного душа. Впопыхах затолкав в чемодан вещи, Николай Владимирович метнулся на вокзал, но в такси понял, что забыл кошелек. Пришлось возвращаться. Как назло, на обратном пути к вокзалу образовалась пробка из-за нелепой аварии, а до отправления поезда номер 13 Берлин — Москва оставалось всего семь минут.

Сунув деньги таксисту, Николай вылез из машины и, подхватив чемодан, побежал. Метров пятьсот несся, как испуганный сайгак. Успел! Какое счастье, что успел! Так думал Коля...

— Проходите, хер Чуйков, — хихикнула проводница и фамильярно подмигнула ему ярко-накрашенным глазом. — Желаю приятного пути.

— Спасибо, — буркнул Николай Владимирович, на мгновение оторопев от поведения девицы.

Он затащил чемодан в тамбур и шумно вздохнул. От бега с тяжелым грузом рука, казалось, вытянулась до пола. Вещей было немного, в основном подарки: сувенирчики, сувенирчики, сувенирчики... На всякий случай прихватил — мало ли, пригодятся? — и книги. Зачем столько книг набрал, ведь едет всего лишь на неделю? Странно, с какого перепугу его вообще пригласили в Москву? Читал себе спокойно лекции по культурологии в Берлинском университете искусств, никого не трогал. Вдруг такое неожиданное событие, приглашение на международную конференцию рекламщиков с гуманным названием «Человек культурный — человек потребляющий». Чуйков, подумав немного, согласился: захотелось пообщаться с коллегами, выпить на халяву и просто проветриться. Доклад на тему «Антропология рекламы с точки зрения аспектов культурологии» Николай написал, и теперь его труд лежал в чемодане и ждал своего звездного часа. Забавный у него усредненный портрет человека потребляющего получился, повеселился, пока писал, но и нервную систему себе порядком испортил, потому что пришлось ежедневно смотреть русское телевидение, что само по себе — удовольствие не для слабонервных: один «Аншлаг» чего стоит! Но хуже другое — Николай Владимирович Чуйков, выпускник факультета «История и теория культуры» РГГУ, доктор исторических наук, получивший ученую степень в Стенфорде, а после защиты — вакантное место преподавателя в одном из престижных университетов Германии, — вынужден был в течение месяца внимательно смотреть и анализировать рекламу! Еле выжил! Памперсы, «сникерсы», соки, пиво, воды, приправы, майонезы, прокладки, конфеты, кремы, стиральные порошки, шампуни, лаки для волос, отбеливатели, собачий корм, чипсы, кошачьи туалеты, лапша... Да, лапшу рекламщики на уши вешать умеют. К чему, например, он купил шампунь от перхоти, если этой самой перхоти у него нет и никогда не было? А зубную щетку электрическую зачем он купил? На фига она ему сдалась, спрашивается, эта электрическая зубная щетка?! Имбецил внушаемый, отругал себя Коля и почесал непривычно голый подбородок: растительность с лица перед отъездом пришлось сбрить, дабы избежать возможных вопросов на таможне. В паспорте фотография была безбородая, правда, когда он фотографировался, у него волосы торчали ежом, а сейчас отросли ниже плеч. Прощаться окончательно со своим стильным имиджем не хотелось, и Николай просто собрал шевелюру в хвост. Перед лекциями он так частенько делал, чтобы волосы в лицо не лезли, и студенткам это нравилось, опять же. Девчонки просто с ума по нему сходили, а чтобы они сошли с ума окончательно — в ухе доктора исторических наук появилась серьга. Так Коля Чуйков стал самым стильным преподавателем Берлинского университета искусств. Впрочем, не в одежде было дело: большинство преподов старались выглядеть неформально — творческое направление курса предполагало креатив, — но Чуйкову удавалось всех обойти, потому что никто не умел играть на саксофоне. А он умел! Не просто умел, а умел виртуозно. И частенько играл на университетских студенческих тусовках. После сумасшедшего рейва и транса диджей частенько запускал латинос. Коля и тут был на высоте, отплясывая сальсу похлеще южноамериканских знойных мачо. Постоянно вращаясь в кругу продвинутой молодежи, в свои тридцать семь лет доктор исторических наук Николай Владимирович Чуйков чувствовал себя молодо и бодро и выглядел соответственно. Теперь ему было смешно вспоминать, как в первый свой рабочий день он приперся читать лекции в деловом костюме, рубашке и галстуке. Реакция студентов и преподавателей была незабываемой. Исправился, сменил классический костюм на свободные брюки, рваные джинсы и свитера, постепенно влился в коллектив, нашел контакт со студентами — но своим до конца так и не стал. Впрочем, не особенно и стремился. Любую привязанность, будь то любовь или дружба, Коля Чуйков воспринимал как ограничение персональной свободы и тщательно оберегал от вторжения свое личное пространство.

Поездка в Москву была хоть и не очень желанной, но все же внушала оптимизм. После конференции, которая должна была пройти в одном из подмосковных пансионатов, Коля планировал задержаться в столице на недельку и как следует потусить, по московским барам поболтаться, с девочками пообщаться, закрутить пару-тройку романчиков. Со студентками университета шуры-муры были чреваты последствиями. Николай Владимирович предпочитал, чтобы подопечные его любили платонической любовью, к тому же интрижки могли уронить его учительский авторитет, который он ревностно оберегал. Преподавательский состав женского пола его тоже мало возбуждал, а с последней подружкой, владелицей маленькой букинистической лавочки, расположенной на соседней от его дома улице, он распрощался месяца три тому назад. Почувствовал, что партнерша пытается перевести отношения из «просто секса» в состояние «не просто секс». А так все хорошо начиналось: встречи два раза в неделю. Никто никому ничего не должен, потрахались и разбежались. Благодать! Зачем надо было все портить? Затевать беседы о родстве душ, о совместном проживании, о желании иметь детей? Жаль, девушка в постели ему идеально подходила. Хорошая была девушка... Кстати, о девушках... Николай приосанился и улыбнулся. В купе его должна была ожидать прекрасная незнакомка. Не зря же он растратил море своего мужского обаяния на кассиршу в билетной кассе, чтобы та постаралась разместить его в вагоне СВ всенепременно с симпатичной молоденькой соседкой, а не с каким-нибудь старым хрюнделем, с которым водку всю дорогу придется жрать. Кассирша загадочно улыбнулась, подмигнула — совершенно очевидно, что намек поняла, — и охотно пошла ему навстречу. Да, на женщин он всегда умел производить впечатление.

В вагоне было жарко и душно, Николай расстегнул пальто и поморщился. Через полчаса от него будет вонять, как от портового грузчика. Придется приводить себя в порядок в узком и неудобном клозете, переодеваться. А как иначе? Иначе никак!

Сердце успокоилось от бега, но заволновалось вновь от предвкушения будущего приятного знакомства.

Поезд тряхнуло, и он плавно покатил по рельсам. Николай нашел свое купе, пригладил волосы, сделал воодушевленное лицо, тактично постучался и распахнул дверь. Воодушевление с его лица тут же спало, и Николай Владимирович замер на пороге с вытянутой физиономией: вместо симпатичной молоденькой соседки в купе сидела монахиня, старая и страшная, как татаро-монгольское иго.

— Э-э-э-и-и... извините, сестра, — выдавил из себя Николай, закрыл дверь снаружи и направился на поиски проводника. Ехать в одном купе со старухой, к тому же монахиней, его прельщало мало.

* * *

— То есть как это мест больше нет? Что — совсем? А может быть, все-таки есть? — Николай Владимирович выразительно похлопал себя по карману и загадочно подвигал бровями вверх-вниз. Проводница плотоядно покосилась на Колин карман, но развела руки в стороны. Единственное, что она могла предложить, — это место в плацкартном вагоне. Трястись в плацкарте за такие деньги? Николай Владимирович обреченно вздохнул и решил вернуться в свое купе.

Монахиня смотрела прямо перед собой, перебирала в руках четки и на его возвращение никак не отреагировала. Ее словно восковое, изрезанное глубокими морщинами лицо казалось непроницаемым. Николай поздоровался в пустоту, протиснулся в купе, ощущая одновременно легкое раздражение и смущение, убрал чемодан и плюхнулся на бордовое покрывало своей полки. Интерьер купе, уютный и чистенький, с хрустящими белоснежными подушками, сложенными домиком, и интимными шторками на окне, настраивал на романтический лад. Какая же зараза эта кассирша! Нарочно ведь его с монахиней в одно купе определила! Вредная баба. Прежде ему ни разу не доводилось лицезреть так близко Христову невесту. Судя по одеянию и четкам, монашка была католичкой. К тому же, православная монахиня никогда бы не позволила себе путешествовать в СВ. Куда, интересно, эта бабка едет?

Миссию какую-то осуществляет, видно, лениво подумал Николай и зевнул. Монотонный стук колес и тихое пощелкивание четок, мерное покачивание вагона и скучное соседство навевали смертельную тоску. И запах от старухи шел неприятный, уксусный. Николая передернуло, оставаться в купе не было никаких сил.

В дверь, тактично постучав, заглянула проводница, поинтересовалась, не желают ли они чаю. Монахиня скупо кивнула, а Чуйков уточнил, работает ли вагон-ресторан, и, получив подтверждение, отправился перекусить, все еще не теряя надежды встретить какую-нибудь скучающую симпатичную пассажирку.

В вагоне-ресторане, как назло, никаких скучающих пассажирок не оказалось. За одним из столиков сидела пожилая супружеская пара немцев: аккуратная старушка с массивными бриллиантами в ушах и молодящийся дедок в бейсболке. Супруги пили пиво, закусывали шпикачками и активно жестикулировали. За другим столом смаковал коньяк плотный импозантный мужик лет сорока пяти, судя по дорогой одежде — обеспеченный, но сразу видно, что русский. Только у русских бывает такое выражение лица — выражение вечного недовольства и обреченности, которое не может стереть даже самая безоблачная жизнь. Лицо этого человека показалось Чуйкову знакомым, и он даже сделал пару шагов в его сторону, чтобы поздороваться, но в последний момент притормозил, вспомнив, что видел этого человека раньше по телевизору. Артемий Холмогоров, так звали мужика, был известным тележурналистом и ведущим популярной программы «Чудеса света». Несколько передач Николай Владимирович посмотрел с удовольствием, потом стало скучно. В частности, когда Холмогоров вдруг ушел в религию и начал стращать телезрителей с экрана надвигающимся концом света. Пообщаться все равно хотелось, но сам Холмогоров к беседам и знакомству явно был не расположен. Пришлось Николаю Владимировичу пить в гордом одиночестве. После третьей порции виски настроение улучшилось, но потянуло на подвиги с удвоенной силой. Найти чуткую женскую душу и утешиться стало для Коли делом принципа. Выпив еще две порции виски, Чуйков решил, что пора приступать к активным действиям, и бодрой шатающейся походкой покинул вагон-ресторан.

— Кто ищет, тот всегда найдет, — пропел Николай Владимирович, вломившись в купе к проводнице с бутылкой шампанского и коробкой конфет. Удивительно, но после пяти порций виски проводница уже не казалась ему непривлекательной. Куда-то делась ее лошадиная физиономия, и из плебейки она превратилась в аристократку английских кровей. «Чума», — подумал Николай Владимирович, а вслух произнес: — Солнце, хочешь, я подарю тебе звезду?

— Полтинником обойдусь, — хмыкнула «аристократка английских кровей», стянула с себя шапочку, тряхнула головой, и темно-рыжие волосы волной рассыпались по ее погонам.

— Божественно! — впечатлился Николай Владимирович. — Как насчет шампусика?

— Шампусик можешь засунуть себе в задницу, меня от него пучит. Деньги вперед. Конфеты на стол. Дверь закрой. Брюки сам расстегни — вечно я ногти о пряжки ломаю.

— Я знал, что мы найдем общий язык, богиня! — вздохнул Николай Владимирович, положил нужную купюру и конфеты на столик, расстегнул «молнию» и приспустил штаны.

Язык у богини оказался бойким, руки умелыми, тело горячим, влажным и липким. Волосы дурно пахли дешевым яблочным шампунем и лаком, губы ее попробовать на вкус Коля не решился, но в целом своим дорожным приключением Николай Владимирович остался доволен и купе проводницы покинул с чувством полного удовлетворения.

Поезд приятно покачивало, Колю тоже. В коридоре рядом с дверью его купе стоял Артемий Холмогоров. Николая он заметил не сразу, а когда заметил, то почему-то смутился и торопливо ретировался в соседнее купе. Коля проследовал в свое довольный и гордый: ехать по соседству с известным тележурналистом было приятно.

Монахиня все так же «медитировала», сидя на полке, иначе ее состояние назвать было нельзя. К чаю, который она заказала перед его походом в вагон-ресторан, старуха даже не притронулась. Коля решил не обращать на Христову невесту внимания, вытащил из чемодана свой доклад о рекламе, решив еще раз повторить текст, и повалился на постель.

Таможню миновали без задержек и осложнений, можно было расслабиться и поспать.

* * *

Спросонья он не сразу сообразил, что происходит. Рядом лаяла собака, рычала и лаяла. Откуда собака в купе? Николай нащупал выключатель и зажег ночник. Собаки в купе не оказалось. На соседней полке заходилась от кашля и хрипела старуха-монахиня. Лицо ее из воскового стало малиновым, губы посинели, глаза вылезали из орбит.

— Мать! Вы что это? Что это вы? — Николай Владимирович заметался по купе, схватил стакан с чаем, приподнял старухе голову, поднес стакан к ее лицу.

Монахиня отпила глоток, снова закашлялась — рыжая жижа, смешанная с кровью, вылилась из уголка ее рта, полилась по морщинистому лицу, закапала на подушку. Николай резко отстранился, но монахиня крепко вцепилась в его руку, перестала кашлять и торопливо зашептала что-то на непонятном языке.

— Не понимаю, что вы от меня хотите! Не понимаю! Вам нужен врач! Отпустите — я позову кого-нибудь на помощь! Скажу проводнику, что вам плохо! — в очередной раз попытался вырваться Николай, но цепкие сухие пальцы старухи держали его крепче наручников, и она все повторяла и повторяла, как заклинание, какие-то непонятные фразы на незнакомом языке. И тыкала ему то в лоб, то в грудь корявым пальцем. Кажется, старуха говорила на итальянском: «Eletto!» Она шептала и смотрела ему в глаза. Шептала и смотрела. «Eletto!» Он видел ее глаза и губы, губы и глаза. «Eletto!» Внимательные, темные, глубокие, утягивающие в себя глаза... «Devi farlo in ogni caso!» «Devi farlo in ogni caso!»...

Хватка старухи вдруг ослабла. Монахиня сунула Николаю свои четки в руку, пальцем начертила ему крест на лбу и упала на подушку. Глаза ее остекленели, на лицо снизошла благодать. Николай осторожно взял запястье старухи и пощупал пульс. Все было кончено. Чуйков попятился к выходу. «Devi farlo in ogni caso!» — стучало у него в висках, голова кружилась, к горлу подкатывала тошнота. «Devi farlo in ogni caso!» Лучше бы он опоздал на этот проклятый поезд номер 13. Лучше бы опоздал!

Время близилось к утру, вагон словно вымер, все спали, тишина давила на уши. В конце коридора тускло мигала лампочка, от сухого воздуха заложило нос и першило во рту. Николай потер переносицу и услышал хлопок — легкий хлопок из купе Артемия Холмогорова.

— Пьянствует, гад! Люди умирают, понимаешь, а он пьянствует, — возмутился Николай Владимирович, почему-то разозлился и, решив из вредности испортить Холмогорову праздничный банкет, без стука распахнул дверь его купе.

Он успел закрыть дверь, прежде чем второй хлопок разорвал тишину. Коля отпрыгнул от двери, бесшумно вернулся в свое купе и закрылся на щеколду. Как мило, кажется, его сейчас убьют, потому что свидетелей убийства устраняют! На полке лежала мертвая монахиня и смотрела невидящим взглядом в потолок. В соседнем купе только что испустил дух журналист Артемий Холмогоров, застреленный выстрелом в голову из пистолета с глушителем. Чудесно! Два трупа, и скоро будет третий, ибо надежда, что убийца Артемия Холмогорова не найдет его среди других пассажиров, была слабой. Он чувствовал, спинным мозгом чувствовал, что убийца не выйдет на следующей станции, не бросится бежать, а будет его искать. Спокойно, обстоятельно, пока не найдет. Кричать и звать на помощь бесполезно. Криком он выдаст себя, и его пристрелят прежде, чем кто-нибудь откликнется на призыв. Пристрелят!

В панике Николай заметался по купе, не зная, что предпринять, и вдруг остановился, глядя на мертвую монахиню. Секунду длились размышления, Чуйков понял, что делать, и судорожно начал расстегивать брюки. Раздевшись до исподнего, Николай встал на колени рядом с покойницей.

— Прости меня, пожалуйста, мать. Тебе ведь уже все равно, правда? Все равно. — Руки дрожали, Коля вытер о покрывало липкие от пота ладони, аккуратно закрыл монахине веки и, глубоко вдохнув, принялся снимать с усопшей одежду. От запаха смерти мутило. Раздеть старуху оказалось делом непростым. Он устал. Пот капал со лба на мертвое тело. Николай чувствовал омерзение к себе, но жажда жизни была сильнее всего на свете. Через минуту доктор исторических наук Николай Владимирович Чуйков стоял посреди купе в рясе римско-католической монахини и держал в руке маленький саквояж, в котором были его документы, кошелек, вещи, бритвенные принадлежности и доклад по рекламе.

— На дальней станции сойду, — истерично прошептал Коля, глядя на свое зеленое лицо, отраженное в зеркале двери. — И без меня обратный скорый-скорый поезд растает где-то в шуме городском...

Поезд, издав гудок, стал притормаживать. Сейчас или никогда! Коля набрался смелости, распахнул дверь и резко ее закрыл, столкнувшись лицом к лицу с убийцей. В ту же секунду рядом со щеколдой образовалось маленькое круглое отверстие, а на столике взорвался стакан.

— Твою мать! — выругался Коля и бросился к окну. Окно заело, никак не поддавалось, еще рывок — и в лицо ударил ветер, прохладный сладкий ветер свободы.

Поезд вновь набирал скорость. Какой же он идиот! Идиот! Вот тебе и сошел на дальней станции! Остановку никто не объявлял. Дурак! Кретин! Засветился, как лох! Не открой он дверь — возможно, пронесло бы! Возможно, пронесло! Вляпался, блин, вляпался, вляпался...

Длинное монашеское одеяние, узкое в плечах, сковывало его движения, Коля взял в зубы саквояж, высунулся в узкое вагонное окно — но не удержал ношу, и чемоданчик покатился по насыпи, куда-то вниз, в темноту. Перед глазами мелькали деревья и железнодорожные столбы, заложило уши, ветер обжигал лицо. Поезд набирал скорость, от страха все дрожало внутри, но надо было торопиться, за спиной уже открывала дверь его смерть. Еще рывок — он вылез наружу, повис — рука соскользнула, и сила гравитации потянула его вниз. Удара о землю он почти не почувствовал, сознание ушло раньше, чем он понял, что все позади...

Глава 6

ОТВЕТСТВЕННОЕ ПОРУЧЕНИЕ

— Вечно ты, Барышева, являешься с утра пораньше и без звонка, — манерно поправив серьгу в ухе, пробурчал Муська. — Кто тебя воспитывал, Барышева. Я же могу быть не один.

— А ты не один? — спросила Лиза, заранее зная ответ. В личной жизни Муське Романову катастрофически не везло.

— Один, но какая разница, я же мог быть не один! Ладно, проходи, раз приперлась. — Романов нехотя отстранился от двери.

— Симпатичная у тебя пижамка. Где купил? — Лиза потрогала двумя пальчиками нежный шелк, синий в желтую полоску и горох, и завистливо вздохнула.

— Барышева, я в этом прикиде месяц тому назад с тобой вместе на пижамной вечеринке был, — обиделся Муська, по паспорту Руслан. Кликуха Муська трансформировалась из прозвища Муслим Магомаев, которое прилипло к Романову после дебюта в «Фабрике».

На кастинг Руслан отправился за компанию с приятелем, в итоге приятель кастинг не прошел, а Руслан, получив в ухо от товарища, стал «фабрикантом». Муся был красив и являл собой уменьшенную копию статуи Давида. Росточком Романов не вышел, но это не помешало ему на «Фабрике» оказаться в десятке финалистов. Как поговаривали злопыхатели, успехом он был обязан не талантливому вокалу, а исключительно своему греческому профилю, от которого сходили с ума тысячи поклонниц. Слава, внимание прессы и телевидения, толпы фанаток, богемная тусовка — на какое-то время у Муси закружилась голова. Ослепленный ярким светом собственной звезды, Романов возомнил себя богом и рассорился со старыми друзьями. Прозрение было мучительным и тяжким, как похмелье. Прокатив звездных финалистов с концертами по городам России, выжав из них все соки и сняв с проекта все сливки, продюсеры потеряли интерес к своим протеже и переключились на новых, молодых и одаренных. Повезло единицам, большинство осталось не у дел. Руслан оказался в их числе, но, вкусив дурманящий вкус славы, Муся успокоиться уже не мог и усиленно пытался вскарабкаться обратно на звездный Олимп.

— Ты почему вчера в клубе не была? — спросил Романов. — Я пел, между прочим.

— Пел? Какой счастье, что меня там не было! — театрально закатила глаза к потолку Лизавета, чмокнула друга в щеку и поморщилась. — Сколько ты вчера выжрал, Муся? Ну и амбре! Иди зубы почисти, я кофе пока сварю.

— Как у меня болит голова! Боже мой, как у меня болит голова! Хотя бы пиво принесла с собой ради приличия. Учу тебя, учу... — недовольно пробурчал Романов и поплелся в ванную, шаркая по полу новозеландскими тапками из овечьей шерсти. Тапки было единственным, что осталось от прошлой любви Романова.

Вернулся Муська посвежевшим, но по-прежнему недовольным: в первой половине дня Руслан не отличался гостеприимством и перманентно пребывал в плохом расположении духа. Лиза придвинула Муське чашку кофе и, подперев подбородок ладошкой, с нежностью на него посмотрела.

— Ой, Барышева, я тя умоляю! — скривил физиономию Романов. — Не смотри на меня, как верная жена, иначе меня стошнит. Лучше сразу скажи — че те надо, че те надо? Может, дам, а может, в жопу пошлю, — изяществом оборотов речи Романов тоже не отличался.

— Фи, Муся, как ты груб! Ты же у нас потомок царского рода! — Романов сразу подобрел, он млел, когда его называли аристократом. К происхождению Руслана это ровным счетом никакого отношения не имело. Родители Романова были родом из Норильска. Отец — обычный мужик, добродушный весельчак, успел разбогатеть на торговле цветными металлами, перевез семью в Москву, открыл торговую компанию, но полез не в свою сферу и был застрелен в подъезде собственного дома. Мать горевала недолго и вскоре выскочила замуж за партнера отца. Отношение с отчимом не заладились сразу: жестокий и деспотичный, он пытался добиться от пасынка безоговорочного подчинения. Муська, выращенный в любви и неге, страдал. Мать в их отношения старалась не вмешиваться, отчима она любила как одержимая. Вскоре она родила второго ребенка, девочку, и вовсе перестала обращать на сына внимание. Она всегда мечтала о дочке, в детстве наряжала Руслана в шутку в платьица, отращивала ему кудряшки, завязывала бантики, называла Русалочкой и раздражалась, когда отец делал ей замечания. Наконец мечта матери осуществилась. Ревниво глядя на белобрысую, вечно вопящую, глазастую куклу, думал Руслан и грезил поскорее достичь совершеннолетия, получить завещанные отцом деньги; которые лежали на депозите в банке, и свалить из отчего дома. Денег оказалось много, хватило на однокомнатную квартиру в спальном районе, стильный евроремонт и на жизнь осталось. Обучение в престижном финансовом вузе оплатил отчим, в отместку ему Муська яростно прогуливал лекции, пока его не вытурили из института. Отчисление Романов воспринял как освобождение: работать финансистом или банкиром Муська не собирался, надеясь всей душой вернуть себе эстрадную популярность. С матерью Руслан старался не общаться, а праздники, на которые он в обязательном порядке должен был являться (Рождество, Новый год и дни рождения глазастой куклы), воспринимал, как лечение зубов без анестезии. В общем, к царской династии Руслан отношения не имел, но за желание примазаться к русской аристократии Романова можно было простить — в конце концов, по его венам тоже текла голубая кровь, правда в другом смысле слова.

— Ну, что придумала на этот раз, юродивая? — поторопил Лизу Муська. — Опять стая тараканов в голову наползла?

— За девушкой одной надо поухаживать, — лучезарно улыбнулась Лизавета.

— Боже мой, ты наконец-то влюбилась! И хочешь вызвать ревность в каком-то поклоннике. Согласен. За тобой, Барышева, я готов ухаживать всю жизнь, даже если ты будешь ходить под себя.

— Идиот, — отвесила другу подзатыльник Лиза. — Вовсе я не влюбилась, мне это не грозит. Я тебе про другую девушку говорила, подруга ты моя по детскому саду. В остальном ты суть уловил верно, умный мальчик. Короче, пакуй чемодан, мы отбываем в элитный пансионат «Кантри Парк». Завтра с утра за тобой заедем.

— С чего это ты решила, что я согласен? — усмехнулся Муська.

Лиза послала ему воздушный поцелуй и направилась на выход. До завтра надлежало переделать массу дел, привести Варвару в божеский вид и забронировать номер для ее бывшего бойфренда. Ломать голову над тем, как выманить актера из Москвы, долго не пришлось. Лиза пошла по простому пути — заехав с утра на свою квартиру, кинув вещи и вручив Варваре ноутбук, он втихаря вытащила из сотового подопечной телефон «единственного» Алеши, позвонила, представилась ассистенткой известного продюсера и пригласила парня на кастинг. Вычислить актера, которому Варвара предсказывала неминуемую мировую славу, через Интернет не получилось. Ни один поисковик не выдал ссылок на сериал «Помоги себе сам». Как это ни удивительно, говнюк, получив предложение, пытался еще выпендриваться. Нудно расспрашивал о роли и выяснял размер гонорара. Усиленно делал вид, что круче него — только яйца. Если к первой части дискуссии Лиза подготовилась, сообщив мачо, что пробоваться он будет на роль скромного воздыхателя светской красавицы, дочери банкира, которого прелестница, конечно же, изберет из толпы богатых поклонников, выйдет за него замуж и поселит в особняке на Рублевке (в общем, живописно описала голубую мечту амбициозного юноши), то к вопросам о вознаграждении Барышева готова не была. Какие гонорары платят актерам, она понятия не имела, поэтому назвала сумму наобум. Мачо, услышав величину будущего гонорара, надолго замолчал, о том, что он еще жив, говорило лишь сопение в трубке. Лиза решила, что предложила мало, и, дабы ее афера не сорвалась, надбавила еще несколька тысяч. Мачо промычал что-то нечленораздельное, похожее на «да», пообещал быть и бросил трубку. Дурак, мог бы подольше поартачиться, она бы еще прибавила — разве ж ей жалко? Упустил, голубок, свое счастье, хихикнула Лиза. «Разводить» Алешу было прикольно и совсем не совестно. В конце концов, в финале мачо ожидал достойный приз — несравненная Варвара! А впридачу — халявный отдых в одном из лучших пансионатов Подмосковья.

К своему дому Лизавета подкатила в приподнятом настроении, ее разыгравшееся воображение уже рисовало картину их триумфального появления в пансионате. Красавица Варвара в новом сногсшибательном прикиде от модного дизайнера выходит из «Лексуса», отливающего золотом на солнце. Ее берет под локоток поп-звезда Руслан Романов, и они направляются к гостеприимным дверям отеля «Кантри Парк». Сердце Лизы учащенно забилось, она не сомневалась, что мачо Алеша не пропустит этот феерический момент, потому что будет ожидать приезда важного продюсера и подглядывать в окно. А если пропустит, то увидит повторение эпизода о счастье его бывшей возлюбленной в баре, ресторане, на прогулке и так далее... в зависимости от ситуации. Кардинальное преображение Варвары должно было по плану начаться через сорок пять минут в элитном салоне под чутким руководством одного из самых модных стилистов Москвы. Очередь к мастеру тянулась на километр, попасть к нему на прием без записи оказалось делом непростым. С Варварой он согласился поработать только потому, что по просьбе Лизы одна ее хорошая подруга позвонила своей хорошей подруге, у которой хорошей подругой была... Лиза не ведала, как зовут хорошую подругу подруги ее подруги, но знала, что одним звонком эта таинственная дама могла решить проблему мирового масштаба и открыть любую дверь. Стилист сам перезвонил Лизе на мобильный и пригласил прийти. После салона Барышева планировала, вооружившись советами стилиста, совершить набег на парочку бутиков на Тверской. Вечером к Лизе должна была приехать ее личная визажистка, чтобы запечатлеть образ Варвары, вернуться с утра и снова нарисовать ей лицо. Все складывалось очень удачно. Приятно было не считая тратить деньги, к тому же чужие деньги.

В предвкушении удовольствия Лиза вошла в квартиру. В гостиной, кухне и спальне подопечной не оказалось. Варвара нашлась в туалете в обнимку с унитазом, выглядела будущая королева, как замученная в фашистских застенках советская разведчица. Землистый цвет лица, потрескавшиеся губы, слипшиеся волосы.

— Меня тошнит, — страдальчески сообщила Варя и продемонстрировала это наглядно.

— Что, совсем? — спросила Лиза.

— Совсем, — промычала подопечная и вновь склонила голову над белым другом.

— Блин, — расстроилась Лиза. Так все было хорошо — и вот, пожалуйста! Завтра им в обязательном порядке нужно попасть в «Кантри Парк», неизвестно, как отреагирует мачо, узнав, что его надули. Если уедет, то снова заманить бывшего возлюбленного в пансионат будет очень сложно. — Может, тебе угольку дать? — поинтересовалась Барышева.

— Не поможет, — уныло сообщила Варвара и поздоровалась с белым другом еще раз. Барышева сама понимала, что не поможет, так, спросила на всякий случай.

— Чаю пойду тебе сделаю с лимоном, — вздохнула Лизавета и оставила свою подопечную на коврике в туалете.

Чай с лимоном тоже не помог. Варвару токсикозило до вечера, лишь к семи часам ей стало легче. Лиза схватила подопечную за шкирку, прихватила парочку целлофановых пакетиков на всякий пожарный случай и потащила Варю в ближайшую парикмахерскую: ничего другого не оставалось, как самой взять на себя обязанности стилиста. Подумав немного, Лиза решила, что Варвару необходимо перекрасить в платиновую блондинку. Во-первых, в паре с русоволосым голубоглазым Муськой это будет смотреться очень эффектно. Во-вторых, длинные белые волосы до задницы способны убить наповал любого мужика. В-третьих, по поводу изменения имиджа подопечной Лизавете Степановне ничего больше в голову не приходило.

Парикмахерская с многообещающим названием «Прелесть» располагалась на первом этаже дома Барышевой, но Лиза зашла сюда впервые. В помещении резко пахло тухлым яйцом и дешевым лаком для волос. В холе стояли дерматиновые рваные кресла, приватизированные, похоже, из комнаты отдыха какого-то развалившегося НИИ. За стойкой дремала администратор, старая перечница с голубыми волосами. При появлении посетителей она зевнула во всю глотку и лениво поинтересовалась, чего они хотят. Получив вожделенный талон, Лиза нашептала на ушко мастеру, толстой усталой тете с химией прошлого века на голове, свои пожелания, оставила безразличную ко всему Варвару в кресле и уселась в холле ждать. Устроившись на дерматине поудобнее, Лиза закрыла глаза и провалилась в сон... Ей снилась Варвара в шелковом подвенечном платье, расшитом жемчугом. Она кружилась по начищенному паркету большого парадного зала какого-то старинного особняка. Ее белоснежные волосы сияли и переливались в свете тяжелых хрустальных люстр. Звучала музыка. Мужчины во фраках рукоплескали, с восторгом смотрели на девушку, бросали к ее ногам цветы. Лиза, тоже в белом, с нимбом на голове, стояла в стороне, махала пушистыми крылышками и улыбалась. Кто-то тактично тронул Лизу за плечо, она открыла глаза и улыбаться перестала... Напротив нее стояло чудовище с малиновым лицом и желто-лимонной мочалкой на голове. Чудовище тихо всхлипывало, мычало и протягивало ей на ладони лохматую прядь своих волос. За спиной чудовища топталась парикмахерша, лицо тетки выражало готовность дать отпор любому наезду. С обоих флангов боевую стойку приняли ее коллеги.

— Волос у нее такой, неподдающийся, — выдала парикмахерша. — Я уж ее и так, и сяк супрой. Под лампу посадила на подольше, волос и отвалился. Люсь, отдай им половину денег. Краску я не собираюсь из своего кармана оплачивать, — попросила парикмахерша притаившемуся за стойкой администратору.

— Какая прелесть! — улыбнулась Лиза, подошла к парикмахерше и треснула ее со всей силы дамской сумочкой по голове.

* * *

В квартире на Чистопрудном бульваре царила атмосфера траура. Лизавета Степановна Барышева лежала на диване и прикладывала салфетку со льдом к лицу. Как же это она так... на хук справа от парикмахерши своевременно отреагировала блоком, но потом пропустила прямой удар в глаз.

— Ты очень эмоциональна, Лиза, нельзя так. — Варвара присела на диван и погладила Барышеву по голове. — Болит?

— Отстань от меня, — буркнула Лиза и отвернулась от Вари к стене. — Фиг с ним, с глазом. В темных очках похожу. Эмоциональная... Ни фига себе — эмоциональная! Как я могла сдержаться? Эта курица толстозадая тебя изуродовала и даже не извинилась! Сволочь!

— Не переживай, обломленные у корней волосы отрастут, и я перекрашусь в свой цвет.

— К тому времени, когда волосы отрастут, живот у тебя тоже отрастет. Что теперь делать? Как быть? С твоими волосами ничего не сотворить. Вообще ничего! Даже стрижку. Пережженая солома на твоей голове распугает всех мужиков в радиусе километра. Как я теперь тебя замуж выдам? Завтра с утра поедем покупать парик — ничего другого не остается. Ненавижу парики!

— У меня есть другая идея. Погоди минутку. — Варя исчезла в ванной, послышался шум воды. Через полчаса дверь в ванную хлопнула. — Что скажешь? — Лиза обернулась.

Варвара в Лизином шелковом халатике прокрутилась вокруг своей оси со счастливой улыбкой, демонстрируя воплощение своей идеи.

— Полнейший андеграунд! — потрясенно воскликнула Лизавета Степановна, глядя на обритую наголо подопечную. Редко какой девушке идет такая «прическа», но Варя в новом образе смотрелась невообразимо привлекательно и сексапильно. Осталось добавить к ее новому имиджу несколько стильных деталей, и успех их предприятию обеспечен!

Глава 7

СЮРПРИЗ

— Варламов! Иван Аркадьевич! Вот так сюрприз! — Елена Петровна от удивления и радости заорала на всю привокзальную площадь, напугав птиц и прохожих. Встретить своего старого знакомого на Белорусском вокзале она никак не ожидала. И не только на Белорусском, она вообще не ожидала увидеть Варламова в Москве. Вот гад, приперся в столицу златоглавую и даже не позвонил. Это после того, что между ними было! После пельменей со сметаной, запутанного расследования и поисков двух пропавших девушек, найти которых она ему помогла[1]. А ведь когда из Москвы улетал — клялся, что никогда ее не забудет. И вот вам, здрасьте-пожалуйста! Не прошло и полугода! Приперся в Москву — и даже не позвонил. Ну да, она отказалась лететь в Париж на свадьбу Мишель и Мазина, хотя Иван Аркадьевич забронировал для нее отель и собирался оплатить все расходы. Странный человек Варламов: что она могла подарить молодоженам-

---

[1] Читайте об этой истории в книге Марии Брикер «Желтый свитер Пикассо».

миллионерам? Засохший фикус с подоконника? Или часы с кукушкой, которой она голову отвинтила? Да, она отказалась также приехать на премьеру его нового фильма в Вену, хотя все расходы, связанные с поездкой, режиссер брал на себя. Все, да не все! Откуда она, к примеру, могла взять вечерний наряд? Мысли на этот счет, правда, были: снять бархатную занавеску с окна спальни... (почти новую, цвета бордо, в мелкий сиреневый цветочек)... И сшить себе сногсшибательный наряд. Однако... Елена Петровна в последний момент передумала, решив, что одним вечерним платьем все равно никак не обойдешься, а другой бархатной занавески у нее не было. И вечерних туфель не было, и сумки, и красивых сапог, и денег, чтобы все это купить, у следователя прокуратуры тоже не было, а брать в долг Зотова не любила. В любом случае, никто бы не дал. Разве что сам Варламов. Но не просить же у него! Она хоть и нищая, но гордая, стукнула себя кулаком в грудь Елена Петровна и отказалась от поездки. Да, она нашла предлог, чтобы не поехать на горнолыжный курорт в Швейцарию, куда Иван Аркадьевич настойчиво ее заманивал, соблазняя фондю и горячим глинтвейном. Почти соблазнил, фондю она один раз пробовала — понравилось, и глинтвейн любила. Пуховик теплый у нее имелся, ярко-розовый, красивый, шарф и шапка с ушами — эффектные, сама связала, но ведь пришлось бы и на лыжах кататься! С ее-то задницей пятьдесят четвертого размера! Один ее спуск — и все снежные лавины накрыли бы симпатичный городок Санкт-Мориц! Конец настал бы модному курорту, повторение гибели Помпеи случилось бы. Отчего мужчины такие глупые?! Ей, может, в Большой театр мечталось пойти и в консерваторию на любимого Шопена. Прилетел бы сам, пригласил на культурное мероприятие. А он — Париж, Вена, Санкт-Мориц! Тоже мне благодетель. Сожрал, понимаешь, в прошлый приезд все ее пельмени и сметану, нахально спал на ее диване, втянул ее в идиотские игры. Из-за него она посетила несколько жутких вернисажей авангардной живописи и шнурки на ботинках порвала! А он даже не сказал, что прилетит в Москву. Неужели так сильно обиделся из-за того, что она его прокатила? Елки-палки, почему вчера она не сделала маникюр? И стрижка у нее отросла до безобразия. Корова!

На лице режиссера обида не читалась, выглядел он смущенным и растерянным, очевидно, тоже совсем не ожидал увидеть здесь свою приятельницу.

— Лена, голубушка, как я рад тебя видеть! — робко улыбнулся режиссер и попытался Зотову обнять, но Елена Петровна сделала такое страшное лицо, что Варламов передумал.

Зотова расстроилась.

— Как поживаете, голубчик? — равнодушно поинтересовалась Елена Петровна.

— Поживаю — не сказать, чтобы плохо. Нормально поживаю. Прилетел вот... на днях. Буквально вчера. Знакомого встречаю. Он должен скоро прибыть на берлинском поезде, — уточнил Иван

Аркадьевич, разглядывая свои дорогие, начищенные до блеска ботинки. Как всегда, он выглядел подтянутым и моложавым. Аккуратная бородка, длинные седые волосы зачесаны назад, потертые джинсы, водолазка, легкая замшевая куртка. Какое счастье, что она не приняла его приглашения! Ни к чему ей все это. Ни к чему...

— Надо же, я тоже знакомого встречаю. И он тоже должен прибыть на берлинском поезде. Какое совпадение, однако! Надеюсь, ваш знакомый не в седьмом вагоне едет? — поинтересовалась Елена Петровна.

— Представьте себе, голубушка, мой знакомый тоже едет в седьмом вагоне, — нахмурился Иван Аркадьевич. — На «вы», значит, снова? — расстроился всемирно известный режиссер, поправив очочки в золотой оправе.

— На «ты» я только друзей называю, а вы, Иван Аркадьевич, к этой категории людей не относитесь. Снова, значит, совпадение... Что-то слишком много совпадений за один день. Не нравится мне это. Ладно, приятно было повидаться. Мне пора, всего хорошего.

— Лена, Елена Петровна, я хочу объяснить...

— Обойдусь без ваших объяснений. Мне все равно. — Елена Петровна сухо улыбнулась и засеменила к платформе.

— Я хотел сюрприз сделать! Подарки привез! — заголосил вслед режиссер.

Зотова сбавила темп, подарки она любила, но

обида не отпускала. Интересно, он только что про подарки придумал? Или на самом деле собирался ей сделать сюрприз?

— Как твоего знакомого зовут? — обернулась она, решив немного смягчить ситуацию. — Надеюсь, не Артемий Холмогоров?

— Нет, — расцвел в улыбке режиссер.

— Слава богу, — вздохнула Елена Петровна и отвернулась.

До прибытия поезда оставалось пять минут, но приближение неприятностей майор юстиции Елена Петровна Зотова почувствовала раньше, заметив на платформе сотрудников транспортной прокуратуры и милиционеров линейного управления внутренних дел, которые сгруппировались как раз в районе остановки седьмого вагона.

— Елена Петровна, что происходит? — подошел к ней Трофимов и кивнул в сторону транспортников.

Зотова растерянно пожала плечами и направилась выяснять обстановку. Варламов остался стоять на перроне, с изумлением глядя на толпу ментов. Нехорошие предчувствия сбылись полностью: главного подозреваемого по делу об убийстве в Петрушево грохнули.

* * *

— Ни хрена себе! — Криминалист Владимир Рыжов бродил по седьмому вагону поезда номер тринадцать и никак не мог успокоиться. — Блин, убийство в Восточном экспрессе, часть вторая. Два трупешника. Ни хрена себе!

— Ага. — За криминалистом хвостом бегал лейтенант из транспортной милиции, дежурный по поезду, и судорожно кивал.

Это он сообщил о происшествии в линейное управление внутренних дел. Судя по выражению его рябого лица и остекленевшим бессмысленным глазам, товарищ пребывал в шоке. Нечасто, видно, ему приходилось сталкиваться с убийствами на поездах международного следования. Впрочем, в шоке пребывали все: и пассажиры вагона, которым не разрешили выходить из купе, и проводница, обнаружившая трупы, и начальник поезда, и оперативно-следственная бригада, включая саму Зотову. Только она вышла на Холмогорова — и вот, пожалуйста, кто-то убил журналиста! Как это понимать? Пришлось забирать в свое производство это дело: прокурор посчитал, что убийство журналиста и смерть молодой девушки, распятой на кресте, тесно связаны между собой. Ясное дело, связаны — кто бы спорил! Транспортники от этой новости пришли в неописуемый восторг, слили ей дело без разговоров, но работать предстояло в любом случае в тесном с ними взаимодействии. Милиционеры из линейного отделения внутренних дел оперативно опрашивали пассажиров, чтобы не держать людей в душных вагонах. Организовали охрану места происшествия. Пока ждали следственно-оперативную группу, Зотова побеседовала с пассажирами, которым не посчастливилось попутешествовать в седьмом вагоне. Трофимов утешал проводницу, отпаивая ее чаем с валерьянкой. Через полчаса приехали эксперты. Пригласили понятых. Можно было приступать. Настроение было упадническое, версий в голове — ноль. К тому же, Венечка огорошил ее с утра новостью, что психиатр Холмогорова — Иван Васильевич Соланчаков, скончался три месяца назад. Пребывая в старческом маразме, поставил на плиту молоко и лег вздремнуть. Молоко убежало, залило конфорку, доктор надышался газом и больше не проснулся. Не вовремя доктор умер! Как ей теперь доказывать причастность тележурналиста к убийству неизвестной девушки? Ответы на запросы по без вести пропавшим и проверке следов пальцев по республиканской дактилоскопической картотеке пока не пришли. Одно обнадеживало: возможно, теперь Алена Цыплакова даст официальные показания — бояться ей больше некого. Дозвониться до редактора и сообщить ей о смерти мужа пока не получилось. Собственно, Зотова не очень-то активно ее искала, не любила она сообщать печальные новости, надеялась, что, прежде чем получится связаться с редактором, Цыплакова сама узнает о происшествии из средств массовой информации или от знакомых.

Духота в вагоне стояла невыносимая. В купе, где обнаружили труп пожилой женщины, было прохладнее, в открытое окно с улицы тянуло весенней свежестью, и запах смерти здесь ощущался не так остро, как в купе Холмогорова.

— Что-то я ничего не понимаю. — Палыч оторвался от осмотра трупа старушки и озадаченно обернулся к Елене Петровне. — Не похоже на криминальный труп, вот что я тебе скажу.

— Может, придушили? Подушкой? — предположила Елена Петровна. — Или отравили? Стакан на полу разбитый, она, возможно, из него пила.

— На удушение не похоже, — возразил эксперт. — На отравление тоже. Могу голову на отсечение дать, что тут смерть от естественных причин.

— Ни фига себе! — влез Владимир.

— Ты меня достал уже своим «ни фига себе»! Русский язык исковеркали, бл... Иди отсюда на х... Не мешай работать, — разозлился судмедэксперт.

— Это кто еще кому мешает! — возмутился Рыжов. — Леночка Петровна, вы слышали? Он меня послал!

— Работай, Вова, работай, — миролюбиво попросила Елена Петровна и обернулась к эксперту: — Палыч, ну ты что?

— Извините, — пробурчал эксперт. — Это магнитная буря на меня так действует. С утра сам не свой. Не выспался еще. Всю ночь мне распятая девочка снилась.

— Хм, мне будто бы не снилась! Я же из-за этого на людей не кидаюсь, — в очередной раз возмутился Владимир и присел рядом с дверью в купе. — Гляньте на дверь, Леночка Петровна. Стреляли со стороны коридора, метили в замок на двери, чтобы дверь открыть и в купе войти. Я охрене... — Владимир покосился на Палыча. — Я ошеломлен данным фактом, — выдал Вова. — Что за терминатор тут побывал? Бедная бабка, видно, она была случайным свидетелем убийства Холмогорова. Бросилась к себе в купе, заперлась изнутри, но сосед дверь сломал, бабка испугалась и с перепугу померла.

— М-да... — крякнула Зотова, — а перед тем, как помереть, разделась и легла в постель.

— Притворилась, что ничего не видела и не слышала, — настаивал Владимир. — Легла в постель, и тут у нее случился разрыв сердца. Раздеться она могла раньше. А сосед не знал, что она испугалась и умерла, ворвался в номер и...

— Увидел, что бабка сама померла, без его участия, расстроился, сошел с ума и выпрыгнул в окно, решив покончить жизнь самоубийством, — съязвил Палыч и нервно хихикнул.

— При чем тут самоубийство! Все же понятно, — обиделся Владимир. — Он шмякнул Холмогорова, потом решил избавиться от свидетельницы, не предполагая, что она умерла, увидел, что бабуся уже не представляет опасности, и спокойно слинял через окно, чтобы его за убийство не прихватили.

— Не понимаю, — вздохнула Елена Петровна. — Глупо! Идиотизм! Убийство Холмогорова, по словам Палыча, случилось между пятью и шестью часами утра. Трупы обнаружили за сорок минут до прибытия в Москву, ближе к полудню, потому что убийца повесил на двери табличку «Не беспокоить».

Откуда взялись, кстати, эти таблички? Никогда не видела в поездах подобных вывесок?

— Они во всех купе, эти таблички, — сообщил криминалист. — Не пойму, что вас смущает?

— Идиотизм меня смущает. Зачем он выпрыгнул в окно? Кстати, ты точно уверен, что он в окно выпрыгнул? Может, просто открыл его? Выкинул что-то, например пистолет и прочие улики. Или ввел нас в заблуждение, а сам благополучно сошел на ближайшей станции. Или в Москве на вокзале? Перешел в другой вагон и...

— Выкинул он что-нибудь или нет — не знаю. Но потом сам выкинулся, сто пудов, — перебил Рыжов. — Леночка Петровна, вы меня за лоха не держите, хорошо? На окне отпечатки. По ним видно, что он вылез из окна, на руках повис и соскочил. Профи!

— Я же просто спросила. Конечно, ты профи, — примирительно сказала Зотова.

— Да не про себя я. Про гоблина этого. Он профессионально из окна вылез. Так что исключать заказуху я бы не стал. Выстрел в лоб, опять же. Пистоль с глушаком.

— Сомневаюсь, что тут работал киллер. — Елена Петровна осмотрела дверь в соседнее купе. Осторожно провела пальцем по противоположной стене вагона, напротив двери. — Слишком он нервный для профессионала. Как ты, к примеру, можешь объяснить тот факт, что стреляли из купе Холмогорова через дверь?

— А фиг его знает, — пожал плечами Владимир. — Может, бабка услышала шум, метнулась в купе Холмогорова, открыла дверь, увидела момент убийства, дверь захлопнула и помчалась к себе. В этот момент и был произведен выстрел. Убийца хотел ее сразу пришить, но промахнулся.

— Ерунда какая-то. — Елена Петровна скривилась.

— Ну! — подтвердил Палыч. — Больно шустрая бабушка оказалась.

— Жить захочешь, еще не так забегаешь.

— Все, хватит паясничать! Не в цирке же, — не сдержалась Елена Петровна. Ничего смешного она в происшествии не видела. Два трупа в одном поезде, убийство известного тележурналиста, главного подозреваемого по делу о распятии девушки в деревне Петрушино, и старухи. О происшествии очень скоро раструбят газеты и телевидение, спокойной жизни не жди. Какая неприятность, однако! Елена Петровна вздохнула. — А с отпечатками что? Можешь мне четко сказать, открывала дверь старуха в купе Холмогорова или нет?

— Не могу, — гоготнул Владимир. — На одной ручке все стерто. На других пальцы смазаны, и тут их так много, что хрен разберешь, чьи они. Бесполезно, короче. Наляпали все, кому не лень. Есть одни четкие, но, думаю, это пальчики проводницы. Она дверь последней открывала.

— Это мои, — подал голос лейтенант. — Проводница так вопила, что я не сразу понял, что произошло. Подумал сначала — драка.

— Молодец! — гоготнул Владимир. — Драка в двух купе одновременно!

— Второе я уже с платком открыл, — нахмурился молодой человек.

— Флаг тебе за это в руки! Вот кто, оказывается, отпечатки стер.

— Лейтенант, — подключилась Зотова. — А одежду старухи кто-нибудь трогал? — Милиционер отрицательно мотнул головой.

— Странно, куда же одежда убитой делась? И где ее вещи?

— Не знаю, я ничего не трогал, — залепетал лейтенант.

— Кроме дверной ручки, — ехидно поддел Владимир.

— Ладно вам, я ж не знал.

— Отстань от человека, — вступился Палыч. — Правда, куда вещи убитой делись?

И тут Зотову осенило.

— Слушайте, он ее надел! — возбужденно воскликнула она.

— Что? — оторопел Палыч.

— Одежду старухи. Убийца надел одежду старухи, переоделся, чтобы его не узнали, и покинул поезд через окно!

— Точно! Какая ты умная, Лена! — кивнул с уважением Палыч.

Криминалист тоже с жаром закивал и посмотрел

на Елену Петровну с восхищением, но Зотова на комплимент не обратила внимания: в данную минуту следователя мало волновало восхищение коллег, что-то ее сильно беспокоило, а что, она никак не могла понять. Вроде бы версия выглядела убедительно. Убийца садится в поезд вместе с Холмогоровым, дожидается, пока все пассажиры уснут, пробирается в его купе, чтобы тихо его убить, вернуться к себе, выкинуть все улики в окошко и лечь спать. Но вдруг случается неприятность: кто-то открывает дверь в купе Холмогорова и застает его на месте преступления. Выход один — избавиться от свидетеля. Он стреляет, но промахивается. Старушка в состоянии шока бежит к себе, закрывает дверь, ложится на койку и притворяется спящей в надежде, что преступник ее не видел. Тут убийца начинает ломиться в закрытую дверь, старуха понимает, что ей конец, и у нее случается сердечный приступ. История покруче мексиканского «мыла» будет! Убийца входит в купе, видит, что старуха умерла или при смерти. Что делать? Дырки в дверях, труп в его купе. Он понимает, что наделал массу ошибок и теперь менты его будут трясти, как грушу, выйти чистеньким из воды не получится — остается только бежать. Он переодевается в старухину одежду, чтобы неузнанным покинуть поезд, берет ее чемодан, и поминай, что называется, как звали. Но зачем он в окно выпрыгнул? Мог бы легко в одежде покойной выйти на ближайшей станции. Почему бросил свой чемодан? Псих какой-то. Шизофрения продолжается! Какая связь

между двумя убийствами, кроме того, что убийца —
однозначно больной на всю голову? А что, если она
ошиблась и Холмогоров не убивал девушку? Ее убил
человек, который ехал со старухой в одном купе, а
Холмогорова устранили как свидетеля убийства в
Петрушево? Или убийство тележурналиста — это
отдельная история? Случайное стечение обстоятельств?

К купе подошел оперативник Вениамин Трофимов.

— Как там проводница? Что-нибудь выяснил,
Вень? — ласково спросила Елена Петровна и потрепала опера по русой кучерявой голове.

Вениамин подобных ласк не любил и скривил
физиономию. Елена Петровна усмехнулась, она
знала, как он отреагирует, но все равно удержаться
не смогла.

— Очухалась наконец-то. Говорит, что в этом
купе ехали монахиня и некий гражданин, поддан-
ный Германии, Николай Владимирович Чуйков.
Вернее, они попутчиками просто были.

— Ты говоришь, монахиня?! Она — монахиня? — охнула Елена Петровна и внутренне перекрестилась.

— Во как! — обернулся Палыч. — А я думаю, чем
так странно пахнет от ее волос. Ладаном от нее пахнет! Слушайте, а как же теперь со вскрытием быть?
Господи, прости меня, грешного! — Судмедэксперт
торопливо закрыл покойницу покрывалом, отско-
чил от полки и замер с озадаченной физиономией.

Некоторое время все молчали, размышляя над проблемой.

— Мы же убийцу ищем, святую миссию выполняем, — философски изрекла Елена Петровна. — Палыч, возьми себя в руки!

— Не могу, она Христова невеста. Нельзя, — уперся судмедэксперт.

Елена Петровна выпучила глаза, чтобы высказать все, что она думает по этому поводу, но в последний момент промолчала — впервые она видела судмедэксперта таким растерянным.

Палыч смущенно топтался на месте, интенсивно потел и ждал ее решения.

— Ладно, в морг тело отправим, а там видно будет, — сжалилась над ним Елена Петровна.

— Спасибо, — проблеял Палыч.

— Не за что. — Елена Петровна болезненно поморщилась, растерла ноющую спину. Спина разболелась ночью, сказались последствия вчерашнего скалолазания и холодного подвала, в котором она провела несколько часов. Поэтому сегодня она кофту шерстяную напялила. А под кофту — старую блузку, не снимешь теперь. Как она перед Варламовым в старой блузке покажется? Вдруг он еще там, на платформе? Или, может, снять пока кофту, а потом снова надеть?

— Вам не жарко? — отвлек ее от размышлений Трофимов.

— Не жарко. — Передумала снимать кофту Еле-

на Петровна. — Что там с опросом остальных пассажиров? Ребята нарыли что-нибудь?

— Ничего, совсем ничего. Пора отпускать всех.
Волнуются, устали, ругаются.

— Отпускай, — махнула рукой Зотова и направилась в начало вагона.

Проводница увидела ее и опять разрыдалась.
Начинается, недовольно подумала Елена Петровна
и попыталась ее успокоить. Но это никак не получалось. Проводница ныла, размазывала косметику по
щекам и вытирала слезы рукавом униформы. Ис-
черпав запас словесных микстур, Зотова не выдержала, прикрикнула на проводницу и хлопнула по
столу ладонью с такой силой, что стаканы в сереб-
ристых подстаканниках заплясали. Женщина
вздрогнула и реветь перестала.

— Я понимаю ваше состояние, Вера Константиновна, — вновь смягчилась Елена Петровна, — но
вникните: дело не терпит отлагательств. Плакать
потом будете, а сейчас мне от вас нужна информация. Пожалуйста, успокойтесь и отвечайте на мои
вопросы. Четко и подробно.

— Я, гы, с им, — всхлипнула проводница.

Елена Петровна схватила со стола стакан и подсунула под нос неврастеничке:

— Выпейте воды!

Проводница с благодарностью кивнула, сделала
глоток.

— Я с ним тра...ха...лась! А он... — икнула Вера
Константиновна.

— С кем? С Холмогоровым? — оторопела Зотова.

— Да нет же! С убийцей, с Чуйковым этим.

— Он был в вашем купе? — оживилась Елена Петровна.

— Да, что мне теперь за это будет? Я ведь не знала, что он убийца! Не знала! Хотя он мне сразу не понравился. Еще в Берлине. Мерзкий тип!

— Поэтому вы его приголубили, — усмехнулась Зотова.

— Приголубила, приголубила, да! — обиделась Вера. — Я ж не знала! Я ж не предполагала! Он шампанское принес, коробку конфет. Я вообще-то не пью, водку только. Сначала он в вагоне-ресторане долго ошивался, в ресторане Холмогоров был, он следил, видно, за ним. После накушался по самое не хочу, на подвиги потянуло. Хотелось ему! Я таких сразу просекаю, уродов. Сразу, понимаете. Ненавижу! Командированные козлы! Один такой жизнь мне поломал, романтических соплей на уши навесил три килограмма, до сих пор стряхиваю. Я только работать начала. Молодая была, дура. И вдруг он нарисовался. Красивый, богатый. Каждую неделю в загранку мотался и все в мою смену попадал. Стихи читал, на коленях стоял, сувенирчики дарил, дешевку всякую, замуж звал... Наивная, поверила. — Веру Константиновну понесло не в ту степь, но Зотова терпеливо слушала рассказ проводницы о трагической любви: чувствовала, что, пока Вера не выговорится, получить от нее нужную информацию не удастся. Впрочем, финал истории был Елене Петровне известен заранее — переспав с одним из пассажиров по большой и светлой любви с первого взгляда, Вера осталась с ребенком на руках.

— Так вот, — выдохлась проводница, — теперь одна рощу дочку.

«Что и требовалось доказать. Теперь Верочка мстит: спит с командированными козлами не бесплатно, а за деньги», — подумала Елена Петровна и спросила:

— Почему вы решили, что Чуйков — убийца?

— А кто же еще мог убить? — искренне удивилась Вера. — Он ведь в купе с монашкой ехал. Как бабушку жалко, жуть! И Холмогорова он убил.

Зотова расстроилась: никаких улик и доказательств. Выходит, зря она мучилась, слушая россказни о несчастной любви проводницы Верочки. Эх, сколько она подобных историй за свою жизнь выслушала — не перечислишь. Впрочем, женщину было жаль.

— И все же, на основании чего вы сделали вывод, что именно Чуйков убил монахиню и журналиста? — еще раз спросила Елена Петровна устало.

— Мне его поведение сразу подозрительным показалось. Не успел в вагон зайти, как пристал ко мне с просьбой, чтобы я его в другое купе переселила. Денег предлагал. Думаю, он хотел к Холмогорову поближе переехать, чтобы можно было легче его пришить. Но не вышло, все было занято, и он вернулся к себе.

— Насколько я знаю, Холмогоров ехал один. Почему вы не предложили Чуйкову перебраться в его купе?

— Потому что Холмогоров два места выкупил. Богатенькие так часто делают. Купе целиком выкупают, чтобы никто им не мешал. И Чуйков мог бы в комфорте ехать, один, а не с монашкой-католичкой, если бы не пожлобился.

— Католичкой?

— Ага. — Проводница положила перед следователем билет, по которому ехала старуха.

Елена Петровна страстно надеялась, что монахиня умерла сама, как утверждает Палыч. Расследование убийства гражданки другой страны, да еще монахини! Ужас! Только этого ей не хватало. Пожалуй, это даже хуже, чем расследование насильственной смерти известного тележурналиста. Но в любом случае придется фээсбэшников вызывать, расстроилась Зотова. Будут лезть во все дырки, какая неприятность, однако. Хотя... можно будет подпрячь их к поиску подданного Германии Чуйкова. Да, засветился мужик, и так глупо засветился, что с трудом верится в его причастность.

— Кто-нибудь из пассажиров еще вел себя странно? — хмуро поинтересовалась Елена Петровна.

— Да нет вроде. Спокойные пассажиры попались. Бывает, смена так пройдет, что хоть в петлю лезь. Нажрутся, понты начнут кидать. Гоняют меня, как козу. Придираются. Песни ночью орут, базарят — не успокоишь. В этот раз никто не бузил, сидели все по норам.

— Вера, подробно распишите, кто в каком купе ехал, поименно, на какой станции вошли, на какой вышли, как себя вели, что делали во время пути.

Проводница охотно придвинула к себе книгу отчетности, в которой лежали билеты. Зотова нарисовала на листе бумаги план седьмого вагона, перенесла в таблицу имена и фамилии пассажиров, уточнила время, место посадки и выхода каждого, расспросила Веру об их поведении, чтобы позже сверить показания проводницы со свидетельскими показаниями самих пассажиров, с которыми она уже пообщалась. Вера с жаром откликнулась на ее просьбу, и Елена Петровна отметила, что характеристики, данные проводницей, психологичны и во многом сходятся с резюме, которое Зотова составила на каждого человека, ехавшего в седьмом вагоне. Вера, к удивлению следователя, четко определила и род занятий каждого. Ей бы детективом работать или психологом, а не ублажать избалованных командированных, подумала Елена Петровна.

Вырисовывалась такая картина. Первое купе — Валенсия Туринская, актриса. Вела себя тихо, как вошла в купе, сразу заперлась и попросила ее не беспокоить. Выходила только в туалет, еду заказывала в купе. Второе купе — бизнесмен Каримов с молодой любовницей. Купе голубки покидали редко, ясно почему: всю дорогу они предавались любовным утехам. В третьем — Марина Курт, российская граж-

данка, проживающая в Германии, жена немецкого предпринимателя. В четвертом и пятом случилось происшествие. В шестом путешествовала супружеская пара немцев-пенсионеров. Седьмое купе пустовало с остановки в Минске. Пассажиры сошли, новые не подсели. Восьмое занимали мамочка с дочкой. Ребенок капризничал, у нее в дороге начался жар. Вера дала ребенку жаропонижающее, девочка почувствовала себя легче, уснула и проспала все время пути. Рассказ проводницы о пассажирах четко соответствовал их показаниям, никаких нестыковок Зотова не выявила.

— Вы не назвали девятое купе, — оторвавшись от протокола, уточнила Елена Петровна. Когда опрашивали пассажиров вагона, в купе никого не было, но, по словам Рыжова, в нем кто-то путешествовал. Крошки на полу, под столиком обрывок газеты, пустая бутылка минералки.

— Разве? — наивно распахнула глаза проводница. — В девятом ехала женщина... Она раньше сошла, — торопливо прочирикала Верочка, захлопнула свой талмуд и улыбнулась.

— Где ее билет?

— Билет? Билет здесь, — ткнула она пальцем в свою книгу.

— Покажите, — настаивала Елена Петровна.

— Хорошо, — Верочка снова открыла талмуд и зашелестела страницами. — Странно... — после паузы сообщила она. — Нет билета почему-то. Куда же он делся?

— В билетной кассе остался, — язвительно заметила Зотова. Не хватало ей еще с зайцами разбираться. Мало ей проблем!

— Сестра моя троюродная там ехала, — подавленно сказала Вера. — Она в Смоленске села, на рынок торговать в Москву решила отправиться. Уговаривала меня, уговаривала. Ну я, это, согласилась в итоге, пустила ее по доброте душевной. Денег у нее нет, еле концы с концами сводит. Когда я трупы обнаружила, испугалась сильно. Короче, я ее попросила, чтобы она... В общем, поезд тормознул, и она спрыгнула, до Москвы не доехала чуток. Блин, что ж мне так не везет! Я заплачу за билет!

— Больше так не делай, Вера, на обратном пути купишь своей родственнице билет, — назидательно попросила Елена Петровна. — Никого постороннего в вагоне не видела?

— Нет, не видела. Я спала, как только пограничный контроль прошли, еще раз все купе обежала, поинтересовалась, не нужно ли чего, и отрубилась. Все спали, и я спала. С утра вышла. Чай собиралась разносить и завтрак; на двух дверях таблички висят «Не беспокоить». Это у нас в СВ нововведение такое. Знаете, как в отелях. Недавно практикуем. Одна проблема: пассажиры вешают таблички и забывают о них, но я все равно стараюсь никого не трогать, кому надо, позовут. Когда к Москве подъезжать стали, только тогда решила в купе заглянуть. — Проводница снова разрыдалась, утешать ее у Елены

Петровны не было уже никаких сил, пришлось оставить Веру в покое.

Зотова вышла в коридор, выглянула в окно. На улице наблюдалось оживление: толпа зевак и журналисты, которые пытались просочиться сквозь милицейское оцепление к вагону номер семь. Один репортер засек ее в окне, поймал в объектив и щелкнул, Елена Петровна машинально закрыла лицо рукой, выругалась. Поразительно, как быстро журналисты узнают горячие новости. Наверняка транспортники информацию слили, паразиты!

Народ напирал, галдел. Варламова среди зевак не наблюдалось. Кого он, интересно, ждал? «Не актрису ли — Валенсию Туринскую? — ревниво предположила Зотова. — Надо же было такое имечко себе придумать пафосное!» Елена Петровна раздраженно отвернулась от окна, сделала пару шагов, но остановилась и снова прилипла к стеклу, внимательно приглядываясь к людям, толпившимся на платформе. На секунду у нее возникло ощущение, что масса эта неоднородна, что выпадает из нее что-то. Кто-то в толпе был лишним.

К Зотовой подошел Трофимов. Молча встал рядом.

— Погуляй сходи, Вень, — попросила она. — Покрутись среди зевак. С журналистами только в разговор не вступай. Да, если заметишь на платформе мужчину, с которым я разговаривала, — ну ты знаешь его, режиссер он, мой знакомый, — сюда позови, мне побеседовать с ним нужно.

Трофимову кивнул, он всегда понимал Зотову с полуслова и никогда не задавал лишних вопросов. Елена Петровна еще минуту постояла у окна и вернулась к купе монахини.

— Володь, я могу в вещах поковыряться? — спросила она.

— Угу, — кивнул криминалист, пропустив ее к койке.

Зотова присела рядом с чемоданом предполагаемого убийцы и внимательно изучила содержимое. Мужские вещи, молодежные, белье дорогое, сувениры, коробка конфет, бутылка виски... Стандартный набор командированного или туриста, если бы не книги...

— Похоже, наш предполагаемый преступник — эрудит, интеллектуал и полиглот — полчемодана книг. — Зотова достала одну книгу и пролистнула страницы. Достала следующую. — Книги по культурологии и истории, в основном. На немецком и русском языках. Бритвенные принадлежности отсутствуют. Кажется, это единственное, что он прихватил с собой. Зачем он взял в дорогу столько книг, если планировал убийство и собирался из поезда соскочить? Не понимаю...

— Не забывайте, Леночка Петровна, что он пистолет с собой вез! — крикнул Владимир из соседнего купе. — Видно, маскировался под интеллигента, чтобы таможня в случае чего к нему не лезла. Опаньки! Идите скорее сюда, Леночка Петровна!

— Что там у тебя? — спросила Зотова, заглянув в купе Холмогорова.

— У Холмогорова тоже в портфеле книжка. В жанре нон-фикшн.

— Боже, не выражайся так, Вова. Ты меня пугаешь! Я женщина темная, читаю только мемуары, и даже жанра такого не знаю.

— Нон-фикшн — это интеллектуальная литература, основанная на научных фактах. Модный нынче жанр, столько псевдонаучного дерьма печатают, что мама, не горюй, но не в этом дело. Вы на автора посмотрите! — Владимир протянул книгу Зотовой, та взяла ее в руки и потрясенно уставилась на обложку.

— «Тайны мироздания», — прочитала она. — Автор — Трегуб К. А.». Это же писатель, которому наши понятые дом в Петрушево перестраивают! Что-то мне название книги не нравится, — крякнула Елена Петровна.

— В книге написано о так называемых посвященных, которые хранят ключики-шифры от тайника, где спрятана древняя рукопись. В той рукописи содержится истина о создании мира. Короче, мы все лохи и ничего не знаем. Нас строитель просветил, когда вы хозяйку успокаивали.

— Ой, как я не люблю вот это все! Весь этот маразм! — застонала Зотова.

— Вы не любите, а Холмогоров от этой книги, похоже, был без ума, раз в дорогу с собой взял.

— Без ума, говоришь, — невесело усмехнулась

Елена Петровна. — Как бы мне самой умом не повредиться. Мне же теперь это прочитать придется!

— Бедненькая вы наша, Леночка Петровна, — посочувствовал Рыжов.

— Что там еще интересного в портфеле?

— Ничего, — развел руками Владимир. — Бритва, белье, чистая рубашка, зубная щетка, немецкая газета.

К купе подошел оперативник Венечка Трофимов, заметил книгу в руках следователя и присвистнул. Елена Петровна тут же всучила ему фолиант.

— Задание тебе на вечер. Изучи детально, завтра доложишь по всей форме, — дала поручение Елена Петровна и чуть заметно усмехнулась, увидев, каким несчастным стало лицо опера. Венечка Трофимов в литературе был эстетом и читал исключительно высокохудожественную прозу и философские книги, о чем неоднократно заявлял с пафосом. Но в эрудиции Трофимова Елена Петровна не сомневалась и знала, что Венечка из любой книги полезную информацию вытащит, если она имеет какое-то отношение к преступлению.

— Что там на платформе? — спросила Зотова.

— Режиссера не нашел. Была одна тетка, странная. Постояла с минуту и слиняла. Думаю, знакомая Холмогорова. Когда опрашивать окружение будем, выясним, кто это. А так вроде ничего особенного. Все базарят, обсуждают смерть Холмогорова и выдвигают версии одна круче другой. А журналисты взяли в оборот пассажиров.

— Ясно, — кивнула Елена Петровна, сняла кофту и вытерла пот со лба.

Сволочь режиссер, слинял! Кого же он встречал? Душу Елены Петровны не оставляло неприятное чувство ревности и раздражения. Она перебирала в памяти лица пассажиров седьмого вагона и злилась. К своему стыду, Елена Петровна испытывала к Варламову симпатию — вопреки всему, и, как ни старалась выкинуть из сердца режиссера, ничего не получалось. Поразительный человек — Иван Аркадьевич, где он ни появится, везде происходят какие-то неприятности! Сидел бы у себя в Вене и гениальные фильмы снимал. За каким чертом он снова приперся в Москву? И кого ждал на вокзале? Неужели все-таки актрису, которая путешествовала в первом купе? Поэтому так смутился, когда случайно Зотову встретил. Проводница охарактеризовала актрису как мымру крашеную. Елена Петровна с ней была полностью согласна — мымра! Ничего привлекательного. Что только Варламов в ней нашел?

Глава 8

БЕЛКИНО ДУПЛО

Когда дверь в квартиру Холмогорова открылась, Трофимов легонько тронул Зотову за плечо и шепнул ей на ухо несколько слов. Слова были лишними, Зотова сразу ее узнала. Да, именно лицо этой женщины мелькнуло среди однородной массы людей на вокзале и привлекло ее внимание. Именно она была чужеродным элементом, рыбой, плывущей против течения, белой вороной среди толпы зевак. Худая, высокая, некрасивая: узкие губы, нос с горбинкой, черные глаза, темно-каштановые вьющиеся волосы небрежно собраны на затылке, длинное серое льняное платье, лишь намеком обозначавшее изгибы ее тела, на шее — дизайнерское украшение ручной работы из кожи и янтаря, запястья унизаны этническими браслетами, массивные серьги в ушах. Некрасивая, но демонически привлекательная, умная, загадочная. Ее черные глаза смотрели на мир утомленно и устало, напрягаться этой женщине было незачем, она видела собеседника насквозь, она прекрасно разбиралась в людях. Елена Петровна тоже прекрасно разбиралась в людях, но в первое мгновение растерялась — совсем не такой она представляла себе Ирину Белкину.

— Удивлены? — словно прочитав ее мысли, улыбнулась Ирина. — Да, я там была, на вокзале. Узнала из экстренного выпуска новостей, что Артема убили, и поехала. Сама не знаю зачем. Все эти люди, все эти ужасные люди... Возбужденная чужой смертью толпа. Они с азартом ждали подробностей. Им было интересно! Мне стало очень душно. Я ушла, чтобы не задохнуться, и поехала к нему. Рефлекс — когда мне плохо, я всегда еду к нему, и мне становится легче. Вот и сейчас мне легче, он тут — вы чувствуете? — Взгляд Ирины сосредоточился у Зотовой на лбу, так обычно смотрят священнослужители, избегая прямого контакта глаз.

Еще одна шизофреничка, — тоскливо подумала Елена Петровна. — Что же это такое! Не поэтому ли Ирину с Холмогоровым так тянуло друг к другу? Впрочем, Ирина была права: толпа зевак, которая кучковалась рядом с седьмым вагоном, изнывала от любопытства, ждала подробностей и ликовала, что оказалась рядом с сенсацией. Зотова давно привыкла к подобным проявлениям и не обращала на это внимания. Ирина столкнулась с подобным впервые и испытала психологический шок. Когда нервы оголены из-за собственных переживаний, восприятие чужих эмоций усиливается. Ирина угадала: Зотова удивилась, что подруга детства Холмогорова открыла им дверь. Застать Белкину в квартире убитого тележурналиста она никак не ожидала.

— Проходите. — Белкина отошла в сторону, пропуская сотрудников милиции, понятых из местного домоуправления и экспертов в прихожую.

В квартире Холмогорова пахло ранней весной: свежим хрустящим запахом арбуза, огурца и мартовского тающего снега, но в комнатах царил невообразимый кавардак. Ведущий популярной программы «Чудеса света» не отличался страстью к порядку. На стульях небрежно висела одежда не первой свежести, посреди гостиной валялись ботинки и носки, на столах и прочих горизонтальных поверхностях, как осенние листья, громоздились кипы бумаг, стопки книг, газеты, журналы и прочая бытовая мелочь, которую обычно не знаешь, куда девать, а выкинуть рука не поднимается: берлога холостяка. Чтобы все это разгрести, работы предстояла масса. Зотова рассчитывала найти не только улики, доказывающие причастность Холмогорова к трагедии в Петрушево, но и намеки на мотивы убийства самого тележурналиста.

Зашторенные плотные гардины на окнах не пропускали солнечный свет, дорогая, но уже не модная мебель, масляные картины в тяжелых рамах, темные обои — мрачно и скучно. Судя по залоснившимся обоям и потолку, потерявшему свою кипельную белизну еще в прошлом веке, к уюту Холмогоров тоже был равнодушен. Интерьер оживляли лишь цветы: декоративными горшочками и кадками с экзотическими растениями были заняты все подоконники и застекленная лоджия. За цветами кто-то тщательно ухаживал, поливал, опрыскивал, удобрял.

Пока шел обыск, Ирина сидела на диване в гостиной, глядя в одну точку. На вопрос, где Холмогоров держит свой архив, Белкина рассеянно пожала плечами. Информацией о девушке, которая побывала у телеведущего в гостях незадолго до его поездки в Берлин, Ирина тоже не владела.

— Где мы можем спокойно поговорить? — спросила Зотова, раздав поручения операм и экспертам.

— В кухне. Я сварю вам кофе, — сказала Ирина и поднялась.

Белкина прошла в кухню, открыла шкафчик и

долго стояла, глядя на полки, уставленные банками и упаковками с разными сортами кофе. Богатый ассортимент, завистливо отметила Елена Петровна. Некоторые сорта Зотова никогда не пробовала. Так и не определившись с выбором, Ирина закрыла дверцу, облокотилась о плиту.

— Устала, — виновато улыбнулась она. — Может, ущипнете меня за руку, а то мне все время кажется, что я сплю.

— Давайте лучше я сама кофе вам сварю, — предложила Зотова и, усадив Белкину на стул, принялась хозяйничать.

Кофе Ирину расслабил и развязал ей язык, но отвечала на вопросы Белкина невпопад, каждый раз уводя разговор в философский смысл бытия, отвлекалась на посторонние темы. Ирина делала это не нарочно, ее рафинированную натуру уносило не в ту степь спонтанно. С ней было непросто, но Зотова поймала себя на мысли, что разговаривать с Белкиной приятнее, чем с женой Холмогорова. В Ирине не было ни капли снобизма. Она вела себя благожелательно, прекрасно понимала, что несовершенна, но не пыталась казаться лучше, чем есть. Алена Цыплакова прятала комплексы за имиджем независимой успешной женщины, маскировала пигментные пятна своей биографии, страстно мечтала, чтобы люди не воспринимали ее как провинциальную девочку. Ирина была естественной, на общественное мнение ей было плевать, она жила в ладу с собой. Две женщины, не похожие друг на друга, как луна с солнцем. Любопытно было бы узнать, как складывались отношения у Холмогорова с Ириной. Что их связывало?

— Темка, милый мой Темка... — Ирина закрыла глаза, посидела так некоторое время, потерла виски. — Я почти не спала прошлую ночь, все время ворочалась. На душе тревожно было. Предчувствовала беду, сердцем предчувствовала. — Ирина, словно в подтверждение своих слов, приложила ухоженную руку к груди. Елена Петровна покосилась на красивые пальцы Ирины, тонкие, творческие, украшенные изысканным маникюром, явно сделанным в дорогом салоне, и, подавив желание спрятать свои пальцы с заусенцами под стол, задала следующий вопрос:

— Вы знали, что у Холмогорова были проблемы со здоровьем?

Ирина заметно смутилась, на ее бледном лице появилось подобие румянца.

— Вообще-то знала, — сказала она после паузы. — Темочка мне рассказал по секрету про свое... нездоровье. Напился как-то и... — Ирина снова умолкла, посмотрела на Зотову тревожно. — Вы считаете, что это важно? Что это как-то поможет в расследовании его смерти?

— Все важно. Рассказывайте, Ира, — поторопила Елена Петровна.

— Мне не хотелось бы, чтобы эта информация выплыла наружу. Вы можете мне это обещать?

Зотова с готовностью кивнула. Она всегда с готовностью кивала, когда свидетели просили ее что-то им пообещать. От кивка, что называется, с нее не убудет, а дело с места сдвинется. Пока преступник на свободе разгуливает, мораль у нее одна — найти его и засадить за решетку.

— Слава на Темочку свалилась неожиданно. Очень долго он пытался пробиться на Центральное телевидение, работал репортером кабельных каналов, вел какие-то программы, но его не замечали. Он уже и надеяться перестал, и вдруг — приглашение от продюсеров на ОРТ. Уже после выхода первого эфира он, что называется, проснулся знаменитым. Популярность — серьезное испытание. В первую очередь — это ответственность: даже когда устаешь, нужно держать лицо, улыбаться с экрана, выглядеть бодрым, и неважно, что у тебя на душе. В результате — нервное перенапряжение, стресс, депрессия... Артема это не обошло, начались проблемы, он стал совершенно неадекватным, нервным, раздражительным, срывался по любому поводу. Он всегда был очень эмоциональным и несдержанным, с детства. В восьмом классе из дома сбегал, родителям что-то пытался доказать, — улыбнулась Ирина. — Нашли его в Прибалтике. Такой дурашка! Так вот, он мне открылся. Представляете, как тяжело ему было мне об этом рассказать? Я помогла ему найти врача. Холмогоров, правда, упирался, не хотел идти. Говорил, что пьет специальное лекарство и все скоро пройдет. Дошло до того, что я его буквально за шкирку к врачу привела. Марина Аркадьевна — прекрасный психотерапевт, высококлассный специалист в своей области, на нее во всем можно положиться. Артем сразу пошел с ней на контакт, поверил ей — это очень важно, доверять своему доктору. Сейчас жизнь такая пошла, ужасная жизнь! Некоторые ради денег на все идут, лекарства ненужные впаривают пациентам: на провизорских договорах сидят, с каждого проданного разрекламированного лекарства процент получают от фармакологических компаний. В страшное время мы живем! Что говорить об информации о пациенте — любой журналист «жареную» правду о Холмогорове с руками бы оторвал, поэтому Артем довольно долго со своей проблемой жил, боялся огласки.

— Вы как-то связаны с медициной? Откуда у вас такие сведения? — спросила Зотова.

— С медициной я связана узами Гименея. У меня муж врач. — Ирина допила свой кофе и перевернула чашку вверх дном на блюдце. — Погадать вам? — спросила она.

Елена Петровна перевернула свою чашечку и с любопытством посмотрела на Белкину. Гадать на кофейной гуще Зотова и сама любила, однажды она четко предсказала большие неприятности известному олигарху. Впрочем, чтобы узнать о будущих проблемах олигарха, Елене Петровне в чашку смотреть было необязательно. Олигарх не остался в долгу, в отместку нагадал ей увольнение. Угадал — вскоре она ушла с Петровки в прокуратуру, куда ее уже давно заманивали.

Ирина придвинула к себе блюдце Елены Петровны, осторожно взяла чашку двумя пальчиками за ручку и заглянула внутрь.

— Насколько я знаю, вы Строгановское училище окончили? Диплом получили. Почему же по специальности не стали работать? — спросила Елена Петровна, вытягивая шею и пытаясь разглядеть кофейный узор на дне своей чашки.

— Женщин в эту область не особенно пускают, это прерогатива мужчин. И потом, архитектура очень консервативна, а я по натуре — свободный художник. Сейчас работаю ландшафтным дизайнером — облагораживаю приусадебные фазенды российских нуворишей. Тоже, конечно, не особенно развернешься, но все же простора для фантазии больше.

— Это вы ухаживаете за цветником Холмогорова?

— Да, я. Это мои цветы. У дочки внезапно аллергия началась, пришлось от растений избавляться, но рука не поднялась цветы убить. Тема мне площадь предоставил с условием, что я буду сама за ними смотреть. Два раза в неделю мотаюсь сюда, в среду и субботу. В последнюю субботу не смогла приехать. У меня дочка приболела. Артем умер, и теперь цветы тоже умрут. Алена не пустит меня на порог этой квартиры. Странно... — Ирина осторожно отставила чашку на блюдце и впервые посмотрела Зотовой в глаза.

— Что там? Все плохо? — ненавязчиво поинтересовалась следователь, ощутив в душе неприятный холодок.

— Я ничего не вижу. Вы спрятали от меня всю информацию о себе.

— О, да! Это я умею, — рассмеялась Елена Петровна с облегчением. Она не верила в предсказания, но почему-то все равно волновалась. — А ваш муж в какой области практикует? — перевела она тему.

— Ой, не спрашивайте, — отмахнулась Ирина — о своей чашке она забыла. — Он уролог-андролог, в коммерческой клинике работает и зарабатывает неплохие деньги. Когда я за него замуж выходила, даже не могла представить, что урология — такая перспективная область... Простите, я отвлеклась... — Белкина рассмеялась, и в памяти Елены Петровны сразу всплыл рассказ Алены Цыплаковой о ее бракосочетании с Холмогоровым. Неудивительно, что невеста расстроилась, если в течение всей церемонии свидетельница с ее стороны веселилась: смех Ирины Белкиной изяществом не отличался. Она не смеялась — она ржала, как сивый мерин. Елена Петровна смешалась и выпала из темы беседы от неожиданности: не вязался смех Белкиной с ее утонченным образом.

— Координаты доктора назовите, пожалуйста, — попросила Зотова.

— Марина Аркадьевна Воронцова. Медицинский центр «Ласточкино гнездо». Мой муж там же работает. С Мариной Аркадьевной они коллеги, иногда даже одного пациента ведут. Собственно, через мужа я доктора и Темке нашла, он Воронцову посоветовал. Наблюдение у андролога Темочке не требовалось, он обошелся курсом психотерапии, после лечения он вновь почувствовал себя нормальным, полноценным мужчиной. Повеселел, расцвел на глазах, возбужденный и загадочный такой ходил...

«Возбужденный и загадочный», — отметила Зотова. Хороший доктор лечил Холмогорова: так ему помог, что телеведущий окончательно свихнулся. Муж Белкиной тоже загадочный — с какой это радости он советовал врача для ее любовника? Очень любопытная история. Особенно любопытно, что муж Белкиной совместно с психотерапевтом Мариной Аркадьевной Воронцовой ведут одного пациента. Чем уролог-андролог может помочь пациентам с больной психикой? О подобной практике лечения шизофрении она ни разу не слышала.

— Как долго вас с Холмогоровым связывали интимные отношения? — спросила в лоб Зотова.

— Какие? — Белкина удивленно посмотрела на Елену Петровну. Елена Петровна, в свою очередь, удивленно посмотрела на Белкину. — Это вам Алена наплела про наши интимные отношения? — спросила она. — Дурочка какая, вечно она выдумывает... Алена всю жизнь нас подозревала в адюльтере и страшно ревновала. Мнительная она очень и, говоря по правде, недалекая. Не понимает, что, кроме телесной привязанности, существует духовная связь. С Артемом мы никогда не были любовниками. Я его как мужика-то не воспринимаю. Мне всегда нравились сильные мужчины, а Темочка — подкаблучник.

Зотова в очередной раз с изумлением посмотрела на Белкину. Странную характеристику она дала своему другу детства. Алена описывала мужа как агрессивного тирана, Белкина причислила Холмогорова к противоположному типу. Кто-то из двух женщин вводит ее в заблуждение или у них психология восприятия разная?

— Почему Холмогоров расстался с женой? — спросила Елена Петровна.

— Они просто временно живут отдельно. Перед тем как проект «Чудеса света» стартовал, Алена предложила разъехаться и вернула себе девичью фамилию. У Артемия образ такой — тайна за семью печатями. Жена, редактор программы, в этот образ не вписывается, поэтому они от всех держат в секрете свое супружество. Артему, правда, свобода понравилась, но он вряд ли когда-нибудь от Алены уйдет. Они зависимы друг от друга, — Ирина осеклась, краска снова схлынула с ее лица, она в ужасе прикрыла ладошкой рот. — Боже мой, я говорю о нем в настоящем времени! Не могу привыкнуть, что его больше нет. Аленка не переживет! Господи, бедная баба, как же она без него теперь?.. Любит она его, крепко любит.

Елена Петровна окончательно запуталась. Зависимы друг от друга! Да, такая мысль ей приходила в голову, но почему Цыплакова ввела ее в заблуждение? Зачем упорно твердила, что они с Холмогоровым расстались, если они просто временно не живут вместе? Почему не сказала, что виноват в их раздельном проживании пиар? Или Белкина не в курсе истинного положения дел в этой семье? О серьезных проблемах со здоровьем друга детства в курсе, а о семейном разладе — нет? Смущало, что Ирина умалчивала об одной детали, о которой рассказывала Алена. Явление к Холмогорову с чемоданами сразу после переезда Цыплаковой на другую квартиру. Знала, что расставание супругов — это пиар-ход, почему же в таком случае посчитала возможным так себя вести? Если не ставила цели заполучить Холмогорова в объятия, а просто по-дружески явилась, то должна была отдавать себе отчет, что Цыплакова будет ее ревновать. Зачем провоцировала? Нарочно или случайно?

— Николай Владимирович Чуйков — вам знакомо это имя? — спросила Елена Петровна.

— Нет, впервые слышу. Кофе еще хотите? К этому напитку у меня патологическая страсть, как и у Холмогорова. У нас с ним вкусы совпадают. Сейчас сварю вам по своему фирменному рецепту. — Белкина, не дождавшись ответа, поднялась, достала два черных пакетика с яркими этикетками, сполоснула турку, высыпала пару ложек из одного и другого, включила чайник. Зотова смотрела на Ирину, на ее гибкость и изящество, и машинально сравнивала эту женщину с Цыплаковой. Природная грация и внутренняя красота Ирины завораживали. На месте Холмогорова она выбрала бы Ирину, а не холодную искусственную красотку Алену, всю жизнь положившую на борьбу с комплексами.

Резко пахнуло миндалем и ванилью. Елена Петровна тоже страдала патологической страстью к кофе, но предпочитала натуральный, без примесей. Ароматизированный она считала баловством и бесполезной тратой денег. Впрочем, не она деньги платила, можно и продегустировать ради интереса, смилостивилась Зотова, вдохнув изысканный аромат.

— Холмогоров рассказывал вам о теме своей следующей программы? О материале, который собирал?

— Что-то говорил, — неуверенно кивнула Ирина. — Простите, меня так бесила его программа, что я не особенно вникала. Половина из гостей — актеры, остальные — клинические психи. А люди верили и кушали. Вы считаете, что это как-то связано с его смертью?

— Возможно, поэтому постарайтесь вспомнить, Ира, о чем рассказывал вам Холмогоров, — настаивала Зотова. — Со слов его жены мы знаем, что Холмогоров нашел что-то уникальное, настоящую сенсацию, но никаких материалов у него обнаружено не было, кроме научно-популярной книги, которая называется «Тайны мироздания». Автор: Трегуб К. А.

— Про книгу я ничего не знаю, впервые слышу. Насчет темы... Артем говорил о каких-то солнечных детях. Он искал каких-то детей. Вы лучше у Алены спросите, она должна знать, она все дела его ведет.

Странно, что Холмогоров вообще сам занялся сбором материала.

Кофе поднялся шапочкой в турке, Ирина выключила конфорку, взяла со стола блюдце со своей чашечкой, понесла к мойке, на ходу заглянула внутрь, дернулась — чашка упала на пол и разлетелась вдребезги.

Ирина суетливо бросилась собирать осколки.

— Осторожно, порежетесь. — Елена Петровна заглянула под раковину, достала совок с веником и принялась подметать кусочки фарфора. Ирина молча наблюдала за уборкой.

— Что с вами? — спросила Зотова, заметив, что Белкина чем-то сильно встревожена.

— Ерунда, — вяло улыбнулась Ирина. — Смерть в своей чашке увидела и испугалась.

— Тяжело, когда теряешь близкого человека, — посочувствовала Елена Петровна, вытряхнула осколки в ведро и... — Володя! Сюда дуй! — возбужденно крикнула она криминалисту в другую комнату, осторожно отклеив от обратной стороны совка прилипший узкий листик бумаги.

В кухню вплыл Рыжов — Зотова протянула ему свою находку.

— Есть контакт! — удовлетворенно выдохнул Владимир. — Чек из строительного магазина, где он купил штыри, веревку, перчатки, ведро, химию, швабру и крюк. Да вы просто Шерлок Холмс, Леночка Петровна! Я же помойное ведро осматривал. Где нашли?

— Места надо знать, — важно доложила Зотова. — Сразу видно, Вова, что домашним хозяйством ты не занимаешься.

— А жена на что тогда? — возмутился Владимир. — Кстати, Леночка Петровна, у меня для вас тоже есть кое-что. Отгадайте, что? — Рыжов кокетливо поболтал перед носом следователя пластиковым пакетиком, в котором лежал небольшой пузырек.

— Вова, не нервируй меня. Неужели рисперидон?

— Он самый. РИС — в жидкой форме. А я все думал, как это девчонку таблетками накачали, если они в воде практически не растворяются? Вот он и ответ! Пальчики на пузырьке присутствуют, не сомневаюсь, что они принадлежат Холмогорову.

— Отлично! — В душе у Зотовой запели соловьи. — Она сгребла в охапку криминалиста и чмокнула его в щеку: теперь у нее были неопровержимые улики причастности Холмогорова к убийству. Все срослось! Осталось выяснить имя жертвы, получить информацию и консультацию от доктора, чтобы обосновать мотив поведения преступника, и можно дело об убийстве в деревне Петрушево закрывать.

Со смертью самого Холмогорова дело обстояло сложнее, точнее с мотивом убийства. Связано ли это было с его профессиональной деятельностью, с материалами, которые он собирал? Или преступник руководствовался личными мотивами? Солнечные дети... Героиня новой программы... Книга «Тайны

мироздания»... Посвященные... Деревня Петрушево... Распятие... Поездка в Берлин... Убийство тележурналиста. Есть ли здесь связь? Или тема следующей передачи и неясные опасения Холмогорова —
это плод больного воображения и прогрессирующе-
го заболевания ведущего, а его смерть к материалам,
которые он собирал, никакого отношения не имеет?
На данный момент единственное, что условно связывало два преступления, — это тематика книг, най-
денных в чемодане подозреваемого в убийстве тележурналиста гражданина Чуйкова.

— Кофе готов, — отвлекла ее от размышлений
Ирина, поставила на стол две дымящиеся чашечки и
посмотрела на Елену Петровну с тревогой. — Что-то
случилось?

— Да, случилось. Садитесь, Ира. Разговор нам
предстоит неприятный. — Белкина села. Елена Петровна присела напротив. Рыжов примостился на по-
доконнике, сложив руки на груди. — Дело в том,
Ира, что доктор, которого вы посоветовали вашему
другу, не смог в полной мере ему помочь: заболевание Холмогорова прогрессировало с каждым днем и
в конечном итоге привело к трагическим последствиям.

— В каком смысле? — округлила глаза Ирина.

— В том смысле, что у Холмогорова случился
рецидив, — мягко объяснила Елена Петровна, и глаза Ирины расширились еще больше. — Возбуждение, которое вы приняли за улучшение его состоя-
ния, было симптомом печальным. Но вы не должны

себя винить. Не сомневаюсь, что вы нашли Холмогорову высококвалифицированного специалиста. Пациенты нередко не слушаются врача, не выполняют предписаний, не принимают положенное лекарство. Холмогоров прекратил лечение, и девушка, о которой мы вас спрашивали, стала жертвой этих обстоятельств. Холмогоров отвез девушку в деревню, там у него случилось обострение заболевания, вследствие чего девушка скончалась. Мы подозреваем, что Холмогоров имеет к ее смерти непосредственное отношение.

Секунду Ирина смотрела на Зотову с изумлением, хлопая глазами, а затем по всей кухне разнеслось громкое ржание «поручика Ржевского». Владимир из кухни бесшумно испарился, Елена Петровна тяжело вздохнула.

— Рецидив? — хохотала Белкина. — Это как? Как это — объясните мне, иначе я тоже сейчас умру! Что за чушь вы говорите! Холмогоров поправился, он был совершенно здоров!

— Да, мы все в лучшее...

— Он был совершенно здоров! — жестко сказала Ирина.

— Откуда вы знаете? Разве можете вы это утверждать наверняка? — ненавязчиво спросила Зотова.

Белкина вдруг стала ее раздражать: с чего это она так развеселилась. Зотова все больше и больше убеждалась, что шизофрения заразительна.

— Поймать меня хотите? — ехидно спросила Белкина.

— Я хочу ответ на вопрос получить: как вы можете утверждать, что ваш друг окончательно поправился?

— Лично я это не проверяла, если вы это имеете в виду, — в свою очередь, разозлилась Белкина. — Алена тоже все время пыталась меня подловить! У меня проблемы с мужем были, поругались мы сильно. Я позвонила Холмогорову, вся в соплях и слезах, наябедничала ему. Он мне мозги быстро вправил. Сказал, чтобы я немедленно собирала чемодан и уходила от этого козла. Что только мой уход подействует на мужа. Я, как овца, вещички в сумку покидала. Тема приехал, меня забрал и к себе привез. Аленке позвонил, объяснил ситуацию, что я от мужа ушла, а к родителям пойти не могу, потому что не хочу дочку расстраивать. У нас очень сложный с мужем период был, мы ссорились постоянно. Я дочку к родителям отправила пожить, чтобы она скандалов не видела. Не хотелось мне ее расстраивать, поэтому на предложение Холмогорова я согласилась. Алена вроде бы нормально отреагировала, а ночью явилась. Артем на диване спал в гостиной, но она все равно в спальню влетела, с меня одеяло сдернула, чуть ли не ноги потребовала раздвинуть. Мерзость! До сих пор неприятный осадок. Припадочная идиотка! Как с ней Холмогоров жил — не понимаю. Я сначала думала, что он жениться на ней решил ради прикола. Вы бы видели, что она планировала на бракосочетание напялить и какую хламиду соорудила на башке: вся в рюшах, гипюре и розочках, на физиономии штукатурки три килограмма, синие тени до ушей, губы, как у клоуна. Глухая деревня! Холмогоров выпал в осадок и попросил ее переодеться. Алена разобиделась, напялила джинсы, а «дом» на голове оставила. Это сооружение невозможно было расчесать, наверное она три баллончика лака на башку вылила. Так и поехали. Я чуть не скончалась в загсе, так мне смешно было. Потом стыдно было, жалко ее. Оказалось, что ее мать в черном теле держала и у Алены просто было такое представление о красоте в то время — рюши все эти жуткие, убийственно яркий макияж. Позже Холмогоров ее приодел, манерам хорошим научил, и она стала похожа на человека. Он вообще всю жизнь носился с ней, как с маленькой девочкой, чуть ли не из соски поил, когда она болела. Из мужика в няньку превратился. Не понимаю... Не понимаю, что он в ней нашел? Другой бы сбежал, только пятки засверкали бы, а он терпел. Она, как магнит, его к себе прилепила, подчинила, сделала зависимым. Когда они разъехались, Холмогоров почуял запах свободы, стал на других баб заглядываться, но, представляете, не мог иметь ни с кем близость! Не мог, пока я ему доктора не нашла. И начались у Темочки романы, один за другим. А я радовалась — он на мужика нормального стал похож. Алену сама виновата, всю жизнь мужика «строила», а потом сдуру поводок ослабила — его и понесло. Естественная реакция собаки, сорвавшейся с цепи, — удрать куда глаза глядят. Звериные инстинкты нам не чужды, мы все — дети природы. Алена зря насильно пыталась затянуть ошейник снова, в любом случае, он и так вернулся бы к ней.

— Сильно вы переживали, когда ваша свадьба с Холмогоровым не состоялась? — спросила Зотова. Как бы ни старалась Ирина показать, что они с Холмогоровым просто друзья, ясно было, что Белкина его любила и простить не может до сих пор, что он на другой женился.

Ирина отвела глаза и долго молчала.

— Все-то вы знаете. Все-то вы понимаете, — вздохнула Белкина. — Поди меня в смерти Темки подозреваете? Думаете, мотив у меня был Холмогорова убить? Ошибаетесь! Я Артему за все благодарна. У меня прекрасный муж и замечательный ребенок. Я счастлива в браке, моя жизнь сложилась удачно. Были проблемы, но все наладилось. Дело житейское, сейчас у меня все отлично. А Холмогоров... — В прихожей раздалась мелодичная трель звонка. — Это, должно быть, она. Легка на помине. Можно, я поеду домой? Мне плохо. — Ирина допила свой кофе и поднялась.

В кухню ворвалась Алена. Выглядела она ужасно: серое лицо, тени под глазами, небрежная одежда.

— Что здесь делает эта сука? Что она делает в квартире моего мужа? — невежливо ткнула она пальцем в Белкину. — Пусть убирается вон отсюда! Пусть убирается отсюда вон!

— Алена, ты что? — Белкина сделала два шага в ее сторону, но остановилась.

— Убирайся! Убирайся отсюда! — Цыплакова ее не слышала.

— Успокойтесь, Ирина уже уходит, — постаралась утихомирить Цыплакову Зотова. — Ира, протокол подпишите, — придвинула она Белкиной бумагу и ручку.

Ирина склонилась над протоколом, вдруг захрипела и упала на пол, смахнув со стола бумаги.

— Врача! — закричала Зотова, бросившись к Белкиной, но было поздно — Ирина была мертва. Запах миндаля и ванили все еще витал в кухне, на столе стояли две чашки: полная и пустая. Зотова сидела на полу, не в силах подняться: и без эксперта было ясно, что смерть гражданки Белкиной наступила в результате отравления цианидами, и рядом с Ириной могла сейчас лежать и она...

В гостиной билась в истерике Алена — ее быстренько увели в другую комнату.

— Пусть эта тварь отсюда уйдет! Пусть уйдет! — рыдала Цыплакова.

«К этому напитку у меня патологическая страсть, как и у Холмогорова. У нас с ним вкусы совпадают», — пронеслось в голове. Новые и новые вопросы, требующие ответов, выстроились в ряд. Неужели Холмогорова пытались убить и раньше? Смерть в поезде — это вторая попытка избавиться от него? Связано ли это с материалом, который он собирал? Если связано, то что тележурналист нарыл такого, раз его достали даже из Берлина? Что это за загадочный субъект — Николай Владимирович Чуйков? И где теперь его искать?

Глава 9

НОЧНОЙ ГОСТЬ

Елена Петровна потерла слипающиеся глаза и широко зевнула, не успев прикрыть рот рукой. От усталости знобило, Зотова плотнее запахнула халат, любимый, ситцевый, с большими ромашками и карманами, запихнула в рот веточку укропа, чтобы заглушить неприятный запах валокордина, который коллеги влили в нее в квартире Холмогорова, привалилась к стене, опасаясь свалиться с табуретки, и с ненавистью уставилась на кран. Вода из крана капала так нудно, так мерзко, капала, капала, капала... Кран подтекал уже год, руки все не доходили сантехника вызвать, но сегодня неисправный кран особенно действовал на нервы. Часы тоже раздражали — тикали, тикали, тикали... Когда-то в них жила кукушка, она тоже Елену Петровну раздражала, за что и поплатилась однажды, когда Зотова пришла уставшая домой с дежурства. Но особенно ее раздражал Варламов, который нахальным образом явился к ней среди ночи, с порога потребовал пельменей и на ее вопрос, кого он ожидал на вокзале, в корне опроверг версию о белобрысой мымре-актрисе, с которой Елена Петровна уже, можно сказать, сроднилась. Как же она сразу не поняла, что режиссер со своим умением вляпываться в скверные истории ожидал на вокзале кого-то другого, а именно предполагаемого убийцу — Николая Владимировича Чуйкова. Уж лучше бы он встречал Туринскую, рассердилась Зотова. Очень хотелось взять любимую двухкилограммовую гантель и треснуть Варламова по лбу. От смерти режиссера спасло лишь то обстоятельство, что приперся Варламов с обещанными подарками и букетом цветов.

— Лена, голубушка, ты идешь по неверному пути. Николай Владимирович Чуйков никоим образом не может быть причастен к ужасным событиям, которые произошли в поезде. Уверяю тебя! Он уважаемый человек, ученый, доктор исторических наук, преподаватель Берлинского университета искусств. Зачем ему убивать какого-то тележурналиста?

— Мне бы тоже очень хотелось это знать! — еще больше разозлилась Зотова.

Мало того, что Варламов встречал именно Чуйкова и приперся к ней среди ночи, так еще и развалил ее почти стройную версию происшествия. Да, она сама в ней сомневалась, но заявление Варламова о непогрешимости подозреваемого вызвало почему-то в душе резкий протест.

— Куда, в таком случае, он делся? Почему сбежал? Зачем прихватил с собой монашескую одежду?

— Признаться, мне самому хочется разгадать этот ребус. Откуда же мне знать, сам пребываю в растерянности. Давай завтра поговорим. Тебе отдохнуть надо. Вон, синяки под глазами. Ложись-ка ты спать, девочка.

— Сегодня, раз уж ты все равно меня разбудил, — уперлась Елена Петровна. — Девочка... Нашел девочку, — кокетливо поправила прическу Зотова.

— Извини, что разбудил. Я раньше не мог до тебя добраться. Ладно, раз ты настаиваешь, объясняю. Николай Владимирович направлялся в Москву на Международную конференцию рекламщиков, доклад должен был читать. Я лично, через своих знакомых, организовал ему эту поездку. Поэтому и на вокзал приехал, чтобы его встретить.

— Что же ты его не дождался, а слинял, как только ментов увидел? — ехидно спросила Елена Петровна.

— Поклеп, голубушка, наводите. Я довольно долго ждал. Когда пассажиры седьмого вагона выходить начали, журналисты к ним метнулись, на перроне столпотворение образовалось. Я спросил у патрульного: все ли пассажиры вышли? Он сказал, что все. Мне даже в голову не могло прийти, что он до Москвы не доехал! Решил, что я Николая пропустил. Поехал к себе в отель — проверить, может, он там? Попытался дозвониться по сотовому телефону — он не отвечал. Вернулся на вокзал, но поезд уже отогнали в депо.

— Не факт, что человек, который путешествовал

в седьмом вагоне, именно Чуйков. Убийца мог просто воспользовался паспортом твоего знакомого.

— Исключено. Я через своих знакомых из спецслужб в Берлине выяснил, что Чуйков приехал на вокзал в такси, есть свидетели, которые видели его на перроне, он садился в тот поезд. Это он ехал в седьмом вагоне, но могу голову на отсечение дать, что Николай Владимирович не виновен ни в чем.

— Оставь свою голову при себе, она тебе еще пригодится, — буркнула Зотова. Поразительно: Варламов быстрее ее все выяснил. Везде у него, понимаешь, свои люди! Все он знает, во всем разбирается. Каждой бочке он, понимаешь, затычка! — Где Чуйков планировал остановиться? — спросила она.

— У меня, а завтра с утра я должен был отвести его в подмосковный пансионат «Кантри Парк», где будет проходить международная конференция.

— Если твой знакомый до завтра не объявится, объявлю его в розыск. Ты так и не ответил на вопрос: что тебя лично с Чуйковым связывало? С какой это радости ты вдруг организацией международных конференций по рекламе занялся?

— Можно еще пельменей? Я не наелся, — вместо ответа спросил Варламов и наивно приподнял бровки.

Елена Петровна вздохнула. Варламов от нее что-то скрывал. Скрывал, сволочь такая! Оттого и в глаза старался не смотреть, и вел себя не так нагло, как всегда. Не наелся он! Столько сожрать пельменей! Как в него влезло только такое количество?

— Пельмени еще есть? Кушать очень хочется, — еще раз поинтересовался Иван Аркадьевич, слизывая с ложки сметану.

— Сейчас. — Елена Петровна встала со стула.

— Не надо, сиди, я сам. — Варламов бодрячком поднялся и засуетился у плиты, гремя кастрюлей и переставляя предметы с места на место. Елена Петровна спорить не стала, с интересом наблюдая за режиссером.

— Тебе постелить? — ехидно спросила она. — За подарки, кстати, спасибо. И за цветы.

— Женщин нужно баловать, — шаловливо подмигнул Иван Аркадьевич. — Стелить мне не надо, спасибо, покушаю и в гостиницу поеду. Не хочу тебя стеснять. А ты пельмешки будешь, душа моя?

Елена Петровна отрицательно покачала головой, поражаясь, что Варламов вдруг из хама превратился в такого вежливого человека. В прошлый раз он тоже приперся посреди ночи с чемоданом и заявил, что будет ночевать у нее, потому что гостиниц, видите ли, не любит. Выставить его из дома не получилось. Пришлось диван раскладывать и гантель себе под подушку класть в качестве возможного средства обороны, если вдруг режиссер покусится на ее честь. Не покусился... гад такой! Зотова усмехнулась. Ответ режиссера окончательно убедил ее в правильности своего предположения. Варламов утаивал какую-то важную для следствия информацию, иначе не стал бы ломаться.

Поймав на себе внимательный взгляд Елены

Петровны, Варламов мило улыбнулся, но на вопрос так и не ответил.

— Короче, я пошла стелить на диване, — сказала Зотова и потопала в другую комнату. Отпускать Варламова, так ничего и не выяснив, Елена Петровна не желала. Когда она вернулась, Иван Аркадьевич уже наворачивал очередную порцию пельмешек, щедро сдобренную сметаной.

— Будешь? — с набитым ртом спросил он.

— Не буду, сказала же! Может, ответишь, что за общие дела тебя связывают с Чуйковым? Ты снова ввязался в какой-то сомнительный проект?

— Лена, поверь мне, к убийству Холмогорова это не имеет совершенно никакого отношения, — сунув в рот последний пельмень, усмехнулся Варламов. — Спасибо за ужин. Мне пора. — Режиссер поднялся и вышел из кухни.

— Варламов! — Елена Петровна тоже поднялась и устремилась следом.

Он остановился у входной двери, посмотрел ей в глаза.

— Завтра я к тебе заеду, с твоего позволения, но сейчас мне нужно идти. Вдруг Николай Владимирович объявится? Волнуюсь я за него. Очень волнуюсь. Спокойной ночи, Лена. — Варламов нагнулся к Елене Петровне, поцеловал ее в щеку и вышел за дверь.

Шаги режиссера давно стихли, а Зотова все стояла и смотрела прямо перед собой. Ни одной умной мысли в голову не приходило. Кажется, Варламов ее убил. Что это он вдруг целоваться вздумал? Зотова приложила ладонь к полыхающей щеке. Давненько ее никто не целовал. Какая неприятность, что гантели под рукой не оказалось.

Зотова тяжелыми шагами прошла в спальню и уселась на кровать. На одеяле лежали подарки: конфеты «Моцарт» и нежно-голубой пушистый шарф. Елена Петровна намотала шарф на шею и с силой затянула, дурашливо высунув язык и любуясь на себя в зеркало трюмо. Вот и не верь после этого в конец света, когда в душе и голове — самый настоящий Апокалипсис. Книга «Тайны мироздания», посвященные в древние знания, мертвая монахиня, солнечные дети, девочка-бабочка, распятая на кресте, чашка не выпитого кофе с цианидами — по телу пробежала волна озноба. Елена Петровна упала спиной на кровать и зажмурилась. Стало вдруг так страшно, что дыхание сбилось с ритма и сердце застучало в груди, как сумасшедшее. Действие валокордина закончилось, подумала Зотова, перевернулась на живот и положила на голову подушку. Жаль, что Варламов не остался ночевать. Очень жаль. Одиночество давно ее не пугало, она привыкла, а сегодня был исключительный случай, когда оставаться наедине с собой ей не хотелось. Елена Петровна часто заглядывала в лицо чужой смерти, но впервые поздоровалась за руку со своей собственной. В носу все еще щекотало от кофейно-миндального аромата, сон не шел, с каждой минутой напряжение нарастало, от страха стыли ноги и пересохло во рту, но подняться с кровати не хватало смелости. Скорей бы наступило утро...

Глава 10

УТРО

«Утро туманное, утро седое», — стучало в висках, как заезженная пластинка, ныло все тело, в голове полыхал адов огонь. «Утро туманное, утро седое...» «Утро туманное...» «Утро седое...»

Где-то неподалеку прогремел поезд. Потом еще, и еще один, и пластинка в голове сменилась.

«Слушая говор колес непрестанный»... «Слушая говор колес»... «Давай встряхнись»... «Поднимись на новый уровень взаимоотношений»... «Выносливость действительно имеет значение»... «Движение в радость»...

Кто придумал эту чушь! Шевелиться было больно, любое движение вызывало в голове новые ослепляющие вспышки пожара. Оставалось только лежать, глядя задумчиво в небо широкое...

Стемнело. Широкое небо заволокло тучами. Пожар в голове понемногу стихал, но нестерпимо заныло сердце, в душе росло гнетущее чувство тревоги от ощущения потери чего-то важного, глобального. Оно росло, как снежная лавина, как океанская волна во время цунами, накрывало с головой, душило. Хотелось встать, но никак не получалось. Хотелось вспомнить — но адов огонь выжег мозг и превратил память в угли и золу. От беспомощности, от осознания утраты себя, своего прошлого, из глаз к вискам потекли мокрые теплые дорожки. Обзор широкого неба загородила смешная конопатая мордашка — то ли мальчишки, то ли девчонки лет девяти-десяти.

— Тетя, ты чего у путев валяешься? Пьяная, что ль?

— Eletto! Devi farlo in ogni caso!... Devi farlo in ogni caso!... Eletto! — вырвался хрип из груди, и стало совсем страшно. С языка помимо воли слетали чужеземные слова, смысл которых был непонятен! Что за ерунда? Что происходит?

— Мама!!! Мама!!! — заголосил, как иерихонская труба, то ли мальчишка, то ли девчонка. — Здесь тетя-монашка валяется! Она, наверное, из поезда упала!

Тетя? Монашка? Упала с поезда! Тетя-монашка. Монашка-тетя! МОНАШКА! Вот оно, значит, как. Вот оно как бывает! Жизнь меняет вкус — из мяты в арбуз! Крик ужаса, готовый сорваться с губ, остановили звуки приближающихся шагов и недовольный женский голос:

— Опять ты фантазируешь, болтушка! А ну домой!

— Ну правда! Не вру я! Тут мама римская в кустах. Не пьяная, я проверила.

— Сейчас я тебе уши-то откручу. Будет тебе и папа римский, и мама. Это ж надо такое сочинить! Мама римская!

«Конопушка» заверещала во все горло, видно ее мать исполнила свое обещание. Верещание смолкло, послышались обиженное сопение, всхлипывания и шепот.

Над лицом склонилась крепкая женщина в фуражке и оранжевой куртке, вероятно работница железной дороги.

— Мать честная! Не обманула, болтушка. Ни хрена се... Прости господи, душу мою грешную! Что ж это деется? Батюшки святы! — воскликнула женщина и размашисто перекрестилась. — Что случилось? Вам плохо?

— Eletto! Devi farlo in ogni caso! Eletto!

— О как! — ошалела железнодорожница.

— Eletto! Devi farlo in ogni caso! Devi farlo... А-а-а-а-а!!! — крик разнесся над лесом эхом. Очередная попытка встать успехом не увенчалась, в глазах потемнело.

— Тихо, тихо! — забеспокоилась женщина. — Поняла я все, поняла. Успокойтесь, матушка. В смысле, сестра. Господи ты боже мой! Лежите, не вставайте.

— Eletto! Devi farlo in ogni caso! Devi farlo... — Еще одна попытка подняться — и вновь безуспешная.

— О, нет! Не понимает ни хрена. Щас, как же это? Май нейм из Василиса. А лайк Ландон. Велком ту Совьет Юнион. Блин, не то чето леплю. А! Слип вел. Би хеппи. Донт вори! Короче, лежите! Донт стенд, блин!!! Может статься, у вас перелом позвонков. — Василиса театрально похлопала себя по спине и изобразила на лице гримасу боли. — Или сотрясение. Секир башка — андерстенд? — Железнодорожница ребром ладони провела по своему горлу, высунула язык и выкатила глаза.

— Она, мам, по-английски не понимает. На другом языке говорит, уж я-то знаю, — прыснула со смеха девчушка. — Римка она, видать. Значит, по-римски ей надо все втолковывать.

— По-римски! Я тебе что — Цезарь?!

— При чем тут салат, мам? — в очередной раз хихикнула девочка.

— Дура ты, Настена, — без злобы выругалась женщина и улыбнулась. — Цезарь — это римский царь такой был. А салат уже в его честь обозвали.

— Как торт Наполеон? Да, мам?

— Да, как торт. Все, хватит болтать! Давай живо за Кузьмой дуй! Ливень скоро начнется. Надобно ее в дом снести. Мне одной не управиться. — Настя пулей метнулась выполнять поручение. — Покрывало лоскутное с постели захвати! — закричала ей вслед Василиса.

Начался дождь, зашуршали капли по траве и листве, вдалеке послышался раскат грома. Женщина выругалась, глядя на небо, стянула с себя форменную курточку, но вновь надела ее, услышав стремительно приближающийся голос своей дочки.

— Сюда, дядя Кузя! Быстрее! Гроза идет! Ща как бабахнет! Боюся я! Ой, как боюся шибко! — орала Настена, ломая по ходу движения ветки деревьев и кустов. Добежав до места, Настя поскользнулась и кубарем свалилась на землю.

— Непутевая! — пожурила ее мать, рывком поставила дочку на ноги, отряхнула. — Покрывало где?

Ответить Настя не успела.

— Васька! Куды заначку заныкала! Сознавайся, курва! Порешу! — пошатываясь, из-за деревьев выпал по-боевому настроенный худощавый мужичонка в ватнике, с разноцветным кульком в руках.

Резко запахло чесноком и перегаром.

— Опять надрался, козлодой! — устало вздохнула Василиса. — Да что же это за жизнь такая! Щас я тебе такую заначку устрою!

— Дык я ж токо рюмашку принял. Для сугрева. На дворе к вечеру холодат, — попытался оправдаться мужик, но боевого настроя до конца не растерял, по-прежнему выпячивая хилую грудь.

— В башке твоей холодат, рожа бесстыжая. — Женщина отвесила Кузьме смачную профилактическую затрещину, мужик отлетел в сторону, поцеловался с березой и окончательно присмирел.

Настена хихикнула в кулачок и бросилась к матери, помогать раскладывать одеяло на земле. Василиса отстранила дочку и одна легко перевалила безвольное тело на подстилку.

— Эх, долюшка наша тяжкая! Только смену отработала, и нате вам — Настена преподнесла очередной киндорсюрпрыз, полумертвую монахиню у путей нашла. Не знаю даже, как звать вас, сестра. Вот из ёр нейм?

— Eletto! Devi farlo in ogni caso!

— Слышь, Настена, похоже, все ж таки понимает она по-английски. Элета Дева Фарло Иноньия Каза ее звать. Однозначно, мексиканка, а не римка. Римок так длинно не зовут.

— Красиво! — завистливо вздохнула Настена.

— Да, звучное имя, но я буду ее просто Элетой звать, иначе язык поломаешь. Угораздило же вас, сестра Элета, вывалиться из поезда в нашей мухосрани! Медицинский центр был здесь поблизости — развалился. Из докторов у нас остался один ветеринар, хороший доктор, только он специалист по осеменению коров. Да и тот с прошлой недели в запое. Ладно, будем живы — не помрем. Ну что, в путь! — Ухватив конец одеяла у головы, благословилась Василиса и обернулась к своему благоверному: — Что встал истуканом, козлодой! В ногах с Настеной берись. Раз, два — подняли... Тяжелая ты, сестрица Элета! — прокряхтела Василиса, маршевым шагом увлекая за собой одеяло с грузом и следующий за ним гуськом эскорт.

Ехать на женщине, ребенке и пьяном мужике было стыдно. Благо, путь был недолог, от силы минут пять. К жилищу Василисы подошли со стороны леса. Рубленый, потемневший от времени домик с облупившимися резными ставнями ютился на самом отшибе деревеньки или села. Во дворе, обнесенном покосившимся забором, их встретила худая грязная псина с печальными глазами. Брехливо всех облаяв, собаченция проводила процессию до крыльца, радостно шуганула со ступенек рыжую кошку, получила пинок под зад от хозяина, взвизгнула и притихла.

В доме оказалось тепло, пахло дровами, капустой и сушеными грибами, по-родному как-то пахло, на душе сразу стало спокойно, потянуло в сон, глаза сами собой закрылись. Сквозь дрему слышны были голоса.

— Померла баба! — охнул Кузьма.

— Типун тебе на язык, дурная твоя башка! — выругалась Василиса. — Дышит ровно, губы розовые. Уснула она. Пусть спит. Одежду с нее снимать не будем, разбудим еще. Да и неловко как-то. Монахиня все-таки. Может, не положено им при посторонних обнажаться. Перинку бабкину с чердака принеси. У печи сестру положим, столько времени на земле пролежала, бедная! А в тепле все хвори быстрей проходят.

— Мам, а почему тети в монастырь уходят? — поинтересовалась Настена.

— А шут их знает, чего им в нормальной жизни не живется. Хотя... ты на нее погляди. С такой внешностью одна дорога — в монастырь. Ни один мужик на такое не позарится. Не найдешь с такой внешностью простого женского счастья.

— Мам, а с моей внешностью простое женское счастье найдешь? В классе все мальчишки меня дразнят оборванкой и рыжей дурой. Измучилась я прямо вся, мам, тумаки им раздавать. Может, мне тоже в монастырь уйти?

— Дурочка. Ты у меня красавица, приодеть бы тебя только, — ласково отозвалась Василиса и зашептала: — Колечко у меня есть в заначке, золотое с камушком. Берегла тебе на свадьбу. Ну да ладно. В город поеду, продам и справлю тебе новые ботиночки, может, и на курточку останется. Будешь как принцесса.

— Да не надо, мам. Обойдуся я. Лучше себе из колечка золотой зуб сделай, заместо того, который папаня тебе выбил. Красиво будет. Папаня на тебя посмотрит, влюбится заново и пожалеет, что нас бросил. Ой, как шибко пожалеет! Но мы его обратно не пустим, правда, мам? Не нужен он нам. Дядя Кузя хоть и горькую пьет, но человек, а не зверь.

Василиса шумно вздохнула, шмыгнула носом, послышались звуки поцелуев. Хлопнула дверь. Вернулся Кузьма.

— Сюда перинку клади! — рявкнула Василиса. — Раз, два — взялись...

Одеяло качнулось, спина утонула в чем-то мягком, словно в сметане, а на грудь легло что-то невесомое, теплое, пахнущее парным молоком. Блаженство разлилось по телу. Вот она, страна чудес молочных!

— В сарай отправляйся спать, Кузя, нечего тут алкогольными парами сестру Элету душить, — дала указание Василиса.

Кузьма безропотно подчинился.

— Насть, ноги ей прикрой платком. Поясницу что-то прихватило.

— Мам, а чево это у нее ботинки, как у дядей? Я такие по телевизору у натовцев видела, которые мирных арабских жителей разбомбили. И еще у нее ноги волосатые.

— Тьфу ты! Что ты болтаешь, охальница ты этакая. Ботинки как ботинки. Не на шпильках же им по улицам шамонаться? Небось в монастыре обувку сами для себя шьют. Ну-ка, глянь, чево там на подметке?

— Не по-нашему тута, мам.

— А чему тебя на уроках английского в школе учат? Читай.

— «Сте-пан Ке-ли-ан»[1], — по слогам послушно прочитала Настена.

— Ну, я ж говорила, про келью что-то написано. А ноги брить монашкам ни к чему. Богу все едино, волосатые они или нет. Главное, чтобы душа щетиной не обросла.

— Мам, а можно, я к бабе Зине пойду телевизор смотреть? Она меня с утра звала сериал про любовь глядеть.

— А уроки?

— Ну ма-а-ам! Суббота же завтра. Забыла?

— Забыла, — вздохнула Василиса. — Ладно, шуруй тогда с песней, а я — спать. Умаялась с дежурст-

[1] Stephane Klian — название эксклюзивной французской торговой марки.

ва, еле на ногах стою. Только недолго, — попросила женщина, но Настя просьбы матери не услышала, она уже была во дворе и радостно вопила во все горло слова из русского народного хита: «Вдоль по Питерской», приняв наставление матери за чистую монету. Вскоре ее голосок стих. Скрипнул пол, Василиса завозилась где-то поблизости, охнула кровать, и снова все успокоилось, лишь поленья потрескивали в печи и в голове шумели мысли.

«Вот и все. Все прояснилось, почти все. Я — женщина, монахиня по имени Элета. Это хорошо, значит, со мной Господь Бог. С монахинями всегда Бог. По идее, должен быть... Интересно, где Он был, когда утром седым и туманным я выпала из поезда? Несомненно, где-то рядом, раз я жива осталась.... Слава тебе, Господи! Жива осталась, подумаешь, из поезда выпала. Подумаешь — шибанулась головой и все забыла. Ничего, бывает, дело житейское. Главное, меня нашли. Мне помогут. Меня вылечат. Я вспомню все. Семейные воспоминания бесценны. С божьей помощью вспомню, кажется, так положено говорить монахиням. Вот ведь хрень какая! Как это случилось, что я монахиня? Как такое могло произойти? Откуда этот дискомфорт в душе, аж зубы сводит. Спокойно, я монахиня. Я монахиня. Монахиня я! Надо смириться и помолиться. Молитву надо прочитать. Монахини обязаны читать молитвы, много раз в день, перед сном — в особенности. Как там... Как же молиться-то, елки-моталки? Не помню. Надо вспомнить, срочно, без молитвы никак нельзя, читать молитвы — это прямая обязанность монахинь. Оттого, видно, и дискомфорт в душе, и на сердце неспокойно. Так, сосредоточились и вспомнили быстро молитву. Бери от жизни все! Помощь маме в период рождения малыша! Не то что-то, что-то совсем не то. «Летайте самолетами Аэрофлота!» «При всем богатстве выбора другой альтернативы нет». «А если нет разницы — зачем платить больше?» Какие, на фиг, самолеты? Я никогда не летаю самолетами, я их боюсь как огня. Огня! «При пожаре звонить 01». Это тут при чем? «Имидж — ничто, а жажда — все». «Перед вами прекрасный пример увлажнения». «Не дай себе засохнуть». «Молоко полезно для здоровья. Молоко полезно для здоровья. Молоко...» Боже, как хочется молока! Хотя бы одну рюмочку... Или две, или три... «А ты не лопнешь, детка?» — «А ты налей и отойди». Отойди подальше, лопну, лопну однозначно, потому что хочется в сортир со страшной силой. Вот откуда дискомфорт! Чух-чух-чух! Чух-чух-чух! Ай, мама, помираю — обоссусь сейчас прямо туточки, на мягонькой перинке. Что же делать? «Говорите сейчас — писайте потом», — как сказал кто-то из великих.

— Вас...Вас... Ва-си-ли-са! Василиса! По-мо-ги! — на этот раз получилось выдать почти связный текст по-русски. Радость-то какая! Жаль, что Василиса не отзывалась на призыв, ее храп звучал громче, чем просьба о помощи. Состояние тем временем приближалось к критическому, глаза от нетерпения полезли из орбит, лоб покрылся испариной, а в голове настойчиво зазвучали слова Интернационала: «Вставай, проклятьем заклейменный». Встать удалось лишь на четвереньки, но — получилось! Осталось доползти до двери. Голова кружилась, ломило затылок, ныла спина, но скорость удалось развить приличную, можно сказать сумасшедшую скорость, через четверть часа цель была достигнута. Сосчитав лбом ступеньки крыльца, тело оказалось на мокрой траве, и в нос ударил запах свежего навоза — дух скорого освобождения.

Дождь кончился, небо очистилось от туч, луна танцевала со звездами. Эврика! Схватись за перила, так... у нас получилось встать. Юбки мешали, мешали юбки, гнусные юбки. Кто их только придумал? Однозначно, бестолковые мужики. Пришлось их задрать, и тут в руке оказалось... Оказалось в руке то, что никак не могло принадлежать монахине... «Объем и никакого склеивания...»

— А-а-а-уа-уа-уа-уа!!!!!! — разнеслось над лесом и деревней, заглушив гудок проходившего неподалеку товарняка.

Сзади послышались торопливые шаги — дверь распахнулась, но шок был таким сильным, что опустить юбки и то, «что никак не может принадлежать монахиням», не удалось.

Василиса секунду стояла молча и круглыми глазами таращилась на то место, которое никак не может принадлежать монахиням, и вдруг осела на ступеньки и открыла рот:

— Она-а-а-а писает стоя-я-я!!! На помощь!!! —

во всю глотку завопила железнодорожница, тыча пальцем в то место... Да, именно в то место. Нахалка, понимаешь, ни стыда ни совести! Щеки заполыхали огнем, уши тоже, а руку свела судорога, не разжималась она, собака такая. Нахалка тем временем продолжала орать и звать на помощь.

Из сарая выскочил заспанный сожитель Василисы... с вилами. Нептун, блин! Назревал явный конфликт. Первая, казалось бы, здравая мысль, которая родилась в голове, бежать, бежать куда глаза глядят, лишь бы подальше от дома Василисы. Сила здравой мысли и приближающиеся вилы, направленные в печень, придали нужное ускорение. Забыв о болях и плохом самочувствии, с воплем: «Летишь, и ветер мне попку обдувает, точно в подгузниках так не бывает!» — удалось проскакать метров двести и оторваться от преследования.

Здравых мыслей в голову больше не приходило: вокруг — непролазный лес, замшелые пни, поваленные деревья и тишина... из глаза выкатилась унылая слеза. Одно радовало: что он — не женщина, а мужчина! Этот мужчина добился своей цели, честь и хвала ему и его запаху. Вонючему запаху пота. Счастье — это просто! Осталось выбраться из леса и выяснить: кто он такой и зачем, прежде чем выпасть из поезда, напялил на себя рясу римско-католической монашки?

— Eletto! Devi farlo in ogni caso! — слетело с губ, и в этих таинственных чужеземных словах, несомненно, была разгадка, проливающая свет на события, которые с ним приключились.

В рукаве, выше локтя, что-то мешало. Он тряхнул рукой, по коже пробежал щекоток, стек вниз, и на землю, рядом с ботинками, что-то упало. Бусики — это первое, что пришло в голову, по которой тут же пришлось постучать. Какие, на хрен, бусики у монахинь? Четки! Четки из янтаря. Как они в рукаве оказались? Ясно как, карманов-то в монашеском прикиде не подразумевается. Четки мерцали в свете луны, сочившемся сквозь кроны деревьев, медовым теплом лелеяли глаз и успокаивали. «Может, его имя — Фандорин?» — вдруг родилась одна из версий. Стоп, Фандорин вроде бы какой-то литературный персонаж? Разве он может быть персонажем? Может, конечно, но в этом случае диагноз окончательный и сомнениям не подлежит. Но ведь нельзя же быть никем! Это неправильно, так не должно быть. Не должно быть так! Вроде есть человек снаружи, но его как бы нет внутри, одни рефлексы, как у собаки Павлова. Интересно, почему он помнит про какую-то долбанную собаку Павлова и про литературного героя Фандорина, а про себя все забыл? Что за безобразие такое! Лучше остаться пока монахиней. Временно. Так безопаснее для мозгов. Николай снял ботинок, надел четки на ногу и спрятал их в носок.

— Ну что же, Элета Дева Фарло Инонья Каза — в путь! — подбодрил себя Коля и встал с замшелого пенька.

* * *

Выбраться из леса оказалось делом непростым. Луна, подмигивая, освещала путь, но кретинские юбки путались под ногами и мешали ходьбе. Деревья тоже мешали — собаки ветвистые! Ели и березы поредели ближе к рассвету, и Коля Чуйков с удивлением понял, что снова вышел к дому Василисы и ее сожителя.

По улочкам стлался туман, заползал в канавки, укутывал пушистой ватой траву и кусты. Деревня спала, тишина давила на уши. Некоторое время Николай стоял и размышлял, как ему поступить. Получить вилами в бок было страшно, но сил куда-то идти не осталось. Чуйков добрел до калитки, обдумывая, как умаслить Василису и ее Нептуна, чтобы они пустили его на ночлег и помогли, чем смогли. На особенную помощь он не рассчитывал, хотел разжиться хотя бы штанами и рубахой, чтобы избавиться от надоевшей монашеской рясы. И перекусить тоже не мешало бы. Стараясь не шуметь, чтобы брехливая псина не облаяла его и не перебудила всю деревню, Николай вошел во двор и тут же наступил на пластиковую бутылку. Раздался хруст, Коля замер, поглядывая на развалившуюся около будки собаку. Она на звук не отреагировала, даже ухом не повела. Сторожиха хренова! Неужели за своего признала? На душе стало тепло, Николай перестал таиться, подошел к будке, склонился над собакой и потрепал ее по холке — ладонь стала липкой и мокрой. Чуйков резко одернул руку. Собака по-прежнему лежала на траве и не шевелилась — она была мертва.

— Черт! — выругался Николай, вытирая кровь о траву.

— Тетя монашка, не ходите в дом, — пропищал кто-то из собачьей будки.

Чуйков заглянул внутрь: в темноте блестели два испуганных глаза.

— Настена? Что случилось?

— Мамку мою убили, и Кузю. И Тузика тоже. Я боюся, тетя!

— За что? Кто их убил?! — потрясенно спросил Николай, ноги стали ватными и почему-то устали плечи.

— Не ходите в дом, тетя-монашка. Там мамку убили! Всех убили! Не ходите. — Настя как автомат повторяла, что ее маму убили, и запрещала ему входить в дом.

Девчушка находилась в глубоком шоке. Следовало пойти и проверить, что случилось, но Коля не мог оставить девочку одну в подобном состоянии. Оставаться здесь теперь он тоже не мог. Инстинкт самосохранения подсказывал, что убраться отсюда нужно как можно быстрее. В голове вертелись, как юла, вопросы. Почему? Кто? Зачем? Кому могли помешать безобидные деревенские жители? А вдруг ОНИ искали его, мелькнула пугающая мысль. А может, монахиню Элету они искали? Искали, чтобы убить? Блин! Что же случилось в том гребаном поезде, из которого он выпал? Лоб покрылся испариной от напряжения и страха. Верить в то, что эти убийства связаны с появлением его в доме железнодорожницы, не хотелось, но интуиция убеждала в обратном и настойчиво сигнализировала ему, что преступник где-то поблизости.

— Настя, успокойся и быстро вылезай. Я тебя к соседям отведу, — попросил он, оглядываясь по сторонам. Настена отрицательно помотала головой. — Настя, не бойся, я с тобой. Давай вылезай. — Николай взял девочку за руку — ладошка была ледяной, мягкой и очень маленькой. Ощущения были непривычными, и Коля поморщился. — Вылезай, кому говорю! — рявкнул он и потянул девчушку из будки. Настя замычала, уперлась ногами в стенки конуры, и сдвинуть ее с места было просто нереально.

В одном из дворов послышался шум. Скрипнула и хлопнула дверь, кто-то сухо кашлянул.

— Соседи проснулись. Все им расскажешь, они вызовут милицию. А мне нужно идти, — сказал Николай и торопливо направился к лесу.

С соседями и милицией общаться ему было никак нельзя. Не хватало еще для полного счастья оказаться в кутузке! Мало того что документов нет и он ни хрена не помнит, так еще, не дай бог, по обвинению в убийстве засадят. Какой прок в показаниях Настены? Ее и слушать никто не станет. Жаль девочку, но что он может поделать? Он же не мать Тереза, в конце концов! И не детский психолог! И не... «Интересно, кто же он? — размышлял Николай, плутая между деревьями. — Кто же я, твою мать? И куда бросить тело, чтобы поспать хотя бы полчаса и не околеть. Господи, помоги!»

— Спасибо, — потрясенно сказал Чуйков, остановившись у лесного шалаша.

Шалаш был сооружен в паре метров от земли и держался на трех березах. Настил из досок, крыша покрыта свежим ельником, лестница из поленьев, тряпье вместо подстилки. Внизу на земле валялись горкой пустые бутылки, бережно прикрытые старым куском целлофана. Ясно было, что он наткнулся на ночлежку какого-то бомжа и его склад. Но в шалаше никого не оказалось. Коля, недолго думая, залез наверх и закопался в вонючее тряпье — сон придавил его мгновенно, но, прежде чем окончательно провалиться в небытие, Чуйков почувствовал, как что-то теплое и мягкое осторожно уткнулось ему в бок.

Глава 11

ПУТНИКИ

День рождения Катьки-дуры отметили шумно и с размахом. Стол ломился от еды. Шоколада насчитывалось пять сортов, сыр плавленый, колбаса в вакууме, ветчина, сосиски, йогурты, майонез, сметана, печенье, масло сливочное — все почти свежее, трехнедельной просроченности. На подобную удачу, как внезапная проверка в городском супермаркете, Катька даже рассчитывать не могла, деньги все копила к дню рождения, даже не пила неделю, бедняжка. Хлеба только не было. Видно, жлобы из супермаркета на сухари его пустили. А может, на птицефабрику свезли, откуда им кур и яйца поставляли. Бартер решили сделать.

Катька выглядела великолепно в шляпе с голубиным пером, крепдешиновой блузке с кружевами и новых зеленых тренировочных с лампасами. Семен Семенович весь вечер любовался ее неземной красотой, никогда он Катьку такой привлекательной не видел. Если бы не фингал, который по горячности поставил ей бывший хахаль, то она вообще была бы неотразима. Даже туфли лаковые нацепила ради праздника. Правда, сразу потеряла одну и расстроилась, но впадать в уныние не стала, тост провозгласила умный. Что, дескать, пущай это будет единственной ее потерей в жизни. Но тут влезла одноглазая Зойка и все испохабила, сказала, что Катьке теперь нужно прынца на белом коне дожидаться, который туфлю найдет и ей на блюдечке принесет. Катька аж расцвела от подобной перспективы, весь вечер только об этом и трендела. И все ему, Семен Семеновичу, подмигивала непобитым глазом: мол, не нужен ты мне — прынца я жду. Так он подмигивания ее понял, колечко поглубже в карман запрятал и после банкета беспробудно пил неделю, зависнув у товарища на свалке, чтобы как-то унять душевную боль. Вроде полегчало. Пущай Катька прынца ждет, дура — она и есть дура, хоть и хороша собою, паскуда. Но хорошего помаленьку, пора и честь знать. К тому же, запасы выпивки у товарища внезапно истощились до нуля. К Катьке он все ж таки заглянул перед уходом, обида мешала просто так ее оставить. Не удержался и дал бывшей зазнобе в глаз. Вроде бы все правильно сделал, но кошки душу скребли, и слова обиженной Катьки покоя не давали: что, мол, она прынца ждала, верила, надеялась. И вот он нарисовался наконец-то, но оказался, как все, — быдлом. Видать, башню-то у бабы совсем снесло после праздника. Об ком говорила? И на что рассчитывала, главное? Что утешать он ее бросится сразу? Нет, ну точно дура. Все бабы — дуры. Или, может, в белой горячке прынц ей привиделся? С «белочкой» шутки плохи. Семен Семенович наблюдал однажды, как товарищ его мучился, бегал по свалке с глупой рожей, прятался все от кого-то, пока самого в дурку не упрятали. Вышел как огурчик, даже помолодел лет на пять, но рожа так навсегда глупой и осталась. Поглядел Семен Семенович на товарища и стал очень этого заболевания опасаться, справки навел и теперь ученый был: знал — запой резко обрывать нельзя, иначе черти дразниться начнут, и пиши пропало. Хорошо еще, с глупой рожей придется после жить, но ведь и более критические исходы бывали, в голове навсегда черти поселялись. Сегодня, как назло, пришлось питие оборвать резко. У Катьки он рассчитывал опохмелиться, у нее всегда заначка имелась. Опростоволосился, нужно ведь как было поступить — сначала опохмелиться, а уже после в глаз дать и попрощаться навсегда. Да, однозначно, опростоволосился, корил себя Семен Семенович. Главное, что обидно — на ночь глядя. Пункты приема стеклотары закрыты, на паперти места уже забиты, денег нет. Все Катьке на кольцо израсходовал, красивое кольцо, серебряное, с узором замысловатым, у цыганки приобрел за сто пятьдесят рублей. Семен Семенович вытащил кольцо из кармана, положил на трясущуюся ладонь, рассмотрел еще раз пристально. Катькин подарок мерцал в свете тонущего в деревьях закатного красного солнца. Семен Семеныч тяжко вздохнул: ломбард уже тоже закрылся.

Отходняк накатывал волнами, бросало то в жар, то в холод, гудела голова, сердце сбивалось с ритма, кровь стучала в висках, и лютый страх мешал дышать. Страх умереть или поймать чертей. Лишь бы уснуть, лишь бы уснуть и дотянуть до утра. А завтра он бутылочки соберет, в город поедет, купит чекушку и душу отведет. Лишь бы уснуть, лишь бы дотянуть до утра!

В полузабытьи Семен Семеныч добрел до своей берлоги, начал неуклюже карабкаться в опочивальню. Добрался до верха — и тут из вороха тряпья высунулся рыжий лохматый чертенок и уставился на него темными глазами.

— Черт! Сгинь, сгинь, нечисть! — заорал Семен Семенович и свалился с березы на землю, на кучу прелых листьев. Лежа на спине и глядя с ужасом наверх, Семен Семенович принялся неистово креститься и голосить на весь лес: — Господи, прости меня за прегрешения мои тяжкие! Помоги! Убери чертей! Не дай, Господи, умом повредиться. Помоги, Господи!

— Ты звал меня, сын мой! — пробасил кто-то сверху.

— Хто это? — прошептал Семен Семеныч.

— Тот, кого ты звал, отрок! — сверху свесилась голова в черном монашеском одеянии.

— Вот ты како-о-о-й! — выдохнул Семен Семеныч, свалился с кучи листьев, рухнул на колени и сложил ладони у груди.

— Да, я тако-о-о-й! Зачем молил о помощи, сын мой?

— У меня там черт прячется! В кровати моей. Аккурат за вашей спиной, — залепетал Семен Семенович и ткнул трясущимся пальцем в лежанку.

— Это все оттого, сын мой, что жизнь ты неправедную ведешь. Буха... В смысле, горькую потребляешь в неограниченном количестве. Работать не хочешь. Обществу от тебя пользы нет никакой. Живешь, как животное! А жить надо не просто чисто, а безупречно чисто, как сказал великий философ, забыл я, как его звать. Потому как праведная жизнь глубоко очищает даже в самых трудных местах... Э-э-э... Короче, коль дашь клятву ступить на путь исправления, завязать с этим пагубным занятием и жизнь свою наладить, так и быть, избавлю тебя от чертей.

— Клянусь! — Семен Семеныч стукнулся головой об землю. — Завяжу! Клянусь! Ни капли больше в рот не возьму! На работу устроюсь! Домой в деревню уеду и Катьку с собой возьму. Матери помогать буду. Только не лишай рассудка и чертей убери!

— Хорошо, уговорил ты меня, отрок. Верю я тебе, чувствую, настроен ты решительно и правду глаголешь. Чертенка с собой заберу. Но смотри, если обманешь, гореть тебе синим пламенем. Понял?

— Понял! Слушаюсь и повинуюсь! — дал под козырек Семен Семенович. — Благослови, Господи!

— Благословляю, сын мой! А теперь глаза закрой и не открывай, пока не прочтешь молитву «Отче наш» девяносто девять раз. И смотри, о нашей встрече никому не рассказывай. Иначе рассудка лишу за болтовню.

— Спасибо, Господи! Спасибо! — заорал Семен Семенович, зажмурился и долго читал молитву: никак поначалу слова вспомнить не получалось. Когда он открыл глаза, над лесом занимался рассвет и пели птицы. По-прежнему хотелось опохмелиться, но Семен Семеныч нарушить клятву, данную Господу, никак не мог. К тому же, с благословением Божьим страхи и паника ушли. Праведная жизнь глубоко очищает даже в самых труднодоступных местах... Где-то он уже слышал этого философа, но тоже запамятовал, как его звать. Мудрая мысль, однако, решил Семен Семенович, залез на свою лежанку и уснул сном безмятежным, с умиротворенной улыбкой на лице.

* * *

Всю обратную дорогу Настена нервно хихикала, вспоминая недавние событие, но Николай ее радости не разделял. Никак не ожидал он, проснувшись, увидеть рядом с собой ее чумазую физиономию и до сих пор жалел, что не дал ей по бестолковому лбу. Не успел — пожаловал хозяин шалаша. Стал забираться наверх, Николай притаился, а любопытная Настена, напротив, высунула свою лохматую рыжую головенку из тряпья. Слава богу, пронесло. Неизвестно, чем все могло обернуться. Кто знает, чего ждать от бомжей-алкашей? Алкаш, он и в Африке алкаш. Это ж надо, девчонку за бесенка принять. Хотя бесенок она и есть.

— Ох, здорово у вас получилось дядьку-забулдыгу напужать. Я бы тоже испужалася, если бы мне такое привиделось. А вы меня научите как дядя говорить — басом? Я прямо обмерла вся, когда услыхала. А ничего, что вы того дядю обманули? Монашкам разве дозволено неправду говорить? Боженька не накажет?

— Боженька тебя накажет за дурость! Зачем за мной увязалась? Кто тебе разрешал за мой идти? — ругался Николай. — Из-за тебя мне теперь придется в деревню возвращаться. Мы верно к деревне идем, Настя?

— Ага, верно, чуток пройти осталося, — успокоила его девочка.

«Чуток» растянулся минут на сорок. Село солнце, лес утонул в полумраке. Идти стало тяжело: ветки больно хлестали по лицу, путались в ногах, царапали руки. Но Настя ориентировалась в темноте как кошка и уверенно вела его за собой.

— Долго еще? — не сдержался Николай, столкнувшись лбом с очередной березой.

— А вон, просека, — указала на просвет Настя. — Тамочки и выйдем.

По просеке идти стало легче. Через десять минут лес расступился, и путники оказались у шоссейной дороги.

— А где деревня? — осторожно уточнил Николай, обозревая незнакомые окрестности: по другую сторону дороги раскинулось бескрайнее поле, и в пределах видимости ни одного жилого строения не наблюдалось.

— Километрах в десяти отсюда, — вздохнула Настя и добавила: — Если лесом шуровать. А по шоссе все двадцать топать будем.

— О нет! — Коля осел на обочину дороги, на пригорок. — Зачем ты это сделала, Настя? Как я теперь тебя домой доставлю?

— Не надо меня домой, — буркнула Настена и уселась рядом с ним. — Нет у меня больше дома, не вернуся я в деревню. Ни за что не вернуся! С вами пойду. Не гоните меня, я вам пригожусь! Вот увидите.

— Куда? Куда ты со мной пойдешь? — взвыл Николай.

Только этого ему не хватало для полного счастья. Ему самому бы выжить, а тут еще ребенок навязался на его пустую голову.

— До монастыря с вами пойду, — объяснила Настена. — Решила я в монахини, как вы, записаться. Мне теперь жить незачем в миру. Никому я не нужна. Мамки нет, Кузи нет, Тузика нет, отец от меня отказную написал. В приют меня сдадут и уморят там. Видала я передачи по телевизеру про приюты. Там детей обижают. А в монастыре — нет. В монастыре все добрые, как вы.

— Дура ты, Настена! В монастырь она собралась. Нет, ну надо же! Где я тебе монастырь возьму, а? Я даже не знаю, где мы! Я понятия не имею, куда идти! И вообще — я ничего не помню, — проворчал Николай. — Совершенно ничего не помню! Вообще! Ничего!

— Амнезия, выходит, у вас. Это иногда случается, когда сильно головой шмякнутся. Ничего, тетя Элета, пройдет, — утешила Настя. — Я вот в прошлом году бежала за пацаном одним из класса. Так вот, несуся я по школьному двору, чтобы пендель ему дать, и как башкой в фонарный столб — хрясь! Как я его не заприметила — не понимаю. — Настя пожала плечами с выражением недоумения на лице. — И забыла все разом. Куда бежала? И зачем? И стихотворение Пушкина, которое весь вечер учила. Так и не могу вспомнить до сих пор, — озадаченно почесала лоб Настя. — Но вы, тетя Элета, обязательно все вспомните! — тут же с жаром уверила Колю девочка и погладила его по руке. — Я вам помогу. Вы только меня не гоните. Здесь областной центр неподалеку, километрах в пяти. Часа за полтора доберемся, может, что выясним. Мир не без добрых людей, подскажут нам дорогу до монастыря, — прощебетала Настя и с надеждой заглянула ему в глаза.

— Ладно! До центра доберемся, а там видно будет! — рявкнул Николай. — Передохнем только немного.

— Спасибо! — заорала Настя и бросилась Коле на шею. Николай резко дернулся и отстранился.

— Нам не положено! — сурово сказал он.

Настена скисла, отодвинулась, подперла ладошками чумазый подбородок и притихла. Резковато он с ней, но ни к чему ему всякие телячьи нежности. Странно, что Настя до сих пор его не раскусила, удивлялся Коля. Голосок у него, конечно, не басовитый, но и не бабский писклявый фальцет. Интересно, как он выглядит? «Неужели как баба?» — с ужасом предположил Николай и ощупал рукой свое лицо, которое стерлось из памяти, как и прошлая его жизнь. Нос как нос, губы как губы, глаза как глаза. Вроде бы никаких патологий. Может, он даже красив? Не урод точно, хотя покойная Василиса отозвалась о его внешности весьма прохладно. Вот только щетина...

Николай поежился: монашеское одеяние не грело. Как бабы в юбках не мерзнут, между ног, будто в арке, сквозняк. «Летишь, и ветер попку обдувает...» Вот, дьявол! Куда ему теперь лететь? Что делать?

Как быть? Ладно, до областного центра они дойдут. Там он Настю оставит и сразу дальше рванет. Нельзя светиться в населенных пунктах, убийца где-то поблизости. Не исключено, что как раз в областном центре ждет его с распростертыми объятиями. Вот только куда ему дальше? Куда? В милицию? Нет, нельзя ему в милицию, пока он все не вспомнит. За медицинской помощью тоже нельзя — опасно. Что же делать? Он должен все вспомнить, должен! Коля потер виски, снова заболела голова, тупо заныл затылок, и в голове застучали назойливые, как мухи, незнакомые слова: Devi farlo in ogni caso!.. Лоб на ощупь был горячим и влажным, знобило, по спине и ногам бегали мурашки. Похоже, у него температура, не помогла теплая печь в доме Василисы, простыл, пока валялся на холодной земле. Сотрясение мозга, амнезия, температура, монашеская ряса, убийца, следующий по пятам, чужой ребенок в нагрузку и мешанина странных фраз в голове. Откуда, например, эта: «Теперь я спокойна, когда дети играют на таком чистом ковре»? Грызет мозг, как термит древесину. А вот эта: «Почувствуй нежность, покоряющую сердца. Ты желанна!» Или: «Комфорт с тампоном. Комфорт по жизни!» Блин! Что за тампон такой? Откуда это взялось в его голове? Так ведь и сдохнуть можно в самом расцвете лет. Кстати, интересно, сколько ему лет? Коля снова ощупал свое лицо, отметил на лбу морщину, вздохнул и покосился на Настю.

Настена тоже дрожала, громко стуча зубами.

Одета она была в легкий свитерок, хлопковые синие треники со штрипками, растянутые на коленях, на ногах — тряпичные кеды. Наверняка ноги тоже натерла, но ведь не признается в этом никогда.

— Замерзла? — спросил Николай. Девчушка отрицательно помотала головой. — Да ладно врать-то. Не замерзла она. Сюда иди. — Он неуклюже притянул ее к себе и обнял.

Она прижалась к нему, уткнулась носом в подмышку и расплакалась, сначала тихо, а после в голос завыла, вспоминая мамку. Николай гладил ее по голове и утешал как мог, уверял, что Василиса, Кузьма и Тузик теперь в раю, и там, на небе, им хорошо, потому что с ними рядом Боженька. Слова подействовали, постепенно рыдания Насти утихли, девочка лишь судорожно всхлипывала и шмыгала носом. Николай был рад, что она выплакалась. Слезами горю помочь невозможно, но хоть от первоначального шока девчонка отошла, а то такую страшную боль в себе держала, могла от груза душевного умом повредиться. Хватит на их компанию одного звезданутого.

— Ну что? Как ты? — спросил Николай.

— Кушать хочу, — пискнула Настена. — А особливо — пить.

— Начинается, — проворчал Чуйков, и его желудок жалобно булькнул. Есть ему тоже хотелось, точнее жрать, и пить, и выпить, и покурить, и в туалет. Вот только сил даже встать не было, не говоря уже о том, чтобы отпахать пять километров пешком.

Пока по лесу шастали, он натер ноги, и теперь каждый шаг вызывал болезненные ощущения.

По полю скользнул луч света, послышалось тихое журчание мотора. Это был шанс. Николай вскочил и сотворил на лице выражение мировой печали и скорби. Собственно, скорбь и печаль изображать ему было не нужно — все болело! «Жить весело — хрустеть легко!» — оптимистично подумал Николай Владимирович и поднял руку, чтобы остановить попутку.

Свет фар ослепил, взвизгнули тормоза, и рядом остановился серебристый «БМВ». Окно со стороны водителя открылось, в нем показалась удивленная физиономия бритоголового мужика, явно принадлежащего к криминальным слоям населения. Первой мыслью было усвистеть обратно в лес, но мужик вполне дружелюбно улыбнулся, сверкнув золотой фиксой.

— Какие проблемы, сестренка? — полюбопытствовал он.

— До райцентра не подкинешь, мил-человек? — прогнусавил Николай Владимирович. — Девочку в обитель везу, беспризорницу. Решили лесом путь сократить, но заплутали маленько.

— Дык, конечно! Садитесь, какие разговоры, — согласился водила.

Николай посадил Настену на заднее сиденье, сам уселся рядом с водителем. У коробки передач лежала пачка сигарет и назойливо гипнотизировала, поэтому Николай Владимирович принялся с азартом вещать братку об увеличении количества беспризорников на фоне расслоения социальных слоев населения и обнищания граждан в условиях рыночной экономики, а также прочих социальных проблемах человечества в целом и культурных традициях меценатства в России в частности.

До райцентра добрались с ветерком, высадились на площади, у небольшого ночного супермаркета. Площадь была пустынна и освещалась тусклым фонарем.

— Благослови тебя Господи, сын мой, — поблагодарил Николай и на прощание осенил любезного водителя крестным знамением.

— Добрый дядя, — сказала довольная Настена. — Денег на обитель дал. Аж пятьсот рублей. Вот беспризорники-то порадуются!

— И пускай вознаградит его Господь за щедрость души! — воздел глаза к небу Коля, прикидывая в уме, на что эту «щедрость души» истратить.

— Ага, пускай. Только зря вы у него пачку «Парламента» с зажигалкой сперли, тетя Элета. Нехорошо. Вас Боженька за это накажет, — погрозила ему пальчиком Настена.

— Я? — возмутился Чуйков.

— Давайте деньги, в магазин схожу. Поесть куплю. А вы покамест не отсвечивайте тут. Вдруг дядя вернется и по шеям вам за сигареты надает! В кусты отойдите и ждите меня там. — Настена выхватила у него купюру.

— Значит, так, Настя, — по-деловому обратился

к ней Николай. — Здоровое питание — залог красоты. Природа сама выбирает лучшее. В общем, купишь лапшу... Как ее? Не помню, как ее, сама сообразишь. Короче, купишь лапшу, еще чипсы, бульонные кубики, пиво, молоко, зеленый горошек, шоколадные батончики, йогурт, сок, колу, майонез, кетчуп и американские сэндвичи. Настоящая монахиня должна хорошо позавтракать.

— Да-а-а, видать, вы очень сильно головой шмякнулись. — Настя сочувственно покачала головой и поскакала в магазин.

Коля немного расстроился, что забыл ее попросить о главном — чтобы она купила волшебный тампон, с которым комфортно по жизни. Словно почувствовав его мысли, Настена в дверях остановилась, обернулась, посмотрела на него серьезно, как-то совсем по-взрослому, махнула рукой, чтобы он шел туда, куда она ему велела, и скрылась внутри.

Отличный момент свалить и отвязаться от девчонки, подумал Николай, отошел на несколько метров от магазина, в тень деревьев и кустов, встал за березу, быстро справил свои нужды, трясущейся рукой прикурил сигарету, глубоко затянулся и с блаженством выдохнул струйку дыма. Ему стало так хорошо, что никаких тампонов не нужно было. И девчонка ему тоже была не нужна, только мешается и под ногами путается. Не пропадет, деньги у нее теперь есть, еды себе купит... Коля сглотнул слюну, еще раз глубоко затянулся. Немного закружилась голова. Он прислонился к шершавой коре дерева спиной. Поймать попутку, рвануть куда глаза глядят, пока Настена в магазине. Зачем она ему? Ну зачем она ему? Только лишние проблемы. Лишняя головная боль. Решено! Пора. Пора идти. Ему нужно идти. «Иди уже!» — Коля нагнулся и внимательно осмотрел свои ноги, которые вдруг стали чужими и никак не хотели его слушаться.

— Ничего с девчонкой не случится! — сказал он своим коленям. — Не пропадет. Не пропадет, говорю! — Николай затянулся в последний раз — вокруг все закрутилось, как карусель, затошнило, перед глазами заплясали разноцветные точки. Чуйков выронил окурок и стек по дереву вниз.

* * *

Дождь... Снова начался дождь... Николай открыл глаза. Он лежал на траве под березой. Рядом стоял Настена с открытой бутылкой минеральной воды и пластиковым пакетом.

— Какая же вы бестолковая, тетя Элета! Вроде взрослая женщина, а не знаете, что курить на голодный желудок вредно. И потом, вы же монахиня! Разве монашкам дозволено гадость всякую в рот таскать?

— Я не монахиня, — прошептал Чуйков, с трудом сел, взял у девочки бутылку минералки, отхлебнул из горлышка пару глотков и умылся. На губах появился солоноватый привкус, щеки немного защипало, но стало легче.

Настена, проигнорировав его слова, уселась рядом по-турецки, расстелила на земле газету и принялась выкладывать на нее еду из пакета — аккуратно, обстоятельно: буханку черного хлеба, два сырка «Дружба», колечко «Краковской», шоколадку «Аленушка», пучок зеленого лука. Лук Настя, забрав у него минералку, сполоснула, стряхнула с зелени воду. Смешно было за этим наблюдать, смешно было смотреть на ее испачканную рожицу, грязные ладошки и пучок мытого лука в ее руках. На Колю Настя старалась не смотреть. Разложила все, оценила сервировку, чуть склонив голову набок, и вздохнула, удовлетворенно и кокетливо, по-девичьи.

— Ешьте, тетя Элета, — дала она указание, взяла сырок, развернула, откусила маленький кусочек. Коля немного обиделся, что Настя купила совсем не то, о чем он ее просил, но послушно отломил кусок колбасы, сунул в рот и принялся вяло и меланхолично его жевать. Час назад он думал, что может съесть целого слона, но сейчас от вида еды его мутило. Перетерпел, видно. Настя тоже ела без аппетита... первые пять минут. Истину глаголет пословица, что аппетит приходит во время еды. Когда они закончили трапезничать, на газете остались лишь крошки от батона и фольга от шоколадки.

Дышать было тяжело, Настя, держась за живот, повалилась на траву. Коля последовал ее примеру. Некоторое время они лежали молча, глядя на небо, усыпанное звездами.

— Энергия звезд на ваших губах, — облизал

жирные губы Коля и икнул. — Ты слышала — я не монахиня, — лениво напомнил он.

Настя тоже икнула, села, зашуршала пакетом.

— Я вам бритву купила. Негоже монашкам ходить с усами и бородой, — тихо сказала она и положила ему на грудь упаковку с одноразовыми лезвиями. — Не стесняйтесь, у моей мамки тоже усы росли. Что поделаешь, наличие большого количество мужского гормона андрогена в организме — трагедия для женщины. Это она в газете прочитала.

— Спасибо, Настя, — с улыбкой поблагодарил Николай Владимирович и понял, что отвязаться от Настены никак не получится, как бы сильно он этого ни хотел. Да, собственно, не очень-то и хотелось. — Зябко что-то совсем. Сейчас приведу себя в порядок, и продолжим путь.

— Можно поглядеть? — хитро сощурилась Настя.

— На что? — удивился Николай.

— Как вы бреетесь, никогда не видала, как бреются монахини.

— Ну, гляди, — рассмеялся Чуйков и попытался всухую удалить щетину со щек. Настя весело хихикала, наблюдая за мучениями Николая, до тех пор пока он случайно не порезался. Настена увидела кровь, личико ее сразу стало несчастным, а в глазах застыл ужас. — Насть, ты что, а? Все нормально, мне не больно совсем. Ерунда это все.

Настя молча отвернулась и заплакала. Коля поморщился: ясно стало, почему Настена плачет, и сердце в груди заныло, словно наждаком по нему прошлись.

— Наверно, ей шибко больно было, — захлебываясь слезами, прошептала Настя. — Перед тем как она...

От этих жутких детских предположений, от осознания того, что подобная мысль пришла ей в голову, застыла кровь в венах. Надо было что-то сказать, но он не мог, не мог говорить, не знал, чем ее утешить — слова не в силах был подобрать. Сидел и смотрел на ее худенькие вздрагивающие плечики в вязаной кофточке, как дурак, а Настя все плакала и плакала. Слова утешения в голову так и не пришли.

— Ты хоть на газету сядь, Насть, — решил он ее отвлечь. — Девочкам нельзя на земле подолгу. Детей после не будет.

— Почему? — обернулась Настя. Личико ее совсем опухло от слез, глаза заплыли, на воспаленных щеках растеклись грязные узоры.

— Что — почему? — смутился Коля, поднял газету, обмахнулся ей, как веером, положил на колени.

— Девочкам почему-то нельзя. А дядям почему-то можно! У дядей что, какие-то другие детородные органы, которые нельзя застудить? — полюбопытствовала Настена.

— У дядей нет детородных органов! — крякнул Николай Владимирович, схватил газету и резко поднялся. — Вставай, пошли, — протянул он ей руку.

— Все у дядей есть, только по-другому называется. Куда мы будем двигаться? — Настена поднялась сама, проигнорировав его руку. Обиделась, видно, что он на животрепещущий вопрос не ответил.

— Не знаю, — пожал плечами Коля. — Если бы я знал, куда ехал, когда из поезда вывалился, — было бы проще. Давно ты догадалась, что я не монахиня?

— В Москву, видать, вы ехали. Я вас со стороны путев в том направлении обнаружила, — подсказала Настя, в очередной раз проигнорировав его слова.

— Уже что-то! — улыбнулся Чуйков. — А далеко до Москвы?

— Далековато, пешком все пятки стопчем, — сообщила Настена. — А ежели на попутках, то часов за пять доберемся. На поезде тоже можно, здесь станция недалеко, только сомневаюсь я шибко, что вам, тетя Элета, на этом виде транспорта в ближайшее время захочется передвигаться, — подмигнула ему Настя и взяла Колю за руку. — Ни об чем я не догадалась, даже когда ваши волосатые ноги увидела в мужских ботинках. В газете об этом написано. Там ваш портрет напечатан. Но можно, я буду вас монахиней считать? Мне так спокойней.

— В какой газете, Настя?! — заорал Николай.

— Тихо вы, не шибко орите. Вас милиция ищет. А в газете, знамо, какой, той, что у вас в руках.

— Сразу об этом сказать нельзя было?

— Я боялася говорить, пока вы мне сами не признались. Я боялася, что вы меня сразу бросите.

— Господи ты боже мой! Где? Где написано, что

меня милиция ищет? — Николай зашуршал страницами, от волнения руки у него тряслись, и газета два раза падала на землю. — Где, Настя? Почему? Почему меня милиция ищет? Что я натворил?

Настя не выдержала, забрала у него газету, перевернула и передала ему.

Он узнал себя сразу, как только увидел фото. Вышел на свет, под фонарь, чтобы можно было рассмотреть себя как следует и прочитать текст статьи.

— Я, оказывается, гражданин Германии, зовут меня Николай Владимирович Чуйков, и я являюсь главным подозреваемым в убийстве какого-то известного тележурналиста, который ехал со мной в поезде Берлин — Москва... — Николай замолчал и с ужасом посмотрел на Настю. — Нет, я не могу быть убийцей! Я не хочу быть убийцей! Как же так? Этого не может быть! Настя, я никого не убивал! Не мог я! Не мог никого убить!

— Я знаю. — Настена приложила пальчик к губам и улыбнулась. — Все будет хорошо.

— Лицо умой, изгваздалась вся, как трубочист, — буркнул Николай и резко отвернулся: он не хотел, чтобы она видела его слезы. Ее трогательное обещание, ее чумазое личико, исполненное сочувствия и уверенности в его невиновности, ее тихий голосок — все это так захлестнуло душу, что защипало глаза. Если бы все было так, как сказала Настя, если бы все было так...

Настена послушно ополоснула щеки минеральной водой.

— Вы тоже умойтесь, — потянула она его за рукав. — Кровь со щеки смойте. Давайте, я вам полью. И пора в путь. Скоро рассвет.

Глава 12

БРАКОВАННЫЙ ПАЗЛ

— Я ничего не понимаю! Как — нет? Есть имя, а человека нет? Я понимаю, что она гражданка другого государства и монахиня, но должна же она быть приписана хоть к какому-то монастырю, обители или что там у них еще? Учет у них какой-то должен быть! Ищите, в общем! — Елена Петровна раздраженно шмякнула трубку на рычаг и уставилась на Варламова. — Ну, что скажешь? Как тебе это нравится? Фээсбэшники не могут понять, откуда монашка взялась. Такое ощущение, что она с неба свалилась.

— Плохо. — Варламов развалился на стуле, как у себя дома, что Елену Петровну тоже раздражало. Ее вообще все раздражало. Она недавно вернулась из области. Убиты еще двое ни в чем не повинных людей. Бессмысленное, кровавое преступление.

— Плохо, согласна. Ты по-прежнему утверждаешь, что твой знакомый невиновен? Он там был, его пальцы — на крыльце, на ручке двери, в комнате. Соседи видели его в деревне, он переоделся в монашескую рясу.

— По-прежнему утверждаю, что Николай Владимирович ни при чем.

— Если не расскажешь все, я тебя привлеку за дачу ложных показаний!

— Не надо меня привлекать! — Поднял руки над головой режиссер. — Сдаюсь!

— Паясничаешь, давай-давай! Развлекайся. Маленькая девочка подвергается опасности, а тебе весело! Ты бы видел, что твой знакомый сотворил с телами ее матери и отчима! Зачем он их убил? Зачем он девочку взял с собой?

— Лен, может, хватит на меня нападать? Я серьезно говорю: уймись. Найди его и спроси, зачем он взял с собой девочку. Ищи! Не могли же они сквозь землю провалиться! От меня ты чего хочешь? Я все тебе выложил и еще раз повторяю, что Николай Владимирович Чуйков не мог убить, — разозлился Варламов. — Тебе не приходило в голову, что он не преступник, а жертва? Происходит какая-то дикая накладка. Советую тебе еще раз пассажиров опросить и вплотную заняться поиском мотива убийства Холмогорова. Поймешь мотив — вычислишь убийцу. У Чуйкова не было мотива, значит, это не он. Николай в Москву вообще не хотел ехать, я его с трудом уговорил.

— Почему?

— Потому что много лет тому назад у него в автокатастрофе погибли родители и невеста. Случилось все за пару недель до свадьбы. Родители были моими приятелями, и я стал невольным свидетелем тех печальных событий.

— Виновники той аварии понесли наказание? — осторожно уточнила Зотова.

Варламов рассмеялся.

— Лена, Лена, я понял, к чему ты клонишь! Цепляешься за соломинку, чтобы найти любой мотив и за него ухватиться. Подозревать Чуйкова во всех смертных грехах тебе удобней, правда? Должен тебя разочаровать: Холмогоров к той трагедии не имеет ровным счетом никакого отношения, как и члены его семьи. Произошел несчастный случай. Дело было весной. Приближался день рождения Николая, все собирались отпраздновать на даче, погода располагала. Родители решили поехать на день раньше, чтобы привести дом в порядок и все приготовить к празднованию, невеста вызвалась им помочь. К вечеру внезапно похолодало, но от своих планов они не отказались, поехали. В Москве было сухо уже, а за городом — гололед. Резина летняя, отец не справился с управлением и вылетел с моста в глубокий овраг. Все погибли на месте. На следующий день Николай собирался приехать на дачу на электричке, а вместо этого оказался на опознании в морге. Вскоре после тех трагических событий Чуйков уехал в Штаты, поступил в Стенфорд, получил там докторскую степень, потом перебрался в Германию. Ему предложили место в Берлинском университете искусств. Он получил немецкое гражданство, там и осел.

— Жестокий ты, Иван Аркадьевич. Зачем уговорил Чуйкова вернуться в Москву? Чтобы он вновь пережил ту страшную трагедию?

— Иной раз полезно до конца выдавить гнойный нарыв, чтобы он больше не болел, — жестко сказал Варламов.

Некоторое время они с ненавистью смотрели друг другу в глаза. Зотова сдалась первой, отвела взгляд, зашуршала протоколами. Варламов прав: она упрямо пыталась всунуть в картинку пазлы из другой коробки. Сейчас нужный пазл нашелся и встал на место. Не монахиня, а гражданин Чуйков стал свидетелем убийства Холмогорова! Именно он, а не старуха закрыла дверь в купе, чтобы спрятаться от убийцы, а после сиганул в окно, чтобы спастись. Рыжову она уши открутит однозначно, это ведь он ее сбил своим заявлением, что Чуйков профессионально вылез из окна. Хотя, кто знает, возможно, он действительно грамотно вылез, раз жив остался. Выходит, пока они дурью маялись, настоящий убийца спокойно вышел на Белорусском вокзале, затем, не напрягаясь, вернулся в то место, где Николай Владимирович Чуйков спрыгнул с поезда, чтобы вычислить его и избавиться от свидетеля. Вычислил, но снова по счастливой случайности Чуйков остался в живых. Пострадали невинные люди, которые, вероятно, его приютили. Девочку он, возможно, взял с собой, чтобы ее спасти. Хороший человек, однако! Молодец, Варламов, от куриной слепоты ее излечил. Непонятно, почему Чуйков в милицию до сих пор не обратился? Боится, что ему не поверят, или возможности нет? Неважно, Чуйкова нужно искать, пока убийца его не обнаружил первым.

Телефонный звонок отвлек Елену Петровну от размышлений.

— Вот все и объяснилось, — сказала она. — Вещи, деньги и документы Чуйкова нашлись. В лесополосе рядом с железнодорожным полотном. Теперь ясно, почему он до сих пор не объявился. У него ни денег, ни документов нет. Где, ты говоришь, конференция проходит? — спросила Зотова. — В пансионате «Кантри Парк»? Думаю, что Чуйков туда направляется. После публикаций в газетах объявлений о розыске убийца теперь знает, как доктора зовут, и может легко выяснить, с какой целью Николай Владимирович ехал в Москву. Надежда на то, что, прочитав газету, он узнает о подозрениях прокуратуры в адрес Николая Владимировича и оставит его в покое, — слабая. Значит, киллер явится туда. Я все резервы подключу, направлю в пансионат наших сотрудников, они будут внимательно наблюдать за отелем. А ты позвони, если вдруг Николай Владимирович как-то даст о себе знать, я сразу организую ему охрану. И прости меня, — виновато улыбнулась Зотова. — Надо было раньше это сделать.

— Не волнуйся, за пансионатом уже ведется круглосуточное наблюдение, но лишние меры безопасности не помешают. Ты меня тоже прости, Лена. — Варламов поднялся и склонился над столом, облокотившись ладонями о столешницу. Его лицо оказалось в непосредственной близости от ее лица, и Елена Петровна с трудом удержала равновесие на стуле. Первая мысль, которая пришла в голову, — сейчас он ее поцелует. Вторая — как жаль, что она недавно съела бутерброд с колбасой. Третья — в это время обязательно кто-нибудь войдет, и ее репутации придет конец. Какие глупости, у нее безупречная репутация, блаженно подумала она и прикрыла глаза. Варламов же целовать ее почему-то не торопился.

— Ты что, читаешь «Bild»? — спросил Иван Аркадьевич.

— Что я читаю? — растерялась Елена Петровна.

— Немецкие газеты.

— Почему? — басом поинтересовалась Зотова.

— Потому что она у тебя на столе лежит, — помахал перед ее носом газетой Варламов, уселся обратно на стул, закинул ногу на ногу и зашелестел страницами.

— Эта газета лежала у Холмогорова в портфеле, — мрачно сообщила она. — Можешь взять газету себе, и до свидания. У меня тут не читальный зал.

— Какая ты бываешь иногда нелюбезная, Лена, — оторвался от чтения режиссер. — Опять рассердилась ни с того ни с сего. Невыносимая ты женщина. — Варламов поднялся и сунул газету в карман. — Ладно, не переживай, у тебя все получится. Ты же умница. — Варламов вновь наклонился к Елене Петровне и чмокнул ее в щеку. — Когда все закончится, приглашаю тебя отобедать в самый лучший ресторан.

— Лучше приходи ко мне, я накормлю тебя пельменями, — улыбнулась Елена Петровна.

— Если честно, я пельмени терпеть не могу, — скривился Варламов. — Особенно те, которые ты покупаешь. Мерзость! Я пошел, до связи, Лена.

— Нахал! — возмутилась Елена Петровна, шаря глазами по столу, чтобы отыскать какой-нибудь тяжелый предмет.

Иван Аркадьевич бодро поскакал к выходу и успел закрыть за собой дверь, прежде чем Зотова с негодованием швырнула в него жестяную банку из-под кофе, приспособленную под пепельницу. Дверь снова открылась, и на пороге появилась девочка... худенькая, очкастая, вся в рюшах и кудряшках на голове.

— Здравствуйте, — пискнула она, озадаченно глядя на рассыпанные по полу окурки.

— Что тебе, лапочка? — улыбнулась Елена Петровна.

— У меня повестка, — продолжая пялиться на окурки, сообщила девочка, поправив кружавчики на кофточке. — Марина Аркадьевна Воронцова — я.

— Простите, ради бога! — Елена Петровна покраснела. — Вы очень... Э-э... Проходите, присаживайтесь, Марина Аркадьевна. Майор юстиции Зотова, следователь прокуратуры. Как неловко получилось. Еще раз простите.

— Помилуйте — за что? Меня в клинике вообще «мечтой педофила» называют. Врачи все такие ужасные циники. Так что обращение «лапочка» звучит очень даже мило, я нисколько не обиделась, — хихикнула Воронцова и присела на краешек стула, аккуратно разгладив складки юбочки. — Слушаю вас. Что случилось? — мягко спросила Воронцова, кукольное личико доктора приняло выражение благожелательного участия, глаза ее лучились теплотой.

Неловкость тут же ушла, стало легко и спокойно. У Марины Аркадьевны была потрясающая, располагающая к себе энергетика, несомненно, она умела найти контакт с пациентом, хотя по-прежнему с трудом верилось, что эта женщина-девочка лечит тяжелые психические расстройства, в частности шизофрению.

— Речь пойдет о вашем пациенте Артемии Холмогорове, — объяснила Елена Петровна, попросив паспорт у Воронцовой и переписывая данные в протокол.

— Я слышала, что его убили. Ужас, — покачала головой Воронцова. — Только жить начал полной жизнью. Освободился от прошлого, научился справляться со стрессами. У нас с ним такие положительные результаты были, я даже не ожидала, что Холмогоров так быстро пойдет на поправку. Артемий попал ко мне в довольно запущенном состоянии. Мало того, он занимался самолечением. А это же очень опасно! Думала, тянуть буду его несколько месяцев, но уже через пару недель у него положительные сдвиги наметились. Единственное «но» — с женой он по-прежнему не мог.

— Что не мог?

— Как — что? Жить, — удивленно моргнула Воронцова.

— Холмогоров хотел съехаться с супругой?

— Как мило вы сказали — съехаться, — хихикнула Марина Аркадьевна. — Позвольте, я запишу. Пациентам это выражение, несомненно, придется по душе, — оживилась Воронцова, щелкнула замочком своей сумочки и достала яркий блокнот, украшенный блестками, бабочками и цветочками. Ручка у Воронцовой тоже оказалась нарядной, наполненной синим гелем, с плавающими рыбками внутри, первоклассники такие обожают. Зотову передернуло, и в голове мелькнула страшная догадка — доктор тоже страдает тяжким психическим недугом, как и ее пациенты. Говорят, такое частенько случается — профессиональная деформация.

Озадаченно глядя на доктора, старательно выводившего слово «съехаться» в блокноте, Зотова пыталась сообразить, как дальше вести беседу с сумасшедшим, но очень милым врачом. Как это ни парадоксально, но Елене Петровне было жаль расстраивать Марину Аркадьевну и сообщать ей, что положительных результатов методика ее лечения не дала, скорее напротив, усугубила положение вещей. Возможно, чувство это возникло из-за того, что, как ни старалась Зотова воспринимать Воронцову взрослой женщиной, у нее ничего не выходило. Перед ней сидел беззащитный ребенок, обижать которого не хотелось.

— Красивая у вас ручечка. И блокнотик тоже, — восхитилась Елена Петровна, решив начать неприятный разговор издалека.

— Вам правда нравится? — обрадовалась Марина Аркадьевна. — Моим мужчинам тоже нравится. Скажу вам по секрету, что такие дурацкие побрякушечки их возбуждают, они расслабляются и летят ко мне в объятия, как мотыльки. Фигурально выражаясь, конечно. Вы же понимаете!

— Конечно! — подтвердила Елена Петровна и ужаснулась в душе: кто бы мог подумать, что у этой псевдонимфетки, оказывается, мужиков полно? Может, и ей завести такой блокнотик с ручкой? Вот подозреваемые и обвиняемые в тяжких преступлениях обрадуются!

— Вы только не выдавайте моих секретов, — кокетливо улыбнулась Воронцова. — В медицинских кругах бытует мнение, что пациенты не должны воспринимать лечащего врача как женщину. Я с этим в корне не согласна. Возможно, в других сферах подобное нежелательно, но в той области, в которой я практикую, возбуждение должно поощряться. Вы же понимаете.

— Да, понимаю, — вздохнула Елена Петровна и подумала: мать честная, она к тому же еще и со своими пациентами спит! — Вернемся к делу... — прервала ненужные откровения Марины Аркадьевны следователь. — Как долго вы наблюдали Холмогорова?

— Около двух месяцев, и, как я уже говорила, он

очень быстро пошел на поправку. Но что случилось? К чему эти странные вопросы? Признаться, я не понимаю, какое может иметь отношение лечение к убийству Артемия.

— К убийству Артемия это отношения не имеет, вы правы. Речь не о том. Несколько дней назад произошла другая трагедия — погибла молодая девушка, и мы полагаем, что ее смерть связана с диагнозом Холмогорова. Состояние его здоровья снова начало ухудшаться, и в результате... — Елена Петровна печально вздохнула.

— Боже мой, какие страсти! — охнула доктор. — Всякое, конечно, в жизни случается, но я впервые с подобным случаем сталкиваюсь. Эректильная дисфункция иногда становится причиной самоубийств у мужчин, но чтобы наоборот — женщина лишала себя жизни из-за того, что партнер не способен ее удовлетворить... Или я что-то неправильно поняла? — испуганно уточнила Марина Аркадьевна, глядя на следователя, — лицо у Елены Петровны заметно вытянулось.

— С какой проблемой обратился к вам Холмогоров? — спросила Зотова после длинной паузы.

— С жалобой на эректильную дисфункцию, — удивленно ответила Воронцова.

— Почему?

— Как — почему? Я врач-сексолог. Лечу импотенцию и другие сексуальные расстройства у мужчин. Судя по тому, что вы так удивлены, у нас с вами маленькая нестыковчка вышла, — виновато улыбнулась она.

— Я бы не сказала, что маленькая. Мы предполагали, что Холмогоров прошел у вас курс лечения от шизофрении.

Бровки Марины Аркадьевны поползли на лоб и вылезли за оправу круглых очков.

— Господь с вами! Шизофрения — это не мой профиль. И потом, зачем Холмогорову лечиться от шизофрении? Он же был психически здоровым человеком, единственная психологическая проблема после расставания с женой — невозможность иметь близость с другими женщинами. Мы это откорректировали, правда не обошлось без побочных эффектов, о которых я говорила ранее.

— Психически здоров? Могли вы не заметить симптомов шизофрении? — с надеждой спросила Елена Петровна.

— Послушайте, я кандидат медицинских наук, дипломированный психиатр! За спиной у меня несколько лет практики в психиатрических клиниках. Ушла, потому что не выдержала. Выбрала себе профессию попроще. Теперь помогаю мужчинам и женщинам поверить в свои силы и обрести счастье. Повторяю: Холмогоров был здоров в психическом плане; депрессия, стресс, синдром хронической усталости — это присутствовало. Но подобными недугами страдает большинство населения России, в особенности жители мегаполисов. Согласна, пришел он с небольшими нарушениями психики. Какое-то время он занимался самолечением, пил отраву для повышения потенции, которую жена ему готовила. Полагаю, рецепт она вычитала в каком-нибудь бабском журнале или к знахарке сбегала. Что было, то было, как говорится. Как только он прекратил ерундой заниматься, сразу восстановился. Если бы я уловила какие-то существенные изменения в сознании Артемия, а я уловила бы их обязательно, то немедленно отреагировала бы и отправила его к специалисту. Относительно диагноза вас кто-то ввел в заблуждение. Неудивительно, про известных людей у нас каких только кошмаров не придумывают.

— Рисперидон вы Холмогорову прописали?

— Да вы что! Я врач, а не убийца. Задушевная беседа — лучшее лекарство. Витамины и травяные настойки допустимы для тонуса или успокоения нервной системы, в зависимости от ситуации. Вы хотите сказать, что Артемий принимал рисперидон? Почему же он мне тогда ничего не сказал?

— В том то и дело, что не принимал, — крякнула Елена Петровне, и все ее мысли ушли в глубокое подполье.

Из прострации ее вывел Венечка Трофимов, который ворвался в кабинет с громким воплем:

— Я нашел ее! Вы себе не представляете, Елена Петровна! Ой, извиняюсь, — заметив в кабинете посетителя, осекся опер.

— Ничего-ничего, — мурлыкнула Марина Аркадьевна, состроив Вениамину глазки.

Трофимов ответил доктору многозначительным

взглядом, расправил плечи и залоснился, как кот на солнце. Вот что имела в виду Ирина Белкина, когда говорила о докторе Воронцовой: «Мертвого из могилы поднимет». Трофимов был женоненавистником и презирал девушек как класс. Нелюбовь к прекрасной половине человечества Венечка приобрел в процессе жизненных перипетий. Было время, когда Трофимов относился к прекрасной половине человечества с симпатией и даже благосклонно позволял себя любить. До тех пор пока сам не свихнулся от любви. Избранница Трофимова являла собой классический образец стервы: она то нежно окутывала Венечку ореолом любви, то давала от ворот поворот и язвительно высмеивала его чувства. Мучения Трофимова продолжались три с лишним года, и неизвестно, как долго тянулись бы дальше, если бы Венечка, осуществляя оперативную разработку одного бизнесмена, старого, обрюзгшего козлодоя, подозреваемого в заказном убийстве своего делового партнера, случайно не застукал свою даму сердца в его компании в весьма недвусмысленном положении. Шок был таким сильным, что у Вениамина случилась резкая смена мировоззрения: вину за проступок бывшей избранницы Трофимом возложил разом на весь женский пол и не реагировал даже на самых сексапильных красоток. Елена Петровна убедилась в этом, когда вели расследование убийства известной модели. По долгу службы они вынужденно крутились в одном модельном агентстве, среди снующих повсюду божественных нимф, но ни один мускул не дрогнул на лице опера, он оставался равнодушным и безучастным. А сейчас вдруг... Чудны дела твои, Господи! Пора купить себе блокнот с бабочками, ревниво подумала Елена Петровна, еще кофту с рюшечками, юбочку с воланами и обновить «химию», чтобы живенько было. А в довершение всего бантик на голову присобачить, и получится из нее тоже девочка, только толстая, с морщиной на лбу и большой грудью.

— Кого ты там нашел, Вень? — поинтересовалась Зотова, чтобы вернуть опера в рабочее русло.

Трофимов положил на стол скоросшиватель, но волшебные чары Марины Аркадьевны его никак не отпускали, и выражение лица Венечки оставалось прежним — дебильно-радостным. Вздохнув, Елена Петровна заглянула в папку, и выражение ее лица тоже стало дебильным, правда совсем не радостным.

— Марина Аркадьевна, больше у меня к вам вопросов нет, спасибо, — придвинув к доктору протокол, поблагодарила Зотова.

Воронцова пожала плечиками, вывела на листе закорючку и, лучезарно улыбнувшись Трофимову, исчезла за дверью.

— Это кто такая была? — подобрав слюни, спросил опер.

— Лучше тебе этого не знать, Венечка, — сочувственно сказала Зотова и добавила вредным голосом. — Но я все равно скажу. Дама, которая тебя очаровала, — специалист по лечению импотенции. — С лица Трофимова схлынула краска, он издал невнятный горловой звук и опустился на стул. — Холмогоров у нее проходил курс психотерапии, пытаясь избавиться от этого тяжкого недуга, — дополнила Елена Петровна, вновь раскрыла папку и с интересом погрузилась в изучение досье. Информация, которую нарыл Трофимом, все окончательно расставила по своим местам.

— Как ты верно убитую девочку бабочкой назвал, Венечка, — вздохнула Зотова. — Как в воду глядел.

— Халатик у нее был больно фривольный. Такие в интимных салонах носят. Интересно, что уникального может быть в проститутке, занимающейся интимным обслуживанием граждан? От кого Холмогоров собирался ее спрятать? От ненасытных клиентов или от ментов? — заржал Венечка. — Мадам привлекалась несколько раз, когда начинала свою трудовую карьеру и на улице работала. А потом она подросла, так сказать, в профессиональном плане и разместила анкету с изображением всех своих прелестей на одном из интимных сайтов в Интернете. Оказывается, телеведущий, помимо шизофрении, еще и импотенцией страдал? Вот он — цвет нации, — очнулся Венечка. — Если бы у меня такой букет был — я бы тоже кого-нибудь убил, однозначно. Видно, девочка плохо старалась и его не удовлетворила.

— Холмогоров не шизофреник и никого не убивал. — Зотова развернулась на стуле к компьютеру, защелкала клавишей мыши и внимательно уставилась в экран.

— Как не убивал? Ведь Ирина Цыплакова сказала... Вот черт! Выходит, это классическая подстава? Что же это получается: я зря мучился и читал тупую книжку старпера Трегуба?! Эту графоманскую туфту, написанную убогим языком, лишенным литературных достоинств?! Все эти штампы и шизофрению про тайны мироздания, посвященных и древние рукописи?! Холмогоров не собирал никаких материалов? Он понятия об этом не имел? Вот сука! — в сердцах бросил Трофимов. — Ой, простите, Елена Петровна.

— Ничего, Венечка, я тоже так считаю. Как, как я могла не понять, что она меня за нос водит?! А я все думала, что же так развеселило Белкину? «Дело в том, Ира, что доктор, которого вы посоветовали вашему другу, не смог в полной мере ему помочь, — иронично процитировала Зотова оперу свой диалог с Белкиной. — Заболевание Холмогорова прогрессировало с каждым днем и в конечном итоге привело к трагическим последствиям. У Холмогорова случился рецидив!» Представь, Венечка, что она обо мне подумала в этот момент! Разве бывает рецидив у импотентов?

— Еще как бывает! — возразил Трофимов. — Рецидив у импотента сопровождается не только отказом члена, но и обязательным параличом пальцев рук и языка.

— Правда? — удивленно спросила Елена Петровна.

Трофимов несколько раз моргнул и откашлялся.

— Чистейшая правда, Елена Петровна, — выдавил из себя опер после долгой паузы и гоготнул.

До Зотовой наконец дошло, что имел в виду Трофимов, и она покраснела.

— Шутник, — буркнула она, тяжело поднялась и подошла к окну. — Теперь ясно, кому предназначался кофе с цианидом. Не Холмогорову, а Ирине Белкиной, которая регулярно приезжала к тележурналисту поливать цветы. Чудо, что мы с ней успели поговорить, она должна была приехать в квартиру еще в субботу. Если бы ее дочь не заболела, то наша беседа с ней вообще не состоялась бы. Мы никогда не вышли бы на Марину Аркадьевну Воронцову, психоаналитика Холмогорова. Никогда не узнали бы, что Холмогоров не болел никакой шизофренией! Белкина была единственным свидетелем, который знал, как обстоят дела в семье тележурналиста. Надо бы запрос дать в родной город Цыплаковой. Уверена, нас еще ожидают сюрпризы. Как она меня развела! В начале допроса мелькнула у меня мысль, что Аленушка нарочно неумело врет. Так и было, врала она глупо, чтобы очень умно подвести меня к ее версии событий. Я проглотила все, что она мне преподнесла. Хитрая лиса, изобразила из себя смертельно испуганную жертву, а я уши развесила! Она все предусмотрела заранее. Сняла дом в глуши, подготовила вся для убийства, под каким-то предлогом заманила туда мужа и девушку...

— Все, да не все, с соседкой она лоханулась.

— Ошибаешься, Венечка! Цыплаковой нужна была свидетельница, которая опознает Холмогорова и расскажет следствию о том, что Алена уехала одна, а тележурналист остался с девушкой в доме. Не уверена насчет приглашения соседки в качестве зрителя в программу «Чудеса света», возможно это случайность и Цыплакова к этому не причастна. Но звонок от телефонного хулигана с сообщением о пожаре в Петрушево наверняка исходил от нее.

— Соседка же сказала, что ей мальчик звонил.

— Элементарно: она изменила голос, это несложно — голоса у женщин и подростков похожи. Что было дальше, предположить легко. Цыплакова привезла их в деревню и сделала вид, что уехала, а потом вернулась. Как дальше события развивались, не знаю, но Алена осталась с девушкой, накачала ее лекарством, заманила в подвал. Помнишь, Рыжов говорил, что преступник использовал два крюка как строительный ворот, чтобы тяжелый крест поднять? У нее бы сил не хватило, чтобы его без этих приспособлений водрузить на место!

— Это что же в голове надо иметь, чтобы такие вещи творить? Зачем она проститутку распяла?

— Хотела, чтобы все выглядело как последняя стадия шизофрении у мужа. Так и вышло: когда мы на место происшествия прибыли, предположили, что столкнулись с явным психическим отклонением. Отсюда и сказки Цыплаковой про уникальные материалы, грозящие стать сенсацией, которые якобы собирал Холмогоров, и прочий бред о тайнах мироздания, древних рукописях и посвященных. Все это очень вписалось в тему! Книга Трегуба могла оказаться в портфеле тележурналиста с подачи жены, чтобы окончательно нас запутать. И дом в деревне Петрушево, где автор сего опуса имеет дачу, она тоже, скорее всего, сняла с целью пустить нас по ложному следу. У нее это прекрасно получилось — мы обратили внимание на книгу. Ирина Белкина сказала, что все материалы для программы «Чудеса света» всегда подбирала Алена, а не Холмогоров, и была удивлена, что Артемий сам этим занялся. Впрочем, не исключено, что Холмогоров действительно какой-то материал для новой программы собирал и идея сыграть на этом родилась у Цыплаковой не случайно. Не исключено и то, что материал как-то связан с книгой Трегуба. Белкина упомянула, что он говорил ей о каких-то солнечных детях. На этот счет у меня даже версия есть. Солнечные дети — это дети индиго! Дети нового тысячелетия, маленькие гении, с уникальными способностями и повышенной интуицией. Сейчас эта тема очень популярна. Все кому не лень об этом пишут. Холмогоров подобной тематикой вполне мог заинтересоваться.

— У Трегуба в книге никаких индиго нет и солнечных детей тоже.

— Слава богу, что нет.

— Зря радуетесь, Елена Петровна. Там у него дети янтаря!

— Это еще что за чуды-юды?

— Я думаю, что Белкина просто неправильно поняла Холмогорова. Янтарь ассоциируется с солнцем, вот она вам и выдала неверную информацию. Короче говоря, фенька вот в чем: копаясь в архивах, Трегуб случайно обнаружил материалы закрытого судебного заседания, где разбирали плохое поведение одного молодого врача. Доктор N (имен Трегуб не называет из этических соображений) работал в отделении онкологии в одной из детских клинических больниц Смоленской области. Пациентами отделения были дети, больные раком, обреченные на смерть. Настучали на доктора добрые коллеги, сообщив, что он практикует нетрадиционные методы лечения и занимается религиозной пропагандой. В 90-х за религиозную пропаганду никого не сажали, секты плодились как грибы, и никому до этого дела не было. Доктору, однако, не повезло: посадить его, правда, не посадили, но практики медицинской лишили, нашли, к чему придраться. Доктор обиделся и слинял за рубеж. Что с ним стало, неизвестно.

— А при чем тут янтарь?

— Доктор практиковал лечение янтарем. Он уверял суд, что янтарь обладает целебными свойствами и оказывает благотворное влияние на организм, воздействует на него зарядами статического электричества, активизирует все его функции, выводит радиоактивные элементы и шлаки, препятствует развитию раковых клеток и процессу разрушения красных кровяных тел. Свои чудодейственные лекарства доктор делал сам, то есть, по сути, занимался знахарством в государственном медицинском учреждении. Лекарство проверили, никаких уникальных свойств, способных победить рак, в нем не нашли. Суд даже не принял во внимание то обстоятельство, что среди пациентов доктора процент выздоравливающих был намного выше. Окончательно потопила доктора одна из нянечек, которая из благих побуждений, единственная из всех решив коллегу поддержать, сообщила суду, что доктор — молодец, мало того, что лечит пациентов настойками, которые реально пациентам помогают, так еще и использует метод внушения, который благотворно действует на маленьких больных. Внятного ответа, что за метод такой, от нянечки так добиться и не смогли, она постоянно твердила о какой-то старинной рукописи и тайнах мироздания. Судья окончательно припух от подобного заявления и вынес решение об отстранении странного доктора от медицинской практики. А Трегуб темой старинной рукописи заинтересовался и нашел ту нянечку. Она оказалась свидетелем того, как доктор прощался со своими пациентами. Нянечка помогла детей из палаты через окно выпустить. Вот послушайте, как описывает этот душещипательный момент Трегуб, у него тут лирические отступления по всему тексту. —

Трофимов шмякнул на стол книгу, открыл помеченную закладкой страницу, нашел нужное место и, кривя физиономию, начал читать:

«Горьковатый еловый дымок тянулся вверх, к круглому диску луны. Ночь была прохладной и безветренной. С неба падали звезды, отскакивали от горящих поленьев костра на потертые детские ботиночки и туфельки, прятались во влажной траве. Двенадцать пар детских глаз смотрели на него встревоженно и с надеждой.

— Дайте ваши ладошки, — попросил он.

Дети послушно протянули ему худенькие ручки. В каждую ладошку он положил по желтому камешку. В свете костра камешки светились, словно изнутри, и казались маленькими солнышками. Дети возбужденно загудели, разглядывая свои сокровища. Лишь одна девочка осталась серьезной, она была старше и рассудительнее всех.

— Как же мы поймем, что пришло время? — спросила она.

— Нам будет дан знак. Когда среди зимы вырастет зеленая трава, на деревьях набухнут почки, проснутся медведи и птицы вернутся с юга — я вернусь вместе с ними, и мы встретимся здесь снова, в этот самый день. А до тех пор вы должны жить и хранить эту тайну.

— А тетя Вася плакала и говорила, что мы все скоро умрем, — прошептала девочка.

— Она ведь не знает наш секрет, — улыбнулся он, крепко обнял каждого и поцеловал на прощание.

Он шел к станции, с рюкзаком за спиной, и повторял про себя:

— Теперь они не умрут! Не умрут! Не умрут! Не умрут...»

— Ну, как вам история? — Венечку непроизвольно передернуло. — Он детям внушал, что они не имеют права умирать и обязаны жить, чтобы, когда придет время, открыть истину человечеству! Нормально? Ну не бред ли Трегуб написал?

— А что здесь такого ужасного, Вень? — возразила Зотова. — Неужели непонятно, что доктор был неплохим психологом. Возможно, это посвящение и подарки деткам жизнь хоть на какое-то время продлили. Капельки янтаря, как маленькие солнышки, сияют, они теплые всегда, это символы надежды. Он больным детям надежду дарил и внушал колоссальную жажду к жизни, дополнительный стимул, чтобы они боролись с болезнью, вот что делал доктор.

— Да хрен с ним, с доктором! Вернее, согласен с вами, отчасти он все делал правильно. Я, вообще-то, про Трегуба. Он считает, что древняя рукопись о секретах мироздания существует на самом деле! Нянечка ему поведала о том, что она своими глазами видела эту старинную рукопись у доктора: он у нее в доме угол снимал. Эти янтаринки, которые он детям раздал, и есть ключики-шифры к тайнику, где она хранится. Но это еще не все: Константин Аполлонович утверждает, что, когда рукопись предъявят миру, начнется настоящий Апокалипсис: кровопролитные войны и прочие ужасы. Случится это уже очень скоро. Знак открыть истину человечеству уже был дан, и, по мнению Трегуба, это и есть начало конца мира. Во второй половине книги он это пытается доказать.

— «Когда среди зимы вырастет зеленая трава, на деревьях набухнут почки, проснутся медведи и птицы вернутся с юга — я вернусь вместе с ними, и мы встретимся здесь снова, в этот самый день...» В самом деле, очень напоминает минувшую зиму, — удивилась Елена Петровна. — Откуда доктор мог об этом знать?

— Ниоткуда он не мог об этом знать! Назвал от фонаря самую невероятную примету. Кто, блин, в 90-х годах мог предположить подобные климатические катаклизмы в России? Потом, написано не совсем точно: «птицы вернутся с юга». А они вообще офигели и никуда не улетали. Медведи тоже спать даже не ложились. Но в целом все очень похоже: трава среди зимы, почки на деревьях. А у меня на даче аж чеснок попер. А в конце ноября я лисички ходил собирать, чуть подмороженные, но вполне съедобные.

— На какую дату у нас Апокалипсис планируется? — спросила Елена Петровна.

— В ночь с 20 на 21 мая. В ту ночь доктор уехал из города. Через неделю, короче говоря. Вы что, Елена Петровна, верите в эту ерундень?

— В эту ерундень я не верю, но думаю, что имеет смысл с самим Трегубом связаться. Поговори с ним лично. Хочу на материалы дела взглянуть, список пациентов доктора уточнить, в книге, я так понимаю, он имен не называет, мало ли что? К тому же, сегодня я получила распечатку телефонных разговоров Холмогорова, судя по ней, тележурналист неоднократно Трегубу звонил. — Трофимов кивнул, однако лицо его энтузиазма не выразило. — Ладно, давай оставим пока Константина Аполлоновича в покое и тему о тайнах мироздания тоже, — сжалилась Зотова. — Нам нужно доказательства по Цыплаковой собирать. У нас даже официальных показаний ее нет. А без этих показаний слова Воронцовой, опровергающие версию, что у Холмогорова была шизофрения, не стоят и ломаного гроша. Прижать редактора мы не можем. Никаким боком не можем.

— Как нет показаний? — изумился Трофимов.

— А так, она отказалась протокол подписать, ссылаясь на то, что Холмогоров — ее муж и свидетельствовать против него она не будет. Нет, ну какая я дура!

— Да ладно вам корить себя, Елена Петровна. Тут действительно самому впору свихнуться, пока докумекаешь, что к чему. Зачем, к примеру, Цыплакова решила Холмогорова сначала подставить, а потом убить? Что это она такую бодягу развела? Смерть тележурналиста противоречит вообще всему ее плану.

— Не вижу особенных противоречий. Первая наша версия убийства Холмогорова как раз связана с материалами, которые он собирал. Хотя отчасти я с тобой согласна. Я думаю, что Цыплакова изначально не собиралась убивать мужа: она хотела отправить его в психушку и к этому тщательно готовилась. Ирина Белкина отметила, что Холмогоров вдруг стал неадекватным, нервным и очень возбудимым. Она считала, что виной всему внезапная популярность ее друга, перенапряжение. К врачу Холмогоров идти не хотел, упирая на то, что принимает чудодейственное лекарство, которое должно ему помочь. Доктор Воронцова тоже упомянула неизвестное лекарство, которое готовила для Холмогорова супруга. Следовательно, Цыплакова кормила мужа какими-то психотропными препаратами, внушая ему, что это — волшебное средство для повышения потенции. Возможно, она давала ему рисперидон в больших дозах, и проблемы с потенцией у тележурналиста усугубились именно из-за этого. Если бы Холмогоров не проболтался Ирине о своих интимных проблемах и она силком не заставила бы его пойти к доктору, то, не исключено, что Холмогоров по-настоящему свихнулся бы, попал бы в психушку, где его окончательно угробили бы. Артемий перестал принимать препарат, и у него все стало приходить в норму. Однако Холмогоров по каким-то причинам начал избегать жены, и Алена с каждым днем теряла контроль над ситуацией. Сомневаюсь, что Цыплакова была в курсе его визита к сексологу, но она не могла не заметить, что Холмогоров идет на поправку и больше не принимает ее чудодейственное средство. Весь ее план — засадить Холмогорова в психушку — рушился, возможно, тогда у нее и мелькнула мысль его убить. Однако от первоначального плана Цыплакова не отказалась, жаль было — столько труда в подготовку вложила. А вообще, шут ее знает, что у нее на уме было! Что толкнуло Цыплакову на этот шаг, не ясно. Белкина говорила, что Холмогорову свобода понравилась, он погуливать начал, может, в этом и была причина — банальная ревность.

— Прямо-таки птица Феникс. Как она в поезде оказалась? Ясно, что на машине доехала до Смоленска, там купила билет. Но я списки пассажиров просматривал и не видел ее имени.

— Хороший вопрос, Венечка. Очень хороший вопрос! Я даже знаю, кто может на него ответить.

* * *

Проводница Вера раскололась сразу, как только в сопровождении оперативников вошла в кабинет Зотовой. Рухнула на колени перед столом и заголосила на всю комнату, умоляя ее простить. Родственница из Смоленска, которая путешествовала в десятом купе без билета, как и предположила Елена Петровна, оказалась не троюродной сестрой Веры, а щедрым спонсором.

— Я же не знала! Не знала, что все так обернется! Она появилась за минуту до отправления, сказала, что у нее отец заболел и ей срочно нужно в Москву, подписать бумаги на операцию о трансплантации почки. Сказала: любые деньги заплатит. Я, когда трупы обнаружила, к ней прибежала. Она сидит, совершенно спокойная, и мне говорит, что слышала ночью шум и видела, как из четвертого купе мужик выполз и в купе тележурналиста зашел. Описала ну в точности Чуйкова! Я бы, говорит, осталась свидетельские показания дать, но не могу задерживаться, отец умрет. Давай, говорит, сойду пораньше, на ходу, и у тебя, говорит, неприятностей не будет, что ты безбилетницу взяла. Я и не думала, что она убийца. Мамочки, что же теперь будет со мной? Что с дочкой будет? У меня дочка, не могу я в тюрьму! Не могу! Я верну деньги. — Вера суетливо полезла в сумку, выгребла из нее мятые купюры, положила на стол. — Вот, возьмите. Все возьмите, мне ничего не надо!

— Дура безмозглая! — не сдержалась Зотова, резко скинув деньги со стола вместе с бумагами. — Из-за твоего молчания два человека погибли, и еще могут быть жертвы! Ребенок без матери остался, девочка десяти лет! В церковь сходи и свечку поставь! Это чудо, что ты сама еще жива. Дура!

Оперативники замерли с отвисшей челюстью, глядя на Елену Петровну. Зотова никогда не позволяла себе так разговаривать со свидетелями и подозреваемыми. Вениамин тихонечко нагнулся, собрал металлические деньги и бумажки...

— Трофимов! — рявкнула Елена Петровна. Опер, вздрогнув, выронил все, что собрал, из рук. — Что это вы все такие нервные, боже мой! Давайте, ребятки: я к прокурору и в суд, а вы мне Цыплакову за это время из-под земли достаньте! Опознание будем проводить. Приготовься, Вера, тебе скоро представится шанс искупить свою вину.

* * *

Вера искупила свою вину сполна. Указала на опознании на Цыплакову. Алена чуть заметно улыбнулась и кивнула, словно поклон отвесила.

Цыплаковой зачитали обвинение и проводили ее в комнату для допросов. Алена вела себя спокойно и свою вину не отрицала. По ее осунувшемуся, постаревшему лицу было видно, как она устала. Зотова попросила всех выйти, осталась с Цыплаковой наедине, настроилась на задушевную беседу.

— Зачем, Алена? — тихо спросила Елена Петровна.

Цыплакова пожала плечами, на лице ее мелькнула улыбка.

— Артем был мой. Я его сделала, я его и разрушила. Я его сделала... Умница, интеллектуал, эрудит, симпатичный мужик, душка, успешный журналист — всего за пару лет он пленил своим обаянием миллионы женщин, которые таращатся в голубой экран на каждом эфире, забывая о своей семье, детях, мужьях и домашних хлопотах. Девушки, тупые дуры, которые ни черта не смыслили в темах передач, с восторгом пищали о нем в своих блогах и оставляли восхищенные комментарии на форумах, заваливали его мейл письмами с признанием в любви! Мужчины обсуждали передачи в своих ЖЖ и на тусовках. Темку рвали на части телеканалы, предлагая ему стать ведущим в новых проектах. О нем писали глянцевые журналы, популярные газеты брали у него интервью, приглашали принять участие в умных дискуссиях. Интервью он давал только по «мылу», ссылаясь на свою занятость. От участия в дискуссиях отказывался, уверяя всех, что не любит спорить. А знаете почему? — Алена рассмеялась. — Потому что он — ноль! Если бы не я, он по-прежнему работал бы в какой-нибудь тухлой программе районного кабельного канала и вещал о школьных соревнованиях и проблемах благоустройства дворов! Вершиной его журналистского творчества стало интервью с главой местной управы в преддверии Дня города.

Я сделала из него звезду. Если бы вы знали, как тяжело было уговорить продюсеров запустить этот проект и поставить Холмогорова, никому не известного репортера, ведущим на ОРТ. Я упирала на его харизму, которой и вовсе не было. Я настаивала на его интеллекте и совала в рожу продюсерам пробные кассеты с его репортажами, которые готовила сама. Я придумала ему имидж. Все получилось — проект запустили, рейтинг передачи рос с каждым днем. Мне удалось добиться золотой середины, сделать передачу интересной и для интеллектуалов, и для попсы. С экрана на всех смотрел обаятельный мужик, умница и интеллектуал, но никто не знал, что полемику с гостями веду я, а не Холмогоров! Он лишь внимательно прислушивался к каждому моему слову, которое я шептала ему в микрофон. Ну что? Ловко я всех вас разводила?

— Гениально, я бы даже сказала, — пошла ей навстречу Зотова. Елена Петровна хотела подбодрить Цыплакову, чтобы она не спряталась в раковину. Психологию убийц такого типа следователь прекрасно знала, рассказать о своих подвигах для них очень важно, но любое неосторожное слово может замкнуть их навсегда. — Что же произошло между вами? Холмогоров вас обидел чем-то?

— Обидел? — Алена зло усмехнулась. — Слава вскружила ему голову, и он одурел! Свихнулся от звездной болезни. Решил, что стал самостоятельным мальчиком и может легко обойтись без меня. Он перестал меня слушать, игнорировал советы, в одной программе демонстративно вытащил из уха микрофон и начал лепить такую ахинею и отсебятину, что герой программы растерялся. А потом Холмогоров вовсе решил отодвинуть меня в сторону. Начал сам собирать материал, когда я вызвалась ему помочь, разозлился, что я сую нос в его дела. Его дела! — вспыхнула Алена. — От начала до конца это была моя идея, но Артем об этом вдруг забыл! Он, как маленький, вообразил, что вырос, и поверил в собственные фантазии. Неблагодарный ублюдок, возомнивший, что он — пуп земли! Ради него я дала ему свободу, и он этой свободой прекрасно воспользовался, стал изменять мне со шлюхами. Одна из них жестоко поплатилась за это.

— Убитая была любовницей Холмогорова? Он пользовался ее услугами?

— Разве это важно? — искренне удивилась Алена. — Какая разница, спал он с ней или нет? Шлюхи — не люди, они разносчицы заразы, и их надо истреблять, как крыс. Я нашла ее анкету на одном из сайтов в Интернете, — усмехнулась Цыплакова.

Зотова вспомнила рассказ о матери Цыплаковой: мать ремнем вдалбливала эти истины в голову дочери, нет ничего удивительного в том, что Алена выросла с такими «моральными» ценностями. Знала бы ее мать, что она выбила ремнем из своего собственного ребенка душу!

— Что было дальше? — спросила Елена Петровна.

— Шлюха приехала ко мне, я сказала, что хочу разыграть своего друга. Что он немного с приветом, собирает материал для новой программы и ищет уникальных людей. Попросила, чтобы она разыграла маленький спектакль. Девушка сначала напрягалась сильно, но когда узнала фамилию клиента — расслабилась и согласилась. Обрадовалась даже. Я позвонила Холмогорову и сказала, что нашла потрясающую героиню для новой программы. Что сейчас к нему приеду с девушкой, одной из обладательниц ключа-шифра.

— Откуда Холмогоров о посвященных узнал? Из книги Трегуба?

— Да, я у него эту книгу случайно оставила. С этого, собственно, все и началось. Артем книгу прочитал и загорелся идеей найти эту рукопись. Ну вот, я ему немного помогла.

— Рукопись на самом деле существует?

— Даже если и существует, то никто ее не найдет.

— Почему?

— Потому что до сих пор этого не произошло, — ответила Алена. — Мы приехали, девушка поднялась в квартиру первой, я немного задержалась. Поднялась попозже, на случай, если вы будете опрашивать соседей. Девушка оказалась хорошей актрисой, сделала все так, как я просила. Наплела ему вагон чуши, умоляла спрятать ее, потому что ей угрожает опасность, сказала, что отдаст ему ключ, когда будет уверена в своей безопасности. Холмогоров повелся, я сказала, что у меня есть укромное местечко на примете. Поехали.

— Соседке напротив вы звонили?

— Все-то вы знаете, все понимаете. Умная вы женщина, Елена Петровна! Провести вас очень сложно. Как вы меня вычислили? Белкина помогла, перед тем как отправиться на небеса? Какая нелепая осечка! Я думала, что найду в квартире уже остывший труп. Не очень удачная идея убивать ее дома у Холмогорова, но у меня другого выхода не было.

После ссоры, которая между нами случилась, Ирина даже разговаривать со мной по телефону не желала, трубку сразу вешала. Рисперидон для этих целей не годился, поэтому я раздобыла цианид.

— Где вы взяли яд?

— Купила через Интернет. Столько мучений, и все было напрасно, — расстроилась Цыплакова. — Белкина успела с вами переговорить и все вам рассказать. Тварь, ненавижу ее, со дня свадьбы ненавижу! Мажорка! Всю жизнь как сыр в масле каталась, родители над ней тряслись, пылинки с нее сдували. Белочка то, Белочка се! Плыла по жизни, не напрягаясь, все у нее было, ни в чем не нуждалась — деньги, работа для души, муж, ребенок, а она никак успокоиться не могла, что Холмогоров меня выбрал.

— Почему у вас детей с Артемием не было?

— Здоровье у меня слабое, дурная наследственность. Странно, что Белкина не успела вам об этом поведать. Все доложила, а об этом не рассказала.

— Я в любом случае вас вычислила бы, рано или поздно. Например, по вашим оговоркам. Рядом с деревней Петрушево есть всего один продуктовый магазин — возле заправочной станции. Расположен он с другой стороны дороги. Вы сказали, что никогда не нарушаете правила, а чтобы попасть к магазину, вам нужно было либо доехать до перекрестка, чтобы развернуться, а он довольно далеко расположен, либо пересечь две сплошные полосы. Значит, продукты вы купили, когда ехали из деревни, а не в деревню! Вы привезли Холмогорова с девушкой и уехали за продуктами, а потом вернулись.

— Браво! — Алена хлопнула в ладоши. — Все было именно так. Я вернулась с продуктами, но без машины. Бросила ее недалеко от деревни, в лесу. Сказала Холмогорову, что машина сломалась, а техпомощь прибудет только к утру. Артем разозлился и уехал домой на электричке, ему надо было рано вставать с утра, вещи собрать. На это я и рассчитывала. Я осталась наедине со шлюхой. Девке пришлось ждать техпомощь вместе со мной, в халате на электричке обратно не вернешься. Я приготовила ей чай, вылила в него полфлакона рисперидона. Спустилась в подвал, попросила ее помочь. Когда все было кончено, я уехала. Однако я не ожидала, что ее так быстро найдут, и немного растерялась, когда меня вызвали в прокуратуру.

— После разговора со мной вы сели в машину и поехали в Смоленск?

— Да.

— Где вы взяли пистолет?

— Купила. Таким же способом, как цианид.

— Где сейчас пистолет?

— Я его выкинула.

— В каком месте?

— Не помню. В реку бросила.

— Какую реку?

— Оку.

— Назовите конкретное место.

— Не помню.

— Что стало со свидетелем?

— Со свидетелем? — рассеянно спросила Алена.

— С Николаем Чуйковым, он был случайным свидетелем убийства Холмогорова, — уточнила Зотова.

— Не знаю. Я устала, мне нужно отдохнуть.

— Алена, сосредоточьтесь. Ответьте, пожалуйста, Николай Владимирович жив? Вы передумали его дальше преследовать?

— Наверное... Да, передумала. Можно воды? — Цыплакова болезненно сморщилась, согнулась и схватилась за живот. — Воды, пожалуйста, дайте. И таблетки. Вы у меня забрали сумку, там таблетки от язвы. Иначе я загнусь у вас в кабинете.

Зотова нехотя поднялась, налила воды из графина, передала Алене стакан, нашла в сумке таблетки, достала одну капсулу и передала Цыплаковой.

— Спасибо, — Алена трясущейся рукой положила капсулу в рот, — Зотова встретилась с Цыплаковой глазами и похолодела — в глазах Алены отражалась смерть.

— Алена, спокойно! Алена, не делай этого! Не нужно этого делать! — Елена Петровна выбила у Цыплаковой из рук стакан с водой. Он упал на пол и покатился к двери, стукнулся о косяк, откатился немного назад и замер. — Алена, не делайте глупостей.

— Глупостью было бы оставаться здесь, где меня ничего не держит. Он там, а я — тут! Вы же умная женщина, Елена Петровна, вы должны меня понять. Все хорошо сложилось, отличную услугу она мне оказала. В этой жизни Холмогорову я была не нужна, но теперь я снова буду с ним. Пусть будет так, — усмехнулась Цыплакова и раскусила капсулу.

Елена Петровна позвонила в «скорую», сообщила о происшествии в прокуратуру и набрала другой номер.

— Отбой, ребятки, наблюдение за объектом больше не требуется, — тихо сказала она в трубку. — Отбой...

Все закончилось, но почему-то идти с Варламовым в самый лучший ресторан ей не хотелось. Не хотелось ничего. Только что она убила человека: дала ей яд собственной рукой. Цыплакова вновь ее провела, легким движением руки сделала из нее убийцу. Впереди внутреннее служебное расследование. От работы ее отстранят, дела объединят в одно и передадут другому следователю. Это хорошо, отдохнуть ей не помешает. А может, и вовсе уволят? Еще лучше. В ее крови — передоз от смертей, и среди них лишь одна, не лишенная смысла. Вспомнилось вдруг стихотворение Алены, напечатанное в малотиражной газете: «Мне бы лодку добыть и уплыть к берегам неизведанным, где на солнце сады цветут, в облаках грибы растут, а по воздуху плавают рыбы. Мне бы лодку добыть и уплыть к берегам неизведанным, чтобы в небо упасть, среди звезд танцевать, светом лунным наполнить грудь и найти свой путь...» Да... каждый выбирает свой путь. Алене Цыплаковой на этом свете оставаться было незачем. Разве что для того, чтобы объяснить, с какой целью Холмогоров ездил в Берлин. Где она взяла рисперидон? Почему при первой беседе назвала в качестве лечащего психиатра Холмогорова доктора Соланчакова? И откуда у простого редактора такие обширные познания в области психиатрии?

ЧАСТЬ II

Глава 1

КОРОЛЕВСКИЙ ЗАЕЗД

Весна распускалась бутонами вишен и яблонь, цвела на зеленых стриженых газонах яркими пятнами тюльпанов, лелеяла глаз бархатом сирени. Варламов не обманул: натура вокруг отеля «Кантри Парк» была потрясающая. Пять корпусов пансионата располагались на берегу реке в окружении сосен. Густой воздух, наполненный запахами хвои и сочной стриженой травы, заполнил легкие, как только Лиза вышла из машины. Скользнув взглядом по окнам главного корпуса, Барышева отошла на несколько шагов от «Лексуса» и мысленно щелкнула кинохлопушкой.

Муська с грацией тигра выпрыгнул из машины, открыл дверь для Варвары, подал ей руку. Как она выходила! Сначала показалась ножка, обутая в изящную туфельку на шпильке, затем рука — она легла на ладонь поп-звезды Романова, и наконец появилась она сама — богиня! Маленькое черное платье, яркий макияж, в носу ностpила, как капелька, переливающаяся на солнце. Убиться о стенку! Варвара, правда, в бутике сопротивлялась, пытаясь прикинуться протестующим подростком, напялить гриндерсы, рва-

ные джинсы и свободную рубашку, но Лиза отстоя-
ла свою позицию. Сочетание стилей, утонченного и
провокационного, должно было сразить всех наповал. Так и вышло: раззявив варежку, на Варвару таращились двое остолбеневших особей мужского
пола. Особи женского пола, сопровождавшие това-
рищей, пялились во все глаза на Романова. Это был
фурор!

Романов достал из багажника дорожную сумку,
нежно обнял Варю за талию и повел ее к дверям
пансионата. Вдруг он остановился и уставился куда-
то вверх. Лиза проследила за направлением его
взгляда — в одном из окон, прилипнув лбом к стеклу, стоял мачо Алеша с открытым ртом. Есть контакт, обрадовалась Лиза и поторопила Романова.

— Муся, не тормози, быстро веди Варьку на ре-
сепшн.

— Красивый мужик, — вздохнул Романов.

— Как он здесь оказался?! — Варвара посмотрела вверх, вырвалась из объятий Романова и помчалась обратно к машине.

— Такую сцену запорола, истеричка! — в сердцах бросила Барышева и направилась к подопечной.

Муська растерянно остался стоять на месте,
уронив сумку на дорожку. Варвара, безуспешно по-
дергав двери «Лексуса», разревелась и уселась на га-
зон, платье у нее некрасиво задралось, оголив худые
колени. Романов пришел в себя и бросился к Варваре, неуклюже начал ее поднимать.

— Сделай вид, что ты виноват, и проси прощения, — сквозь зубы процедила Лиза, чтобы как-то исправить положение. Муська кивнул, бросил Варвару и рухнул перед Барышевой на колени. — Да не у меня, тундра дремучая! — заорала Лизавета Степановна. — У своей девушки!

— Понял. — Романов развернулся на коленках и склонил голову перед Варварой. Выглядело это очень комично.

Варвара перестала плакать, погладила Муську по голове и прыснула. Лиза нервно хихикнула. Романов, сдерживая смех, покраснел, как степной мак. Варю прорвало первой, она весело расхохоталась, и через минуту вся троица лежала на газоне и ржала на весь пансионат.

В двери отеля «Кантри Парк» они ввалились, продолжая веселиться. Получив ключи, поднялись в апартаменты. Интерьер не отличался оригинальностью и шиком, но выполнен был вполне со вкусом. Оригинальных интерьеров Лиза с некоторых пор побаивалась, поэтому обрадовалась, что в номере уютно и просто. Апартаменты включали в себя две спальни, гостиную, ванную с гидромассажем и крошечную кухоньку. Балкончик тоже радовал. Остальные «удобства» — телевизор, телефон и мини-бар — Барышеву не заинтересовали. Они сюда не телик приехали смотреть, а свое кино показывать. Знать бы еще, кто оплатил их праздник жизни и наблюдает за ними. А может, лучше не знать? Варламов — ладно, он профи, когда Лиза думала о нем, то никаких гнусных мыслей в голову не лезло. Но как только она пыталась себе представить богатого придурка, который заказал это шоу для личного просмотра и таращится на них в экран, то становилось отчего-то мерзко. Чтобы компенсировать неприятные ощущения, Лизавета Степановна решила ни в чем себе не отказывать и оторваться на полную катушку.

— Так, что у нас тут интересного из развлечений. — Лиза взяла со столика путеводитель по пансионату и уселась на диван.

Варвара присела в кресло, поглаживая свою лысую голову то в одном, то в другом направлении.

— Прическу испортишь, — пошутил Муська и удалился на балкон, его, как человека подневольного, мало интересовали развлечения.

— Хороший парень, — улыбнулась Варвара.

— Ага, Муська — просто класс, — согласилась Лиза. — Но ты лучше скажи, что тебя вдруг обратно в машину понесло? Твой мачо чуть стекло лбом не продавил, когда тебя увидел. Хорошо, что оно закрыто было, иначе он выпал бы и натурально пал к твоим ногам, поцеловав мордой асфальт.

— Если бы я его лысым увидела, то тоже бы из окна выпала.

— Ты себя недооцениваешь. Увереннее нужно быть. Запомни, ты — королева! Нимфа! Чаровница! Красавица! Запомнила?

— Запомнила, — усмехнулась Варя. — Я на свете всех милее, всех румяней и белее.

— Да, подзагореть бы тебе не мешало немного, — критично глянув на Варвару, заметила Лиза. — Жаль, что солярий тебе противопоказан, — вычеркиваем. Сауна не желательна — вычеркиваем. Тренажерный зал... родишь еще, на фиг оно надо, — вычеркиваем. Блин, как же беременной тяжко быть! Ничего нельзя, кроме как жрать. К счастью, у нас тут аж три кабака: харчевня, ресторан и бар.

— Ой, не говори мне про еду, — зажала ладошкой рот Варвара.

— Вычеркиваем! — испугалась Лиза. — Остается бассейн с аквагорками, прогулки на свежем воздухе и стрельба в тире. В общем, так, переодевайся в купальник, и пошли плавать. Надо же продемонстрировать Алеше твою потрясающую татуировку на плече.

— Я не хочу, я плохо себя чувствую, — заныла Варя.

— Надо! — тоном, не терпящим возражений, заявила Лиза.

— А вдруг татушка смоется, — нашла еще один повод отказаться Варвара.

— Ничего не смоется, это тебе не китайская аппликация из киндерсюрприза. Три недели будет держаться мертво, — пообещала Лиза, соскочила с дивана, устремилась на балкон и, сложив ладони рупором, крикнула во все горло: — Романов, мы идем купаться!!! — Муську звуковой волной отбросило в сторону.

— Ты че, Барышева, очумела! Контузию мне реально сделала, — поковыряв пальцем в ухе, ошарашенно вытаращился на нее Романов. — Я не глухой, между прочим. Был.

— Тихо, — приложила пальчик к губам Лиза и добавила заговорщическим шепотом: — Это был призывный гонг. Для самцов.

— Понял, улыбаюсь, пошел переодеваться в самые красивые плавки, — оживился Романов и усвистел в спальню.

Спустя пять минут троица, кинув белоснежные махровые халатики и вооружившись полотенцами, направила свои стопы к бассейну. Похоже, гонг прозвучал достаточно громко — в изумрудной воде бассейна плескалось с дюжину мускулистых атлантов. Большинство из них с интересом поглядывали в их сторону.

— Слушайте, да тут просто рай на земле какой-то, — ошеломленно сказала Лиза, замерев у бортика. — Кругом одни мужики! Пока мы сюда шли, я штук десять насчитала. Откуда они все понаехали?

— Конференция какая-то тут. Я у ресепшена объяву видел, — просветил ее Муська. — Гляньте, девочки, Алеша тоже тут. Рядом с раздевалкой притаился, — прошептал Романов, как хозяин, хлопнул Варю по попе, потрепал по щеке, легким движением руки скинул с себя халат, расправил грудь и нырнул в воду, забыв снять резиновые шлепки.

— Ну все, Романова мы потеряли, — трагично

вздохнула Лиза и нырнула вслед за Муськой, подняв мощный фонтан брызг.

Варвара решила не рисковать и спустилась в воду по лестнице.

* * *

— Степан, долго еще ехать? — кокетливо спросила Лариса, заправив за ушко прядь светлых волос.

— Почти приехали. — Барышев покосился на молодую женщину, сидящую рядом с ним на переднем сиденье его «Ауди». — Волнуешься? — спросил он.

— Совсем нет, — улыбнулась Лариса. — Можно мне покурить?

— Окошко только открой, — попросил Степан и сосредоточился на дороге. До пансионата «Кантри Парк» оставалась пара километров. Лариса закурила, нервно выдувая дым в окно и роняя пепел на свою полосатую юбку. Волнуется, подумал Барышев, еще бы не волноваться, в первый раз, как-никак. — Главное, расслабься, — решил поддержать женщину Барышев и вдруг почувствовал, что сам нервничает. Как бы не опозориться, она так молода и неопытна. Не хотелось бы, не хотелось... — Дай мне тоже сигарету, — попросил Барышев.

— У меня только дамские, с ментолом.

— Без разницы, дамские-фигамские, — отмахнулся Степа. Лариса протянула ему сигарету и подержала зажигалку, пока он прикуривал. Барышев сделал затяжку, скривился и выкинул сигарету в окно. — Как ты эту дрянь куришь? Жвачка с никотином. Мерзость! Купи себе нормальные сигареты, — выругался Степан.

Лариса тут же затушила свою сигарету и всю оставшуюся дорогу испуганно на него поглядывала.

— Надеюсь, жить мы будем в отдельных номерах? — словно невзначай уточнила Лариса.

Степа с удивлением на нее посмотрел, но промолчал. Молодая и глупая, подумал он, протягивая охране на въезде в пансионат путевки.

— Третий корпус, — сообщил секьюрити. — Поезжайте прямо, потом направо и в него упретесь, он в сторонке от всех корпусов.

Оформились быстро. Проводив Ларису в номер, Степан не стал смущать ее своим присутствием, чтобы она могла нормально отдохнуть с дороги, и пошел к себе. Бросил вещи на кровать, вышел на балкон, сладко потянулся и рухнул в шезлонг. Устал он за эту неделю, очень устал, но никогда еще Барышев не был так счастлив. Варламов не обманул, в первый же день запуска проекта дочь оставила его в покое. Степа понятия не имел, что придумал режиссер и чем он Лизу занял. Иван Аркадьевич сразу же предупредил, что он не потерпит вмешательства. Барышев и не вмешивался. Главное — задумка режиссера работала! Правда, суммы со счета утекали колоссальные, это немного расстраивало, но свобода была Степе дороже. Свобода... Это слово ласкало слух. Барышев блаженно улыбнулся и закрыл глаза, нежась в теплых солнечных лучах. Правильно он поступил, что выбрал дальний корпус, хотелось насладиться пением птиц и послушать мелодичные подпевы реки. В главном корпусе было слишком шумно, там проходила конференция, находился спортзал, бассейн с аквапарком, бар и прочие места для проведения досуга, но он ведь не развлекаться сюда приехал. Как там, интересно, Лариса? Настроилась или нет? Барышев посмотрел на часы: можно было позволить себе поваляться на балконе еще часик. Солнце припекало, потянуло в сон, навалилась дрема.

— Ро.. мы... шли... ться!!! — эхом разнеслось по пансионату.

Барышев вздрогнул, открыл глаза и сел, как сурок, «сложив лапки» у груди и напряженно прислушиваясь. Показалось, что он услышал голос... голос дочери! Степа потряс головой и вытер холодный пот со лба. Похоже, он перегрелся и получил солнечный удар. «Глюки уже начались. Или паранойя!» — испугался Степан, метнулся в номер, схватил пакет с плавками и шлепками и рванул в главный корпус, в бассейн, чтобы охладить мозги. По дороге вспомнил, что забыл предупредить Ларису, но возвращаться было лень.

Народу в бассейне было, как головастиков в пруду. Визги, всплески, смех. Барышев ворвался в раздевалку, сорвал с себя одежду и с разбега рыбкой нырнул в воду. Вода приятно остудила тело, ощущение было такое, словно за спиной крылья выросли, мозги мгновенно пришли в норму. Достав до дна рукой, Степа вынырнул и... камнем пошел обратно ко дну. «Этого не может быть, — печально думал Степа, выпуская изо рта пузыри. — Не может!» Всплывать не хотелось, но инстинкт самосохранения поднял его на поверхность. Все еще надеясь, что у него случилась галлюцинация, Степа, отплевываясь, открыл глаза. Нет, это была не галлюцинация — из воды торчала вполне реальная голова его дочери.

— Здравствуй, папочка, ты здесь один или с дамой? — мило улыбнулась Лиза.

Рядом с Лизаветой вынырнула еще одна голова.

— Здравствуй, милая лысая девочка, — сказал Барышев.

— Степан! — крикнул кто-то с бортика, и в воду плюхнулось что-то тяжелое. Барышев изменился в лице.

— А вот и дама. Ну-ну, — мстительно сверкнув глазами, прошептала Лиза.

— Оставь своего отца в покое, Лиза. Он не маленький мальчик, — неожиданно подала голос Варвара. — Я буду в номере, — сказала она и быстро поплыла к бортику.

— Варь, подожди! — крикнула Лиза.

— Ее зовут Варя? — приподнял брови Барышев. — Надо же, какое редкое русское имя!

— Даже не смотри в ее сторону, бабник чертов! Она девушка приличная, тебе не чета, кувыркайся со своими куклами силиконовыми, — хлопнула рукой по воде Лиза и поплыла за Варварой.

— Как с отцом говоришь! — в свою очередь со всей силы хлопнул по воде Барышев, случайно притопив Ларису, которая вынырнула как раз под его ладонью.

— Какой вы неловкий, Степа, — игриво сказала Ларочка, потирая макушку и одновременно демонстрируя ему свой пышный бюст.

— Какой я тебе Степа! — рявкнул Барышев, заигрывания сотрудницы его уже порядком утомили. — Степан Сергеевич, поняла? Ты что — сюда отдыхать приехала? Ты работать сюда приехала! Иди доклад зубри, плохо выступишь — уволю! Не посмотрю, что у тебя красный диплом МГУ и MBI.

Бросив ошарашенную сотрудницу, Барышев кролем проплыл бассейн туда и обратно и направился в душ. Настроение у него было хуже некуда. В роковые совпадения Степан Барышев не верил: приглашение на конференцию пришло совершенно неожиданно. Степа даже подготовиться толком не успел, но было приятно, поэтому он и согласился. Девочку с образованием нанял, чтобы она ему задним ходом технологии продвижения его кафе-кондитерских расписала, по-научному все обосновала. Он ведь не силен был в научных терминах. Выходит, это Варламов все подстроил? Подставил за его же собственные деньги! Барышев сжал кулаки: в данную минуту ему страстно хотелось придушить режиссера, и этим Степа собирался заняться сразу после конференции.

* * *

— Варь, ну что ты такая кислая? — потянула ее за рукав Лиза. — Плохо себя чувствуешь, да? — Подопечная лежала на кровати, уткнувшись носом в подушку, и Лиза никак не могла ее расшевелить.

— Твой папаша назвал меня лысой! — оторвав нос от подушки, эмоционально выкликнула Варя и вернулась в исходное положение. Лиза кашлянула.

— Варь, как бы тебе это... Но ты ведь... Это самое, и есть... лысая, — тактично напомнила Лизавета.

— Все равно, твой отец... он... хам, — буркнула Варвара.

— Интересное дело, — возмутилась Лиза, — если ты лысая, то почему тебя нельзя так называть?

— Потому что... потому что... тебя ведь никто не называет волосатой. — Варвара шмыгнула носом.

— Ну хорошо, я ему скажу, чтобы он тебя больше так не называл. Если он здесь еще, а не сбежал со своей подружкой. Ты, главное, не расстраивайся так сильно, — мягко попросила Лиза. Она слышала, что беременные очень впечатлительны, но не думала, что настолько. — Варь, может, пойдем перекусим? Ты со вчерашнего дня ничего не ела.

— Не хочу, — упрямо заявила Варвара.

— Так, вставай, и пошли.

— Не пойду. Иди одна.

— Пойдешь.

— Нет.

— Эгоистка! — заорала Барышева. — Разлеглась тут, понимаешь, а ребенок голодает и безотцовщиной растет. Быстро встала, привела себя в порядок и пошла жрать!

Жуткое дело — исполнять роль Ангела, подумала Лизавета Степановна и вытряхнула из дорожной сумки короткое темно-красное платье с высоким лифом и широкой юбочкой, туфли а-ля школьница, тоже красные, и длинные полосатые гольфы. Видно, в детстве она не наигралась в куклы, потому что наряжать подопечную Лизе очень нравилось.

— Алеша будет доволен, — поправив Варваре макияж и оценив ее внешний вид, сообщила Лиза. — Настала пора вступать с ним в тесный контакт.

— Я уже в тесный контакт с ним вступала, — мрачно сообщила Варя. Несмотря на все Лизины усилия, подопечная по-прежнему пребывала в унынии и сама не предпринимала никаких действий, чтобы стать счастливой. Клуша бестолковая. К тому же куда-то испарился Муська, гад такой.

Дверь распахнулась, и в номер ворвался возбужденный Романов.

— Вспомнишь дурака... — покачала головой Лиза.

Муська расцеловал девушек и бросился в спальню, потом в ванную, опять в спальню и, наконец, предстал перед ними во всей красе и при полном параде — в свободной ярко-синей рубахе, небрежно расстегнутой на груди, и светлых льняных штанах. Волосы Романова, красиво уложенные, блестели от геля, голубые глаза сияли, на губах играла загадочная улыбка. По номеру расползлось ароматное облако изысканного парфюма и дорогого крема для бритья — Муська был неотразим. Похоже, посещение бассейна не осталось без последствий, Романов запал на кого-то из мускулистых атлантов и теперь мечтал произвести на него впечатление. Скоро Муся огребет по своей греческой сопатке, заранее посочувствовала другу Лиза. Когда Романов воспламенялся чувствами, то по каким-то непонятным причинам забывал брать в расчет, что далеко не все мужчины могут ответить ему взаимностью. Тем более когда предмет страсти отдыхает не в гей-клубе, а в элитном пансионате, где проходит деловая конференция. Били Романова довольно часто, но горбатого, что называется, могила исправит.

— Ну что, девочки, идем обедать? Что-то очень есть хочется, — нетерпеливо поинтересовался Муська и подмигнул Варваре. — Варь, ты восхитительна, красный цвет тебе идет. Глаза сразу такие зеленые-зеленые стали, как у ведьмы, — отвесил он ей комплимент по ходу дела.

— Спасибо, — сверкнула зелеными-зелеными глазами Варвара и взяла Муську под руку.

Блин, озадаченно подумала Лиза, как бы Варвара в Романова не перевлюбилась. Рассказать подопечной о нетрадиционной ориентации своего друга Барышева не догадалась. Совершенно вылетело из головы. В их компании все об этом знали, но Варя ведь была не из их компании. Очень оригинальный сценарий в этом случае получится, только без хеппи-энда — безответная любофф беременной бабы к гею, безответно влюбленному в менеджера по рекламе. Феллини отдыхает!

Дурдом, вздохнула Барышева, нацепила на нос темные очки и ногой захлопнула дверь в номер.

* * *

Обед уже начался. В ресторанчике, стилизованном под американское ранчо, народу было полно и царила атмосфера праздника. Между массивными столами из мореного дуба сновали радостные официанты в ковбойских шляпах, клетчатых сине-белых рубашках, красных платочках на шее, джинсах и «казаках». Звучали веселые мелодии банджо.

В центре зала располагался длинный шведский стол с массой самых разнообразных блюд. Божественно пахло жареным мясом, приготовленным на гриле, и чесночными гренками. От аппетитных запахов кружилась голова, кажется, даже у Варвары потекли слюнки.

Они наполнили тарелки изысканными салатиками и овощами, заняли один из столиков, заказали напитки.

— Может, он в баре квасит? — сунув в рот маринованный грибок, а следом за ним и рулетик из ветчины, предположила Лиза. Варвара рассеянно пожала плечами, воткнула вилку в фаршированный помидор и отодвинула тарелку от себя. — Ешь давай! У тебя анемия уже начинается, даже сквозь пудру и румяна бледность просвечивается, — разозлилась Лиза и снова придвинула тарелку к подопечной. — Не переживай. Никуда твой Алеша от нас не денется. Сейчас пожрем и отправимся на поиски твоего возлюбленного.

— А давно у вас с Алексеем Колышевским роман? — невзначай поинтересовался Муська.

— Ты его знаешь? — удивилась Варвара.

— Кто ж его не знает, — вздохнул Романов. — Он же звезда.

— Да, звезда мыльных опер первой величины, — хохотнула Лиза. — Кстати, вот он! Явился, не запылился. Офигенный какой! — добавила она с придыханием.

— Где? — обернулся Муська. Синхронно с ним в сторону входа посмотрели все дамы, обедающие в ресторане.

Посмотреть было на что. Даже неотразимый Романов мерк по сравнению с красотой мачо Алеши. Высокий, плечистый, ярко-синие рваные джинсы, белая рубашка, как и у Муськи, распахнута на груди, из расстегнутого ворота выглядывает темная поросль волос, на красивом загорелом лице легкая небритость, черная шевелюра в художественном беспорядке, загадочный, чуть рассеянный взгляд. Единственная дама, которая восприняла явление Алексея народу без восторгов, была Варвара. Она лишь втянула голову в плечи и принялась усиленно делать вид, что с аппетитом ест.

— Так, освобождаем посадочную полосу. Романов, быстро иди мыть руки, — скомандовала Лиза. — А я пойду горячее возьму.

— Не надо, — пискнула Варвара, но Лизавета схватила Муську за руку и, как маленького, повела в клозет.

Колышевский заметил Варю, сидящую в одиночестве, некоторое время размышлял и наконец подошел к столику. Лиза тем временем, накидав со скоростью света в тарелку еды, вернулась, пристроилась за спиной Алексея и начала строить рожи и посылать Варваре невербальные знаки, чтобы подопечная никуда не отпускала своего возлюбленного.

— Привет, не ожидал снова свидеться! — весело воскликнул Алексей. — Тебе идет эта прическа. Ваще, в натуре, другая стала. Даже сразу не признал. Прикольно выглядишь.

— Спасибо, — улыбнулась Варя, улыбка получилась похожей на предсмертную судорогу.

— Не ожидал тебя здесь встретить, — как попугай повторил Алексей. — Это самое... Как тесен этот мир, в натуре, да? — хохотнул он. Варвара ответила ему нервным смешком. — Ну чего? — спросил он.

— В каком смысле? — сквозь зубы поинтересовалась Варя.

— Да просто спросил. Я чего-то не понял, че дальше делать? — озадачился Колышевский, переминаясь с ноги на ногу. Варвара сделала страшные глаза, и цвет ее лица слился с колером платья. — А, понял, мне надо уйти? Ну че, тогда пока? — Варя нервно кивнула, Алексей пожал плечами, развернулся, как солдатик, на пятках и попал в жаркие объятия Лизы.

— Боже мой! — заорала она на весь зал и грохнула полную тарелку на стол. — Боже мой, неужели! Тот самый Алексей Колышковский! Невероятно!

— Колышевский, — поправил Лизу Алексей. — Мы че, знакомы?

— Не знакомы, но я просто жажду познакомиться. Я ваша горячая поклонница. Очень горячая. Видела вас в сериале. Как его... «Помоги себе сам»! Вы были великолепны! Какая игра! Вы талант! Настоящий талант! Это несомненно. Пожалуйста, составьте нам компанию. Прошу вас, позвольте мне угостить вас пивом.

— Пивом? А чего, можно, — обрадовался Колышевский. — Щас только харчей в тарелку накидаю и вернусь, — сообщил Алексей и направился к шведскому столу.

Лиза плюхнулась на лавку и озадаченно посмотрела на Варвару, щеки у подопечной по-прежнему полыхали.

— Отличный парень! — льстиво отозвалась Барышева.

— Угу, — кивнула Варя, хлопая глазами, чтобы не расплакаться.

Алексей вернулся, но разговор потух, не успев начаться. Лиза отвесила ему еще парочку комплиментов и выдохлась. О чем говорить с будущей звездой отечественного «сериалостроения» дальше, она понятия не имела. Варя по-прежнему молчала. Колышевский с большим аппетитом кушал и заглядывал Лизе в глаза, ожидая очередной порции восхищения его бесспорным талантом. На Варвару он даже не смотрел! Варя вновь разжечь потухший костер чувств и завладеть его вниманием даже не пыталась, никакой активности не проявляла. «Наглость какая, — подумала Лиза. — Я тут, понимаешь, стараюсь изо всех сил соединить узами Гименея эту пару, просто созданную друг для друга... А они так себя ведут! Ну и пожалуйста», — обиделась Лиза и пошла за новой порцией нежных бараньих ребрышек и свиных отбивных. К счастью, из туалета наконец вернулся Романов, и беседа за столом ожила. Алексей с Романовым нашли общий язык сразу, начали трендеть о творческой богеме, сплетничать и перемывать знаменитостям косточки. Муська по ходу дела отпускал комплименты Колышевскому, мачо Алеша благосклонно их принимал.

Пусти козла в огород, раздраженно подумала Лиза и покосилась на Варвару. Подопечная сидела за столом с таким лицом, словно у нее болят все зубы разом. Бедная девочка, посочувствовала Барышева и решила прекратить это безобразие.

— Романов, мы идем в тир, — дала команду Барышева.

— Идите, конечно, постреляйте, — разрешил Муська и заказал себе поллитровую кружку пива.

Мачо Алеша последовал его примеру, равнодушно махнув Варваре рукой.

Ресторан Лиза покинул в состоянии озверения.

— Ничего-ничего, не переживай! Никуда твой Алеша от нас не денется, — утешала она по дороге подопечную, которая плелась рядом и была чернее тучи. — А Романову я голову откручу.

— Лиз, ты прости меня, а! — неожиданно остановилась Варвара и повернулась к Лизе лицом. — Я поняла, что ты мечтаешь именно за Алешу меня замуж выдать. Не хотела тебя расстраивать, очень не хотела, но я его больше не люблю. Меня от него тошнит. Прости меня, Лиз. Пожалуйста.

— Слава тебе, господи! — с облегчением вздохнула Лиза. — Да я вообще в шоке от него. Он же...

— Вонючий козел, — радостно сказала Варвара.

— Точно, — расхохоталась Лиза.

— И дебил!

— Однозначно! Я вообще не понимаю, как ты с ним могла встречаться.

— Я тоже! Ужас просто, ну я и дура. Прямо наваждение какое-то было.

— Ничего ты не дура, нормальная гормональная реакция на самца. Я бы тоже не отказалась перепихнуться с мужиком с такой задницей и мордашкой.

Девушки весело расхохотались, взялись за руки и пошли дальше.

— Знаешь, мне кажется, я за любого бы замуж пошла, но только не за него.

— Так о чем речь! Здесь мужиков — как грязи, выбирай любого!

— Ага, они только и ждут, как меня осчастли́вить, — усмехнулась Варвара.

— Неправильная постановка вопроса. Они только и ждут, когда ты их осчастли́вишь. Неужели ты не понимаешь, Варя, как ты хороша собой! Ты потрясающая женщина! — воскликнула Лиза, схватила Варю за плечи и легонько встряхнула. — Ты не кукла какая-нибудь, у тебя душа есть. Знаешь, какая это в наше время редкость? Если бы мой папаша когда-нибудь женился, то я бы предпочла, чтобы его супругой стала такая женщина, как ты.

— Твой папаша меня не интересует, он хам, — резко сказала Варя.

— Ты что, Варь? Успокойся, я не собираюсь тебя за своего папашу сватать, — расхохоталась Лиза. — Хотя, конечно, породниться с тобой я бы не отказалась. Ребеночка твоего нянчила бы. Ты бы жила и ни в чем не нуждалась. Жаль, что отец на тебя не клюнет. Он сейчас капитально влюблен в эту белобрысую силиконовую плюшку, которая чуть весь бассейн не выплеснула из бортов, когда нырнула. Но ты не тяни с выбором, времени у нас не так много.

— Не буду я никого выбирать. Возьму вот и за первого встречного замуж выйду, — заявила Варвара. — Пусть судьба решит за меня.

— Вот тебе раз! За этого ты не хочешь, тот тебя не интересует. И вдруг такие залепухи — пусть судьба решит. Слушай, Варька! — подпрыгнула Лиза. — Клевая идея! Пусть и правда судьба решит, а вдруг?!

Я лично очень даже в судьбу верю. Только с первым встречным не покатит для сценария, это уже миллион раз было — неоригинально совсем.

— Да, совсем неоригинально, — судорожно закивала Варвара: навстречу им по дорожке шел мужчина лет пятидесяти весом не меньше центнера, потный и лысый. Лиза заметила его и хихикнула. — А какая у тебя идея? — поинтересовалась подопечная, проводив взглядом своего несостоявшегося мужа и вздохнув с облегчением.

— Гениальная, — нескромно заметила Барышева. — Я один раз в школьной постановке Царевну-лягушку играла и так от этой сказки проперлась! А что если нам эту сказочку в нашем сценарии по-новому обыграть и взять на пару часиков в прокате арбалет?.. Получится этакий ремейк с феминистским уклоном, — Лиза вопросительно посмотрела на Варвару и запрыгала от нетерпения на месте. — Ну? — поторопила она Варю с ответом.

— Хм... Я, конечно, не феминистка, но идея мне нравится. Только... для усиления драматизма в сценарии предлагаю взять в прокате три арбалета, — подмигнула ей Варвара. — Одна я участвовать в этом безобразии не собираюсь. — Лиза на секунду смешалась, растерянно глядя на свою подопечную. Она-то замуж выходить не планировала, но что не сделаешь ради счастья Варьки!

— А, ладно — будь, что будет! — согласилась Лизавета Степановна, а про себя подумала, что она такая же идиотка, как и Варя. Вот и не верь после этого в судьбу — как так получилось, что именно ее она выбрала из толпы?

С каждым днем Лиза чувствовала, что всей душой привязывается к Варваре и начинает болеть за нее всерьез, а не потому, что этого требует отведенная ей режиссером в игре роль. Счастья Варваре она желала искренне, и сценарий вдруг отошел куда-то на задний план. У Лизы никогда не было близких подруг, отношения с девочками не складывались, Муська — единственный, кому она могла доверять и открыться полностью. Теперь волею случая в ее жизни появилась Варвара, и Лизе вдруг стало страшно, что правда когда-нибудь выплывет наружу и закончится их дружба. Варвара не простит, когда узнает, что Лиза манипулировала ею, как марионеткой, ради достижения своей цели. Не простит.

— Лиз, все будет хорошо, не волнуйся, — погладила ее по плечу Варя, решив, что она переживает из-за будущего рискованного мероприятия.

— Да, — очнулась Лиза и широко улыбнулась. — Все будет не просто хорошо, а супер! Осталось уговорить Муську.

Романова долго уговаривать не пришлось, сумасшедшую идею дам он поддержал не задумываясь и тут же помчался в прокат, договориться о трех арбалетах. Притаранив арбалеты в номер, Муська вновь унесся на улицу и долго бродил под окнами пансионата, прищурив один глаз и явно прикидывая, на чей бы балкон засандалить свою благоухающую ароматом «Armani Mania» стрелу Амура. Вернулся Муська в романтическом настроении и завалился на кровать с мечтательной улыбкой на лице. Посовещавшись, решили операцию под кодовым названием «Царевич Лягух» начать ровно в полночь. Осталось дождаться ночи. Варвара, чтобы протянуть время, уселась за ноутбук, строчить сценарий. Лиза маялась, слоняясь из комнаты в комнату: в душе ее бушевала тьма противоречивых чувств — и страх, и азарт, и радость, и легкий налет грусти. Наконец, Лизе надоело болтаться без дела, решив заняться чем-нибудь полезным, она вытряхнула из дорожной сумки на кровать все туалеты и задумалась, какой из нарядов лучше подойдет для свидания с судьбой.

Глава 2

ДВАДЦАТЬ ПЯТЫЙ КАДР

Москва ударила по затылку шумом и суетой, словно молотом. Придавила и чуть не сбила с ног. Поток машин, мигающие светофоры, высокие здания, широкие улицы. Вокруг были люди, много людей, разноцветная гудящая толпа, река человеческих тел и незнакомых лиц. Голова раскалывалась, шумела, как Ниагарский водопад, шум мешал думать, мешал сосредоточиться. Он почувствовал, что вязнет в болоте, и лишь теплая ручка Настены, которую он держал в ладони, помогала ему не утонуть.

До Москвы они добрались на трех попутках. Первые два водителя попались отзывчивые, сочувствовали бедственному положению сирот, правда щедрых спонсорских взносов для несчастных беспризорников после Колиной проповеди о культурных традициях меценатства в России они так и не сделали, но зато довезли с комфортом. С последним шофером раздолбленной «восьмерки» не повезло. Николай сразу почувствовал неладное, водитель поглядывал на них с подозрением всю дорогу, а когда доставил их до центра города, как обещал, заблокировал двери и заорал, что сразу их раскусил, назвал Колю переодетой цыганкой, начал угрожать сдать их милиции и затребовал деньги за проезд. Пришлось раскошелиться и отдать последнее, чтобы товарищ успокоился. Получив вожделенные бумажки, водила выпустил их из автомобиля и уехал, осыпав на прощание нецензурной бранью. Настена на инцидент отреагировала философским молчанием. Реакция на Москву, где она никогда в жизни не была, у девочки тоже была довольно глубокомысленная.

— Шибко народу в столице много. Как же они здесь живут, бедняги? Бегут куда-то все, несутся как оголтелые, — вздохнула Настя. — Вообще-то красиво, — добавила она, — только больно вонюче.

— Почему вонюче? — рассмеялся Николай, застонал и схватился за голову: смеяться было больно.

— Машины пердят вовсю, вот почему, — объяснила Настена.

— Мы с тобой тоже не ванильным зефиром пахнем, — заметил Коля, повел носом и скривился: — Прямо-таки наслаждение свежестью.

— Вы руки шибко кверху не подымайте, тогда вроде не особливо и воняет, — посоветовала Настя. — А если вовсе не шевелиться, а на месте стоять, то совсем не пахнет, — сообщила она о своем наблюдении и вздохнула. — Ох... Мост хрустальный над рекой какой прекрасный! Я почти такой же в мультике про Ульянку, которая хуже керосину, видала. И флажки разноцветные, выстроенные кружочком, с закорючкой рядом, тоже хороши.

— Это не закорючка, а композиция Оливье Старебеля «Похищение Европы», — сообщил Николай и замер.

Неужели к нему память возвращается?! Иначе откуда он знает Оливье Старебеля? Возможно, он когда-то уже здесь был? Коля изо всех сил напряг память, внимательно озираясь по сторонам. Белое здание Киевского вокзала, площадь, набережная, мост, торговый центр, гостиница... Все это он уже видел когда-то. Все, кроме торгового центра. Фамилия у него русская, значит, он, возможно, живет в Москве. «Вспоминай, вспоминай, вспоминай!» — хлопнул себя по лбу Николай Владимирович. «Eletto Devi farlo in ogni caso! — отчетливо выплыло из тумана мозга. — Господи, что же это такое? Что же делать? Что?!»

Взгляд скользнул по яркому рекламному щиту: «5 дней на все про все». Коля перевел взгляд на следующие рекламные баннеры: «Семейные воспоминания бесценны», «Встречайтесь в нашем клубе», «Дверь в будущее открыта — «Кантри Парк»!»

— Дверь в будущее, — прошептал Николай, сердце его учащенно забилось в груди, дыхание перехватило. — Дверь в будущее открыта. Настя, нам надо туда — в будущее. — Коля ткнул пальцем в один из рекламных баннеров, руки у него тряслись. — Обязательно надо туда! Настя, нам надо туда! — закричал он.

— Тихо! Дядя милиционер уже на нас смотрит. — Настя потянула его за руку в подземный переход. Он безропотно подчинился, поплёлся за Настеной.

Через весь переход тянулся ряд маленьких магазинчиков с разной всячиной. Настя прилипла к стеклу одного из них, на витрине были выставлены бесчисленные безделушки из стекла, дешевая бижутерия и косметика.

Женщина, вздохнул Николай Владимирович и вдруг неожиданно оказался у палатки с пирожками и слойками, метрах в двадцати от Настены. Забыв о времени, втягивая в себя носом божественный аромат горячей сдобы, Николай Владимирович гипнотизировал витрину до тех пор, пока Настя не дернула его за рукав.

— Я пить хочу, — сообщила она.

— А я выпить, — сообщил Николай.

— Ни на то, ни на другое не хватает, — расстроилась девочка, продемонстрировав ему ладошку, на которой сиротливо лежали два рубля и несколько десятикопеечных монет.

— Надо бы еды и денег раздобыть, — задумчиво сказал Николай Владимирович, покосившись на нищего, сидевшего на полу в переходе.

Мужичонка в темных очках с опухшим, красным от постоянных пьянок лицом монотонно стучал палкой по жестяной банке и клянчил деньги на операцию от слепоты. На минуту зажмурившись, Чуйков живописно вообразил себя рядом с нищим, но тут же с ужасом отмахнулся от этой идеи. Лучше он от голода сдохнет, но милостыню просить не станет. Никогда и ни за что! В двух шагах от слепого дремали две лохматые грязные псины дворянской породы. Псины были местные и к мужику отношения никакого не имели, просто прилегли вздремнуть. У носа одной из собак лежала целая сосиска, даже не надкусанная. Около другой псины валялась на куске газеты котлета. Вот собаки, возмутился Николай Владимирович. Люди голодают, понимаешь, а они лежат, понимаешь! Мелькнула мысль, пока собаки спят, сосиску с котлетой у них конфисковать. Николай Владимирович даже сделал пару шагов в сторону псин, но тут воображение его нарисовало жуткую кровавую картину: он протягивает руку к сосиске, и острые собачьи зубы отгрызают ему эту самую руку по локоть. Рука была дороже сосиски, поэтому второй вариант тоже не нашел у Николая одобрения.

— У меня в животе кукушка завелась, — сообщила Настена.

— Почему? — спросил Николай.

— Кукукает потому что, особливо когда я на пирожки смотрю и водичку, — объяснила девочка. — Кукукает и кукукает, я прямо измучилась вся. Пойдемте отсюда поскорее.

Чуйков посмотрел на несчастное личико Настены, и у него тоже что-то закукукало, только не в животе, а в голове. Широким шагом он подошел к нищему и встал рядышком.

— Миряне! — проникновенно прогнусавил Николай Владимирович. Несколько «мирян» остановились и заинтересованно посмотрели в его сторону. — Что есьм семья?! — продолжил он. — Семья есьм большая ценность на земле. Для семьи мы выбираем лучшее. Но не у всех есть семья, — печально сообщил Николай Владимирович. — Далеко не у всех... Вопрошаю к вашему состраданию и щедрости души — помогите несчастным сиротам из приюта «Птичка-невеличка»! — всхлипнул Чуйков, опустил глаза и вытянул руку перед собой, решив быть предельно лаконичным, не вдаваться в долгую проповедь и не грузить граждан, пока они не разбежались. — Смелее, товарищи, кто сколько может, — подбодрил он граждан. — Но не забывайте поговорку: «Чем богаты, тем и рады». И воздастся вам за это на небесах.

Жаждущих проявить поддержку сиротам из приюта «Птичка-невеличка» оказалось довольно много, а щедрость души превзошла все ожидания Николая Владимировича. Как все просто, оказывается, размышлял Чуйков, пересчитывая свой доход, полученный за десять минут. Денег с лихвой хватало на еду, напитки и два билета в будущее. Настя тактично дернула его за руку.

— Погоди, Настена, сейчас мы твою кукушку успокоим, — сортируя купюры, отмахнулся Чуйков.

Настя дернула его за руку еще раз, уже более настойчиво. Николай Владимирович поднял голову. Напротив стояли два шкафоподобных дяди с добрыми лицами.

— Тоже хотите оказать помощь сиротам, сыночки? — полюбопытствовал Николай Владимирович.

Сыночки кивнули, дальнейшие события развивались стремительно. Как Чуйков оказался на улице, он даже не понял. Почему-то очень болела та часть тела, которая располагается ниже спины. Рядом стояла Настена, держась за ухо.

— Изверги! Почто дите невинное обидели! — помахал кулаком в сторону перехода Николай Владимирович и, схватив Настю за руку, потащил ее подальше от греха. — Как ты? — спросил он, очутившись на безопасном расстоянии, метрах в пятистах от Киевского вокзала.

— Не кукукает больше, — сообщила Настя.

— И у меня не кукукает, — прислушиваясь к себе, отметил Николай Владимирович.

— Я в туалет хочу, — смущенно доложила девочка.

— Господи боже мой! — закатил глаза Чуйков. — Не одно, так другое. То кукушки у нее там кукукают, то...

— Ой, как шибко хочу! — затанцевала на месте Настена.

— До вокзала дотерпишь? — Настя отрицательно покачала головой.

Николай огляделся, кустов поблизости не наблюдалось, только ресторан, судя по крылечку и припаркованным рядом шикарным автомобилям, очень дорогой.

— За мной! — скомандовал Коля, сделал морду кирпичом, распахнул двери и вошел.

Швейцар в ливрее с золотыми пуговицами рванул было к нему, но притормозил, ошарашенно глядя на странную посетительницу, за спиной которой прятался лохматый рыжий ребенок.

— Eletto! Devi farlo in ogni caso! — пропел Николай Владимирович, окрестил мужика крестным знамением и, пока товарищ приходил в себя, бодро проследовал в зал.

Дамскую комнату Настена отыскала мгновенно и скрылась внутри, а Николай Владимирович, не церемонясь, плюхнулся за свободный столик, ожидая, что с минуты на минуту швейцар опомнится и вышвырнет его вон. Зря он осенил его крестным знамением, Настя ведь советовала руку не поднимать. Может, и пронесло бы. Главное, чтобы швейцар силовое воздействие не применил, задерживаться в этом гнезде недобитой буржуазии они не собираются. «Гнездо буржуазии» изнутри сияло богемским хрусталем люстр и дорогим паркетом. Стены отделаны белым мрамором, декоративные фонтаны, стулья с обивкой из натурального шелка, дорогие портьеры, фарфор и серебро на столах, вышколенные официанты в белоснежных перчатках. Страшно даже представить, сколько стоит здесь отобедать! Посетителей, однако, было довольно много. За изысканно сервированными столами сидели дамочки в роскошных вечерних платьях и мужчины в дорогих костюмах. Очевидно, здесь праздновали какое-то торжество. Со сцены звучала живая музыка, трио музыкантов во фраках исполняли блюз. Один из музыкантов играл на саксофоне... Смех и голоса вдруг стихли, Николай слышал только саксофон, только саксофон и ничего больше. Как вспышка в голове, что-то щелкнуло, и промелькнули картинки, нечеткие и размытые, но эти картинки были из его прошлого. В груди началась аритмия, и он провалился в стремительный водоворот, как в воронку. Николай очнулся: в зале действительно было тихо, все с любопытством смотрели на него, а рядом топталась целая рота обслуживающего персонала.

— Гражданка монахиня, будьте добры, покиньте ресторан, — склонившись к его уху, настойчиво требовал менеджер. — У нас тут не богадельня, никто кормить вас бесплатно не будет. Ступайте в монастырь. У нас тут высший свет, понимаете ли, питается. Дресс-код у нас тут полагается, а вы явились в приличное место в грязном, с позволения сказать, костюме.

— Я же говорил, что она по-русски не понимает, — доложил швейцар. — Может, ее за шиворот, и все дела? — предложил он, но менеджер зыркнул на него так, что швейцар стал ниже ростом.

— Где девочка? — спросил Коля, наконец обратив внимание на то, что Настена не вернулась из туалета, хотя времени прошло довольно много.

— Ваша девочка туалетную бумагу и мыло из клозета сперла. Не хорошо-с.

— Где она? — рявкнул Николай.

— Тихо, прошу вас, не шумите. С ней все в порядке, она в моем кабинете заперта. Пойдемте, я вас провожу, и мы с вами по-хорошему простимся. Я даже дам вам с собой еды.

— Что происходит? — поднялся из-за стола один из посетителей, крупный мужчина в летах, с аккуратной бородкой.

Менеджер позеленел.

— Простите, бога ради, Иван Денисович! Сейчас мы все уладим, — залепетал он, кланяясь в сторону гостя.

— Что она хочет? — пробасил Иван Денисович.

— Проходимка, монахиней прикидывается. Видно, промышляет в монашеской рясе, — высказал предположение менеджер. — Девчонка с ней еще, оборванка, воровка малолетняя, из туалета рулон французской бумаги умыкнула и мыло ароматическое с глицерином.

— Я спрашивал, что она хочет? — громыхнул на весь зал Иван Денисович.

Менеджер слился лицом с белым мрамором стен.

— На саксофоне хочу сыграть, — заявил Николай.

— Да вы что, в самом деле, себе тут позволяете? — разозлился менеджер.

— Пусть играет! — милостиво разрешил Иван Денисович. — Хорошо сыграет, денег дам... на храм, — усмехнулся он и по-барски развалился на стуле. — А плохо сыграет и испортит мне праздничный банкет... — Иван Денисович сделал суровую паузу — все замерли и перестали дышать, — денег не дам, — добавил он и басовито захохотал. Гости тоже засмеялись, раздались редкие аплодисменты.

Николай Владимирович поднялся и пошел на сцену. Попал, подумал он обреченно. С какого это перепугу он решил, что умеет играть на саксофоне? А вдруг не умеет или забыл, как играть? В этом случае жить ему осталось недолго, и Николай Владимирович принялся читать молитву «Отче наш». Один из музыкантов передал ему саксофон, Николай взял инструмент в руки и почувствовал себя уверенней, но из-за волнения никак не получалось воспроизвести в памяти хотя бы одну композицию.

— Что играть? — спросил он у зала.

— На свое усмотрение, — сказал Иван Денисович.

Николай кивнул, набрал воздуха и начал играть джазовую композицию Армстронга «Хеллоу, Долли», пальцы сами ее отыскали. Композицию он доиграл с трудом, где-то на середине вдруг закончился воздух в легких, лица пред глазами расплылись, закачался зал, потолок стал ниже. Но доиграл, вытер рукой холодный пот со лба, поклонился, отдал инструмент музыканту и в полубреду, покачиваясь, словно моряк, вернувшийся из длительного рейса, спустился со сцены и побрел к выходу из зала. Его вернули и усадили за стол. Через минуту вокруг засуетились официанты, на столе появилась закуска, напитки, фрукты, черная и красная икра. Привели Настю, причесанную, умытую и испуганную. За столик присел Иван Денисович, почесал бороду, сложил руки на пивном животе, взглянул на Колю.

— Играл ты дерьмово, братец, — сказал он, — и денег ты от меня не получишь. Мое слово — закон. Но играл от души. Спрашивать, почему ты людей в заблуждение вводишь и в таком виде по улицам болтаешься, не буду, это твои проблемы. Но, так и быть, помогу, чем смогу. Я сегодня добрый. Проси.

— Нам нужно обязательно попасть в один подмосковный пансионат, — сказал Николай Владимирович.

— Гарик, когда они поедят, отвезешь их, куда скажут, — дал он указание невзрачному человеку, который, как тень, стоял за его спиной.

— Спасибо, — поблагодарил Чуйков.

— Заработал. — Иван Денисович поднялся и вернулся к гостям.

В сторону пансионата они выехали сытые и довольные, развалившись на мягкой коже диванчиков в просторном салоне черного лимузина, нашпигованного аппаратурой, как атомная подводная лодка. Настена тут же принялась в исследовательских целях нажимать все кнопки на панели пульта управления, встроенного в подлокотники. Откуда-то сверху выехал плазменный экран, девочка завизжала от восторга и, вежливо спросив у шофера разрешение посмотреть телевизор, нашла канал с мультиками. А Коля, обнаружив бар с напитками, лед и стаканы, тоже обрадовался, но спрашивать разрешения у шофера не стал и налил себе виски без спроса. Ничего, загадочный Иван Денисович не обнищает без пятидесяти граммов, а ехать будет веселее, подумал он и посмаковал напиток во рту. Испытав настоящее блаженство, Коля выпил виски до дна и решил, что Иван Денисович без ста граммов тоже не обнищает, налил себе еще порцию и залпом ее выпил. Настена, увлеченная просмотром «Тома и Джерри», на Колю не обращала внимания, чем Николай Владимирович воспользовался и еще несколько раз решил, что Иван Денисович не обнищает. Лишь когда шофер притормозил и сообщил, что они прибыли, Настя оторвалась от экрана и растерянно уставилась на своего спутника.

— Батюшки, совсем окосел! — всплеснула она по-женски руками.

— Спокойно, — икнул Коля. — Это я от простуды лечился. Виски убивает все микробы наповал! — сказал он, открыл дверь и выпал из автомобиля.

— Какая же вы бестолковая, тетя Элета, — проворчала Настена, склонившись над его телом, и ее хмурое личико унеслось куда-то в космос.

Глава 3

НЕФРОПАТИЯ

Заболеть в такую теплынь — это еще ухитриться надо. Угораздило же! Елена Петровна стянула с себя одеяло, сунула ноги в шерстяных носках в тапки, поправила мохеровый шарф и в ночнушке прошлепала в кухню, чтобы подогреть себе молока и напоить злобную кошку, которая со вчерашнего вечера поселилась где-то внутри и исцарапала когтями всю грудь и горло. За что ей наказание такое? На дворе месяц май, солнышко светит, птички зеленеют, травка... М-да, птички позеленели, похоже, от ее насморка. Сколько носовых платков за ночь израсходовала — мама, не горюй, а толку никакого, шмыгнула носом Елена Петровна, налила в кофейную турку молока и поставила на огонь. На поверхности молока появились коричневые узоры. Замечательно, забыла турку сполоснуть, теперь кошке придется пить кофе с молоком, вернее молоко с кофе, — сил, чтобы вылить испорченный напиток и приготовить новый, у Елены Петровны не было. Присев на табуретку, облокотившись о стол локтями и подперев ладонями подбородок, Зотова задумчиво уставилась в окно. Где-то совершаются преступления против личности, а она валяется дома с гриппом. Впрочем, может, это и к лучшему. После вчерашнего разговора с прокурором на работу идти не хотелось. Пропесочил по полной программе. А гнусный тип из отдела внутренних расследований вообще весь мозг проел. Плевать всем, что она дело о целой серии насильственных смертей раскрыла и убийцу вычислила. Сажать за решетку, правда, было некого, но какая разница? Признательные показания Цыплаковой на диктофоне записаны, мотивы определены, осталось только доказательную базу по последним убийствам под Смоленском собрать и ответить на ряд вопросов, которые терзали Зотову вторые сутки подряд. Так и не ясно было до сих пор, с какой целью Холмогоров ездил в Берлин. И главное, почему при первой беседе Цыплакова назвала в качестве лечащего психиатра Холмогорова доктора Соланчакова? Не лечилась ли у него анонимно сама Алена? Запросы, которые Елена Петровна отправила в родной город Цыплаковой, никакой новой информации не дали, ничего не прояснили. На учете в психоневрологическом и наркологическом диспансерах Цыплакова не состояла. К административной и уголовной ответственности не привлекалась. Пай-девочка, одним словом. А Елена Петровна, грешным делом, предположила, что Алена на первом допросе описала собственное заболевание. Уж больно достоверно все выглядело. Выходит, она была не права. Если бы Цыплакова с детства страдала шизофренией, то, учитывая, что воспитывалась она в неполной и малообеспеченной семье, скрыть данный факт и лечиться анонимно было бы для нее просто нереально. А может быть, Цыплакова у доктора Соланчакова консультировалась по вопросам невменяемости? Иначе как объяснить такую просвещенность редактора телепрограммы в данном вопросе? Про шизофрению, допустим, можно легко информацию в Интернете найти. А про связь шизофрении с диагнозом «приобретенный диабет» у одного из родителей? Как же она раньше не уличила Алену во лжи, когда та рассказывала ей про отца Холмогорова и этот диагноз?! Почему не сообразила, что в те времена в Тунис с таким диагнозом его никогда не выпустили бы? Балда какая! Молоко с шипением пролилось на конфорку, Елена Петровна метнулась к плите и выключила газ. Даже сквозь блокаду насморка был слышен запах гари. Зотова поморщилась и заглянула в турку: молока осталось на донышке, все остальное разлилось по плите. Елена Петровна вылила остатки в чашку и, поджав губы, поплелась в комнату. На дворе месяц май, а она лежит тут, никому не нужная, одна-одинешенька, больная вся, с соплями, кашлем и температурой. Никто не позвонит, не спросит, как у нее дела. Никто не посочувствует, никто молока не подогреет и меду в него не положит, ныла Елена Петровна. Одеялом ее не укроет, ведь только что она могла умереть, как Соланчаков! Задремала бы за столом, надышалась бы газом — и все, и не было бы на свете такой чудесной женщины — Елены Петровны Зотовой. Так обидно вдруг стало, что на глазах выступили слезы. Елена Петровна одним глотком выпила молоко с кофейным привкусом, залезла в кровать, сунула под мышку градусник и зарыдала. Зря, конечно, она это сделала, от слез начался такой поток соплей, что перекрыть этот водопад не смогла бы никакая плотина.

В дверь позвонили.

Сморкаясь и кашляя, Елена Петровна доплыла до прихожей, посмотрела в глазок и отпрянула от двери — на лестничной клетке стоял Варламов с торжественным выражением лица, в костюме, белой рубашке и галстуке, с букетом бордовых роз и бутылкой шампанского. Предложение пришел делать, мелькнула пугающая мысль, еще больше напугало отражение в зеркале — из полумрака прихожей на нее таращился толстый гном в ночной рубашке, с узкими глазами, распухшим красным носом, обветренными губами и торчащими дыбом волосами. И ничего, совершенно ничего с этим гномом нельзя было поделать, разве что высморкать.

Звонок в дверь повторился.

— Болею я, — сообщила Зотова, но собственного голоса не услышала, из груди вырвался лишь какой-то сиплый звук.

— Лена, открывай! — потребовал Варламов. — Я на работу тебе звонил, мне сообщили, что ты на больничном.

— Я и говорю, болею я, — просвистела Елена Петровна и подумала, что этот хамский режиссер никуда не уйдет и так и будет трезвонить в дверь, пока она не откроет. Ему же хуже, решила Зотова, протопала в комнату, набросила халат и распахнула дверь.

— Ой, — сказал Иван Аркадьевич, — не думал, что все настолько запущено.

Елена Петровна в ответ шумно высморкалась, покашляла, сунула платок в карман и широким жестом руки разрешала режиссеру пройти в свои хоромы. Варламов протянул ей букет и шампанское и... ушел.

— Козел, — вздохнула Елена Петровна, отметив, что у нее снова прорезался голос.

Она захлопнула дверь и решила еще поплакать, легла на кровать и стала давить из себя слезу. Слеза никак не давилась: то ли она уже все выплакала до прихода урода Варламова, то ли розы такие красивые были — она не знала.

Снова позвонили в дверь.

«Да что же это такое! — возмутилась Зотова. — Почему в покое никак не оставят?»

На пороге стоял Варламов с большим пластиковым пакетом.

— Иди ложись в постель, я сейчас, — дал он указание, проследовал в кухню и начал там хозяйничать, как у себя дома.

Елена Петровна хмыкнула. Хам — он и в Африке хам. Впрочем, приказание «иди ложись в постель, я сейчас», — звучало очень многообещающе, и Зотова вернулась в комнату, чтобы проверить, как поживает ее любимая двухкилограммовую гантель. Убедившись, что с гантелью все в порядке, Елена Петровна прилегла, как царица, на высокие подушки, изобразив на лице недоступность и недосягаемость.

Варламов вернулся с подносом, в носу защекотало от аромата корицы. Иван Аркадьевич приготовил для нее глинтвейн. Помимо кружки с горячим напитком, на подносе стояли тарелка с фруктами, баночка меда, малиновое варенье и прочие вкусности. Елена Петровна почувствовала себя счастливым Карлсоном и благосклонно разрешила Варламову заняться ее лечением. Доктор Айболит из Ивана Аркадьевича получился отменный, не прошло и получаса, как она почувствовала себя намного лучше: женский колючий комок в груди рассосался, перестало болеть горло, и насморк куда-то испарился. Варламов укутал ее одеялом, нежно промокнул влажной хлопковой салфеткой лоб. Нестерпимо захотелось спать, сопротивляться Морфею не было никаких сил, глаза сами собой закрылись.

В дверь позвонили.

— Кто там еще? — застонала Елена Петровна.

— Лежи, я открою, — поднялся Варламов. — Но учти, если это твой поклонник какой-нибудь, то разговор у меня с ним будет короткий.

— Грозный какой, — рассмеялась Зотова. — А если там не один поклонник, а целая рота? — Варламов ничего не ответил, пошел открывать. — Накаркала, елки-моталки, — услышав в прихожей знакомые мужские голоса, расстроилась Елена Петровна.

С дружеским визитом к ней пожаловали Рыжов, Трофимов и Палыч. Первым в комнату влетел Трофимов с бутылкой гранатового сока и апельсином.

— Представляете, Елена Петровна, они все живы! — заорал Вениамин, поставил на тумбочку сок, уселся на ее кровать и протянул ей оранжевый цитрусовый. — Как вы себя чувствуете? — наконец догадался спросить он.

— Нормально я себя чувствую. Кто — они? — закатила глаза к потолку Елена Петровна.

— Дети, они все живы.

— Какие дети?

— Дети янтаря, правда, они уже не дети. Я нашел то дело о враче.

В комнату вошли Палыч с Рыжовым.

— Леночка Петровна, моя жена тут вам передала куриный бульон.

— Спасибо, Володя, — растроганно улыбнулась Зотова.

— А моя — пирожки с капустой и мясом, — сглотнул слюну Палыч.

Рыжов вытащил из пластикового пакета трехлитровую банку и поставил ее на тумбочку. Палыч выудил откуда-то из пазухи внушительный бумажный сверток.

— Боже мой, куда мне столько? Может, вы перекусите? Давайте, ребятки, не стесняйтесь.

— Некогда, мы с Палычем на минутку заскочили.

— А я один пирожок возьму, — зашуршал бумагой судмедэксперт.

— И я возьму, — потянулся к свертку Трофимов.

— Тогда и я, — сдался Рыжов, схватил пирог и целиком сунул его в рот. — Да, чуть не забыл, — пробурчал он с набитым ртом. — Не получается ничего у меня с маршрутом Москва — Смоленск. Не сходится. Чтобы успеть сесть в берлинский поезд, Цыплаковой нужно было ехать со средней скоростью 110 километров в час. Учитывая, что после Московской области дороги не очень хорошие, то часа два она должна была гнать свою тачку со скоростью не менее 140—150 километров в час. Это довольно тяжело, к тому же вы говорили, что Цыплакова правил никогда не нарушала.

— Начинается, — разозлилась Елена Петровна и с остервенением принялась чистить апельсин. — Володя, Цыплакова призналась в преступлении — раз. Ее опознала проводница — два. Проверь, пожалуйста, еще раз. Ты где-то ошибся в расчетах, — попросила она, раздраженно отложила очищенный цитрус на тумбочку, с трудом сдержавшись, чтобы не засветить апельсином в криминалиста.

— Да, брат, ты что-то ботву гонишь, — влез Трофимов, с аппетитом чавкая. — Даже если предположить, что проводница ввела следствие в заблуждение, то какой смысл Цыплаковой сознаваться в убийстве, которого она не совершала?

— А я знаю зачем? Это ваши проблемы, а мое дело — экспертное заключение дать. Короче, я все сказал, — сообщил Вова, схватил еще один пирожок и затолкал его в рот.

— Что ты про детей говорил? — перевела тему Елена Петровна. — Ты с Трегубом пообщался?

— С Константином Аполлоновичем пообщаться не вышло, я его дело в архиве раскопал, потом нашел список пациентов и проверил: все они живы и здоровы по сей день. Доктор Лиманский, похоже, маг и волшебник.

— Лиманский? — спросил Варламов, который, как радушный хозяин, вошел в комнату с очередным подносом, на котором стояли три чашки кофе. — Случайно, не Марком его зовут?

— Макаром его зовут, — уточнил Трофимов, взял с подноса чашку и поблагодарил Варламова.

— Макар для иностранцев труднопроизносимо. Возможно, это он.

— Ты о чем, Иван Аркадьевич? — спросила Зотова.

— Марк Лиманский на днях скончался в одной из клиник Германии. Я в немецкой газете, которую ты мне подарила, прочитал об этом. Сердце у него больное было.

— А с чего это про него в газетах пишут? — спросил Трофимов.

— Пишут, потому что он известным человеком был. Марк Лиманский считался одним из лучших в мире специалистов по лечению онкологических заболеваний у детей. Работал в детской больнице при одном из монастырей Италии. Он продолжал работать, даже когда серьезно заболел. Лечил детей, пока не слег. Встал вопрос о срочной операции на сердце, и было принято решение его в одну из лучших клиник Германии перевезти. Но операцию Марк Лиманский не пережил, хотя врачи боролись за его жизнь до последнего, понимая, что все бесполезно. Когда грудную клетку вскрыли — впали в транс. Непонятно вообще, как Лиманский столько прожил, на ногах несколько инфарктов перенес. Удивительный человек был.

— Все ясно, Холмогоров ездил в Германию, чтобы встретиться с Лиманским, — заключила Зотова. — Монахиня, которая ехала в поезде, похоже, не случайно в Москву направлялась. Холмогоров тоже не случайно оказался с ней в соседнем купе. Что-то на душе у меня не спокойно как-то. Вень, почему ты с Трегубом до сих пор не переговорил?

— Потому что в больнице он, в тяжелом состоянии. Я с его дочерью Оксаной с утра по телефону беседовал.

— А с ним что случилось?

— Нефропатия.

— Тоже псих? — ужаснулась Зотова.

— Да не, — рассмеялся Трофимов, — Нефропатия — это почечная недостаточность, у Трегуба осложнения на фоне диабета развились. Он уже недели три в клинике.

— Вот почему Трегуб деньги не привез строителям, — предположил Рыжов.

— И не привезет, похоже. Врачи говорят, что,

он, скорее всего, помрет. Мне его дочка сказала, что Константину Аполлоновичу почку донорскую подобрать никак не могут.

— Как жизнь иной раз поворачивается! Мечтал уехать в деревню, дом перестраивал, не успел... — Елена Петровна печально вздохнула и вдруг резко села, уронив одеяло на пол. — Мать честная! Как ты сказал — пересадка почки? Диабет, шизофрения... Вот чью историю Елена Константиновна Цыплакова нам рассказала, — охнула Елена Петровна и снова повалилась на подушки. — Она рассказала историю своей сводной сестры, с которой ты, Веня, сегодня общался по телефону. Именно ее лечил от шизофрении доктор Соланчаков. Константин Аполлонович Трегуб — их отец. Вот почему Алена Цыплакова не имела детей... и ясно теперь, про какую плохую наследственность она говорила. Цыплакова, когда приехала в Москву, его разыскала, возможно, узнала что-то про сестру Оксану и отказалась рожать. Володя, ты прав, Цыплакова не могла успеть сесть в Смоленске на берлинский поезд, она и не собиралась туда садиться, в поезде ехала ее сестра Оксана Трегуб! Она Холмогорова и убила. Возможно, Алена с сестрой похожи, поэтому проводница указала на Цыплакову при опознании.

— Ни фига себе, — ошарашенно сказал Трофимов. — Я не понял, Елена Петровна: если Цыплакова не убивала мужа, то зачем она взяла вину за убийство на себя? Она что, дура?

— Зачем Цыплакова это сделала, вопрос сложный. На допросе Алена сказала фразу: «Она оказала мне услугу». Очевидно, Цыплакова приняла смерть мужа как возможность снова быть с ним вместе, и взяла на себя вину за преступление, чтобы отблагодарить свою сестру за услугу. Терять ей было нечего, она готовилась к самоубийству. Все капсулы, которые лежали в пузырьке из-под лекарства от язвы, были наполнены цианидом. Она просто ждала, когда за ней придут.

— Чего ждала? — возмутился Владимир. — Могла дома травануться, и проблем бы ни у кого не было.

— Алене Цыплаковой нужно было с кем-то поделиться своими подвигами. Рассказать о том, какая она умница. Признания хотелось: столько лет бесславно трудилась, а ей за это никто даже спасибо не сказал. Если еще раз проанализировать преступление, то можно увидеть в поведении Цыплаковой некую демонстративность. Возможно, она с самого начала подсознательно мечтала, чтобы ее поймали. Убийство Ирины Белкиной в квартире Холмогорова это подтверждает, мы бы ее рано или поздно в любом случае вычислили. Когда ее опознала проводница, Алена быстро сообразила что к чему, и сразу призналa свою вину. Настал ее звездный час.

— Хорошие дочки получились у Константина Аполлоновича, одна другой лучше, — хмыкнул Палыч. — Гнилые хромосомы у обеих.

— Значит, пистолет по-прежнему у Оксаны, — заключил Вениамин.

— Да, Николаю Чуйкову угрожает смертельная опасность. Вень, наряд вызывай срочно к Трегубу на квартиру. Эту женщину нужно остановить. Какая я идиотка, что сняла наблюдение с отеля «Кантри Парк». — Елена Петровна схватила телефонную трубку, чтобы исправить положение. Сделав нужный звонок, Зотова вскочила с дивана.

— Лена, ты болеешь, куда? Куда ты собралась? — попытался уложить ее обратно в постель Варламов.

— Я уже здорова, — упрямо сообщила Зотова, отстранила режиссера и метнулась в спальню одеваться. Из спальни Елена Петровна вылетела через пять минут, мужчины взглянули на нее и смущенно отвели взгляды: в штанах и теплой ярко-розовой пушистой кофте Зотова выглядела, как волосатый колобок.

— Болею я, — уловив замешательство коллег, буркнула Елена Петровна. — Наряд вызвал? — спросила она у Трофимова.

Вениамин кивнул.

— А зачем Оксана Трегуб убила Холмогорова? — поинтересовался он, откашлявшись в кулачок.

— Не знаю, Венечка, не знаю. Но что-то мне подсказывает: связано это с пресловутыми тайнами мироздания. Все, поехали, ребятки, — скомандовала Елена Петровна и бодрым шагом направилась к двери.

Варламов лишь головой покачал, поняв, что спорить с Зотовой бесполезно.

Вышли на лестничную клетку. Елена Петровна вызвала лифт.

— С тобой поеду, — заявил Варламов.

— Тебе не положено, — жестко сказала Зотова. — Мы на задержание едем, а не бабочек ловить.

— Я еду в качестве твоего личного доктора, возражения не принимаются, — нахально ответил Варламов и взял ее под руку.

Елена Петровна слилась цветом лица со своей кофточкой. Совсем обнаглел режиссер! Мало того что в квартире у нее, как у себя дома, распоряжался и коллеги невесть что о ней теперь думают, так еще руки распускает! Хам! Зотова покосилась на сослуживцев. Трофимов с Рыжовым радостно шептались и хихикали, а Палыч сосредоточенно грыз ноготь. Тоже осуждает, пришла к выводу Елена Петровна, достала платок и шумно высморкалась, слегка отстранив Варламова локтем.

* * *

Они приехали одновременно с нарядом милиции и оперативниками, высадив по дороге Палыча у ближайшей станции метро. Позвонили. Дверь открыла пожилая женщина с бесцветным лицом, как позже выяснилось, супруга писателя.

— Вы, наверное, за Ксюточкой пришли? — тихо спросила женщина, заметив на площадке сотрудников милиции. В ее интонации не было удивления или испуга, лишь тихая обреченность.

— Где Оксана? — спросила Елена Петровна, продемонстрировав удостоверение.

— Нет ее дома, уехала.

Оперативники отстранили женщину с порога и прошли в квартиру.

— Леночка Петровна, посмотрите! — крикнул ей Рыжов.

Зотова прошла в одну из комнат, подошла к письменному столу и взяла в руки фотографию в рамочке. Со снимка на нее смотрела молоденькая Алена Цыплакова.

— Моя Ксюточка, когда ей было восемнадцать лет, — сказала жена Трегуба, она села на кровать дочери, погладила покрывало. — Вся в отца статью пошла, в его породу. Такая же красавица. Когда родилась, я нарадоваться на нее не могла, не девочка, а ангелочек. Не уберегла я ее от беды, не смогла. Молодая, глупая была, не окрестила ее с пеленочек, вот бесы душеньку ее к рукам и прибрали. Костя не понимал этого, все докторов моей девочке водил, но разве же таблетками бесов вытравишь! Когда я догадалась, что произошло, настояла, чтобы Ксюточка молитвы каждый день вслух читала, с утра и вечером, перед иконой, на коленях. Иной раз не хотелось ей, тогда хуже дочке становилось.

— Где сейчас Оксана? Куда она поехала? — спросила Зотова.

— Святую миссию на себя взяла. Спасать человечество от гибели и кровопролитных войн поехала. Я не смогла ее остановить.

— Может, и не пытались? — коротко взглянула на собеседницу Елена Петровна, взяла со стола книгу Трегуба, перелистнула несколько страниц.

Теперь ей стало окончательно все ясно. Оксана Трегуб прочитала книгу отца, где говорилось о том, что если старинную рукопись о тайне мироздания предъявят человечеству, то это станет началом конца, и у нее на фоне прогрессирующей шизофрении появилась навязчивая идея не допустить этого. Оксана Трегуб честно пыталась остановить гибель человечества, жертвуя жизнями тех, кто с ней в этом вопросе был не согласен.

Глава 4

ОПЕРАЦИЯ «ЦАРЕВИЧ ЛЯГУХ»

Без четверти двенадцать все приготовления к встрече с судьбой были завершены, и девушки крутились у зеркала, разглядывая себя в образе будущих невест. Лиза нарядилась в откровенное черное вечернее платье с блестками и сделала легкий невинный макияж. Варвару, напротив, она ярко накрасила и обрядила в белоснежный брючный костюм, черно-белые мужские ботинки и мужскую шляпу. Глаза у подопечной стали черными и демоническими, бордовая помада и лак сделали из Вари женщину-вамп.

Пока девушки приводили себя в порядок, Муська сладко храпел в спальне. Растолкать его удалось с трудом. Вручив заспанному Романову арбалеты, Лиза вытолкала его за дверь, не позволив другу тоже прихорошиться или хотя бы почистить зубы. Утвержденное время начала операции «Царевич Лягух» сдвигать из-за Муськи не хотелось. Настроение у Романова испортилось, и из отеля он вышел без энтузиазма, бурча себе под нос ругательства.

На улице было темно, ни один фонарь почему-то не горел. Луна, как назло, тоже отказалась работать осветителем на их театральной постановке и скрылась за плотными тучами. Лиза немного расстроилась, платье она подбирала с таким расчетом, что оно будет красиво мерцать в лунном свете. Была и еще одна проблема: в темноте сложно заметить, на чей балкон упадет стрела.

Погода портилась, похолодало, резкие порывы северного ветра оставляли противные мурашки на коже, трепали красивую Лизину укладку и срывали с Варвары шляпу. Варя бегала за ней по двору и злилась. Муська ныл, что он замерз и забыл сигареты в номере. Все шло совсем не так, как они мечтали. Романтический настрой у всех пропал, настроение испортилось.

— Тоже курить хочу, — сдалась Лиза. — Ладно, отложим операцию минут на десять-пятнадцать. Романов, сходи в номер. Перекурим и начнем. Может, ветер немного утихнет. А то и правда стрелу унесет куда-нибудь в болото, и придется с настоящим жабом всю оставшуюся жизнь целоваться, —

попыталась она пошутить, но никого не рассмешила.

Муська ушел, вернулся с сигаретами и двумя бутылками пива. Лиза обрадовалась: вот чего им не хватало для куража! Жаль, что Варваре алкоголь и никотин были противопоказаны. К счастью, она отреагировала на желание друзей наклюкаться спокойно, в очередной раз догнала свою шляпу, раздраженно смяла ее и сунула в карман. Они отошли чуть дальше от места расстрела пансионата стрелами Амура и присели на лавочку. Ветер усиливался, небо словно опускалось все ниже, по траве зашуршали редкие капли дождя.

— Сейчас, Варь, последний глоточек, и пойдем, — слегка захмелев, сказала Лиза. Варвара кивнула и печально уставилась в темноту.

* * *

— Да просыпайтеся вы! Грозы я боюся шибко. Скоро дождь польет. Укрытие надо отыскать.

Коля открыл глаза. Недовольная Настена трясла его за плечо.

— Настя, прости! — охнул Коля, и ему стало ужасно стыдно за свое поведение. Алкаш поганый, валяется пьяный в кустах, а маленькая девочка с ним возится. — Настенька, прости меня.

— Ладно, — буркнула Настена, — только больше не пейте, не люблю я этого. Пока вы почивали в кустах, я уже тут все поблизости тихонечко облазила.

На входе охранники, очень у них лица суровые, не пустят они нас внутрь. Но я лаз в заборе нашла, метрах в двадцати отсюда. Подымайтесь, и пойдем, тут недалеко. А там поищем, где от дождя спрятаться. Вы еще покамест не вспомнили, зачем вам сюда надо было?

— Покамест не вспомнил, — передразнил Настю Николай Владимирович.

— Если горькую будете пить, то никогда не вспомните, и вовсе дураком сделаетесь, как дядя Кузя.

— Настя, прекрати мне нотации читать.

— А кто же вас уму-разуму, кроме меня, научит?

— Да уж, больше некому, — развеселился Николай. — Ты у меня на всем белом свете одна.

— Видать, не одна, — нахмурилась Настена. — Во сне вы все время какую-то Алису поминали и говорили: «Не уходи, не уходи, девочка моя», — в интонациях Насти слышались легкие нотки ревности и раздражения. — Вы еще говорили, что шибко ее любите. Кто ж такая эта ваша Алиса, которую вы так любите?

— Не знаю, — пожал плечами Николай. — Ничего не помню.

Настя этой новости, кажется, обрадовалась. Она подвела его к прорехе в заборе, пролезла сама и поманила его рукой. Коля встал на карачки, но сдвинуться с места не смог.

— Кто придумал эти идиотские юбки, — пробурчал он, дав задний ход.

Настя, наблюдая за его мучениями, хихикала в кулачок. Наконец удалось разобраться с одеждой и пролезть в пансионат. Дождь полил сильнее, холодные капли неприятно щекотали лицо и руки, ветер пробирал до костей.

— Вон домик игрушечный, там и спрячемся! — крикнула Настя и, схватив Николая Владимировича за руку, понеслась в направлении детской площадки. Он сорвался с места и побежал за девочкой. Около уха со свистом что-то пролетело, и щеке стало тепло. «Что это было? — на секунду притормозил Николай, потерев щеку. — Птица какая-то сумасшедшая?» Настя дернула его за руку, и он побежал дальше, возле второго уха снова просвистело. «Да тут не одна птица, а стая целая, — решил Николай Владимирович. — Блин, чумички крылатые». Добежали до детской площадки, и Настя шустро залезла в детский домик, похожий на собачью конуру, Николай рухнул на колени и снова застрял в узком проходе, наступив коленями на юбку.

* * *

— Подъем! В шеренгу стройсь! — скомандовала Лиза. — Сержант Муська, раздать всем арбалеты. — Романов козырнул и исполнил приказание. — За-ря-жай! — дала следующую команду Елизавета Степановна. Пиво так хорошо легло в душу и расслабило, что плевать ей стало и на дождь, и на ветер, и вообще на все на свете. — Объявляю готовность номер один! Стреляем на счет три! Раз! Два!

— Лиза! — неожиданно закричала Варвара и бросила арбалет на землю. — Лизонька, умоляю, прости меня! Я не могу.

— Начинается, — разозлилась Лизавета Степановна. — Испугалась?

— Не в этом дело, Лиза. Просто... Просто я очень сильно люблю твоего отца, и, кроме него, мне никто не нужен, — сказала Варвара.

Лиза от неожиданности нажала на курок — стрела улетела куда-то в ночь, и вдруг раздался дикий крик. Романов резко повернулся и тоже выстрелил, его стрела унеслась в ближайшие кусты. Ветки зашуршали, и из зарослей, громко хлопая крыльями, вылетела птица и просвистела у них над головой. Крик все набирал обороты.

Некоторое время все молча с ужасом таращились в темноту, потом одновременно сорвались с места и побежали на звук.

— Господи, что я наделала! — пошатнулась Елизавета Степановна, зажав рот ладонью.

По детской площадке, громко матюгаясь, прыгала римско-католическая монахиня и пыталась выдернуть стрелу из мягкого места. Вокруг нее носилась маленькая девочка и вопила, как сирена «скорой помощи».

Начался сильный дождь. Вдали послышался раскат грома. Внезапно вспыхнул яркий белый свет и на мгновение ослепил их. «Кара Господня», — с ужасом подумала Лиза и перекрестилась. Доигралась она в свои игры, Бога разгневала! Внезапно откуда-то появились люди в черных масках с автоматами.

— ОМОН. Всем лежать! Руки за голову! — заорал кто-то.

Монахиня хлопнулась на землю, стрелой кверху, и продолжала матюгаться лежа. Романов и Варвара последовали ее примеру, легли на траву и положили руки за голову. Девочка продолжала орать во все горло. Один из людей в черной маске подбежал к ней, сгреб в охапку и куда-то потащил. Девочка сопротивлялась и била его кулачками по голове.

— Что происходит? — растерялась Барышева.

— Ложись, дура, пристрелят! — заорал Муська.

Ноги у Лизы подогнулись, и она оказалась на мокрой траве — животу стало мокро. Холодные капли дождя падали на обнаженную спину, шею и руки, затекали под платье.

Над головой слышны были переговоры по рации. «Объект ранен. «Скорую» надо. Жить будет. Стрелой в жопу засандалили. Не шучу».

Чьи-то руки бесцеремонно ощупали ее тело. Рывком поставили на ноги. Лиза заплакала. Варвару и Романова тоже подняли. Монахиню осторожно положили животом на носилки и куда-то понесли.

— Фамилия? — спросил у Лизы один из людей в черной маске.

— Бар-р-р-ышева, — заикаясь ответила Лиза. — Я не хотела. Я случайно...

— Где пистолет?

— К-к-к-акой пистолет?

— Георгич, у нас проблема! — окликнул его один из омоновцев.

— Что там у тебя?

— Откинутая в кустах, у главного корпуса. Пушка при ней, дымится еще, она из кустов по объекту стреляла, но, видно, промахнулась, так что оставь девушку в покое.

— Киллерша застрелилась?

— Размечтался, — усмехнулся омоновец. — Робин Гуд какой-то постарался. Стрелой в сонную артерию захреначил, — объяснил он. Романов издал сдавленный стон, закатил глаза и снова повалился на землю. — Ты, что ль, у нас Робин Гуд? — Омоновец присел рядом с Муськой. Романов учащенно задышал и застонал громче. — Слышь, малец, а я тебя видел по телику. Хорошо поешь, душевно. Как же это так получилось, что ты выстрелил?

Муська открыл глаза.

— Я...

— Так и думал, — похлопал его по плечу омоновец. — Ты увидел, как плохая тетя из кустов целится в кого-то из пистолета с глушаком, испугался и пульнул стрелу в ту сторону, чтобы отвлечь ее и предотвратить преступление. Целился ты в дерево, но было темно, и ты случайно промахнулся. — Романов ошеломленно уставился на бойца, открыл рот. — Правильно, все, что ты мне только что рассказал, повторишь следователю, он скоро сюда приедет. И будет тебе счастье, — хохотнул боец и поднялся.

— А где монахиня? Можно мне к ней? — спросила Лиза.

— Стрелу хотите помочь вытащить? — заржал омоновец.

— Ничего смешного не вижу, — обиделась Лизавета Степановна.

— Лиз, — приподнялся на локтях Романов, — Лиз, хорошо нашими стрелами судьба распорядилась, да? Ну мы и придурки, — сказал Муська, и у него началась истерика: он катался по траве, держась за живот, и хохотал.

— В главный корпус ее отнесли, идите, пока «Скорая» не приехала. Пообщайтесь, может, она отпустит вам грехи и простит, — усмехнулся омоновец.

Лиза сорвалась с места и побежала к дверям пансионата. Остановилась и обернулась к Варваре.

— Идем! — крикнула она. Варвара отрицательно покачала головой. Лиза вернулась и, схватив подопечную за руку, повела ее за собой. — Когда же ты успела страстно полюбить моего дорогого папочку? — с сарказмом спросила Барышева. — Шустрая ты девушка, Варвара! А с виду и не скажешь. Не успела с Алешенькой проститься, как на другого мужика глаз положила? Или, может быть, на его деньги?

— С Алексеем Колышевским у меня никогда ничего не было, — тихо ответила Варя.

— Как это — не было? Ты, милая, ври, да не завирайся. А ребенок? Зачем он тебе денег на аборт дал?

— Это не его ребенок. Колышевский — нанятый актер, на бульваре мы разыграли перед тобой спектакль.

— Что?! — Лиза остановилась.

— Прости, меня об этом попросил Иван Аркадьевич.

— Варламов? — Лиза нервно рассмеялась. — Варламов...

— Он предложил мне роль в своем новом проекте.

— И ты согласилась? Ты согласилась участвовать в этой подлости?

— Так же, как и ты, Лиза, — сказала Варвара.

— Боже мой... какая разводка, — схватилась за голову Лиза, ладонями вытерла мокрое лицо. — Ой, какой кошмар! Попала, я попала. Значит, ты все это время знала, что я веду двойную игру? Ты, отличная актриса, Варя. Что Варламов тебе посулил? Тоже роль в своем фильме?

— Счастье, — улыбнулась Варя. — Простое человеческое счастье. Впрочем, теперь это уже неважно. Твой отец больше не любит меня. Я уезжаю домой, в Питер. Прости, что все так вышло. Передавай ему привет, — сказала Варя, развернулась и пошла в другую сторону.

— Варвара! Стой! Куда пошла? Стой, кому говорят! — закричала Лиза. — Интересное дело, а сценарий кто будет дописывать? Я, между прочим, тебя наняла! Так нечестно! Немедленно остановись, я —

твой Ангел, и ты обязана меня слушаться. Варвара, у меня отличная детективная идея для сценария. Пойдем утопим в бассейне его силиконовую плюшку. Варя, подожди! Эта баба — всего лишь его сотрудница, бренд-менеджер. Они просто приехали на конференцию вместе, живут в разных номерах, я справки наводила. Я сказала, что он в нее влюблен, потому что не хотела, чтобы мой отец испортил тебе жизнь. Мой папаша любит только тебя. И я тоже...

Варя остановилась, закрыла лицо руками и заплакала. Лиза подошла к ней, обняла и тоже разревелась.

— Варвара, прошу тебя, стань женой моего отца, — хихикнула Лизавета, шмыгнув носом.

— Я согласна, — рассмеялась Варвара.

Кто-то тактично покашлял. Девушки обернулись. Рядом стоял изгвазданный с ног до головы, мокрый, как три мыша, Романов.

— Дико извиняюсь, дамы, но я стал случайным свидетелем вашего разговора. Варь, значит, Алексей Колышевский — не твой бойфренд и ты беременна не от него?

— Нет, — улыбнулась Варя.

Муська с облегчением вздохнул и счастливо улыбнулся.

— Я Колышевского несколько раз в своем клубе видел, но все подойти боялся. А когда вы мне бывшего возлюбленного Вари показали, я дико расстроился. Подумал, что ошибался я в Алеше. Что же, теперь у меня появился шанс! Операция «Царевич Лягух» продолжается, — подмигнул девушкам Романов и исчез в ночи.

* * *

— Это уже переходит всякие границы! — ругался Николай Владимирович, лежа на животе. — Полз, понимаешь, в детский домик, чтобы спрятаться от дождя, никого не трогал и вдруг... стал мишенью для тира! Что за беспредел такой? Мало того, что все забыл, так еще теперь из задницы стрела торчит. Уже полчаса, наверное, торчит, и никто не собирается ее вытаскивать.

Доктор, которого, похоже, выдернули из-за праздничного стола, пошатываясь у раковины, скреб руки мыльной щеткой уже пять минут. Как он до костей их не смылил, для Коли Чуйкова было загадкой.

— Доктор, вы бы поторопились, — прокряхтел Николай Владимирович.

— Не беспокойтесь, сестра, сейчас все будет, — улыбнулся врач и посмотрел на него косыми глазами.

— Я мужчина, доктор, — решил заранее предупредить его Николай Владимирович, дабы избежать очередных «вил в печень».

— Да ради бога, сестра, если хотите быть мужчиной, я не возражаю, — меланхолично сказал врач, наконец-то выключил воду и набрал в шприц лекарство. — А теперь не смущайтесь и подними юбочку, — сказал доктор.

— Как же я юбочку приподниму, доктор, если она стрелой к жопе пришпилена, как лист бумаги кнопкой к мольберту!

— Верно, — озадачился доктор, — придется нам с вами вспомнить курсы кройки и шитья.

Врач отложил шприц на металлический лоток, покопался в столе и взял большие канцелярские ножницы. С ножницами в руках выглядел он как маньяк-убийца.

— А может быть, мы «Скорую» подождем? — пошел на попятную Николай Владимирович: хрен с ней, со стрелой, когда-нибудь ее в любом случае вытащат, а новая пятая точка вряд ли снова вырастет, если ее ампутируют.

— Зачем ждать, тут делов-то на пять минут. Не волнуйтесь, сестра, — сказал доктор и склонился над его мягким местом, щелкая ножницами. — Вот и все, а вы боялись, — обрадовал его врач, продемонстрировав лоскут от трусов и кусок монашеской рясы. — А вы, сестра, и правда мужчина, — озадачился он и вколол Николаю Владимировичу обезболивающее.

Через три минуты все было закончено, место боевого ранения обработано йодом, заклеено пластырем. Коля блаженно улыбнулся и поднялся. Бежать, стучало в его голове. В пансионате полно ментов, надо бежать, пока его не задержали за убийство.

— Доктор, халатик не одолжите, верну при случае, — попросил он и потряс головой.

Голова закружилась, навалилась усталость, тело стало ватным, и Чуйков повалился обратно на койку.

— Я вам вместе с обезболивающим снотворное вколол. Отдыхайте, — объяснил врач.

В кабинет постучались.

— Войдите, — разрешил наглый доктор.

Это конец, печально подумал Николай Владимирович. Дверь распахнулась.

— Здравствуйте, — смущенно улыбнулась светловолосая девушка.

— Алиса! — потрясенно сказал Чуйков. — Алиса! — закричал он, в глазах потемнело, и он провалился в глубокую яму прошлого.

Перед глазами мелькали лица и эпизоды. Он в морской бескозырке и белой матроске с отложным воротником копается в песочнице, в сандалиях песок... Рядом стоит мама, на ней красивое голубое платье, она манит его к себе рукой и улыбается. Он хмурится, ему не хочется идти домой, у него важное дело — нужно достроить гараж для машины... Он дома, сидит за столом и мастерит из газеты кораблик, пахнет жареной картошкой, мама зовет его ужинать, но он не хочет есть... В доме гости. Отец весело смеется и подбрасывает его к потолку... Он в дурацкой беретке и кургузом пальтишке, качается на качелях и выкидывает разноцветные листья из лужи, один ботинок промок. Воспитательница детского сада ругается, требует, чтобы он немедленно слез. Он показывает ей язык... Мама мажет ему разбитую коленку зеленкой, целует в лоб, от нее пахнет духами — ему не нравится этот запах, но прикосновение маминых губ приятно... Первое сентября, звучит торжественная музыка. Он в галстуке и белой рубашке, воротник очень узкий и душит его, в руках длинные гладиолусы, обертка шуршит, и ничего не слышно. Чуть в стороне стоит девочка в белом фартуке. У нее зеленые глаза и две косы, похожие на пшеничные колоски, с вплетенными белыми бантиками. Девочка плачет, не хочет идти в школу. Ему жалко девочку. Он подходит и протягивает ей гладиолусы. Девочка перестает плакать и смеется, двух передних зубов у нее не хватает, на щеке ямочка. Она смешная, и зовут ее странно — Алиса... Очень болит ухо и задница... Николай открыл глаза и сощурился от яркого света. Он лежал на животе, щекой на подушке, в какой-то светлой незнакомой комнате. На окне покачивались от сквозняка легкие занавески, пропускающие солнечные лучи. Пахло лекарствами, хлоркой и весной. На прикроватной тумбочке стоял роскошный букет белой сирени и лежали янтарные четки.

— Настя, — тихо позвал он.

Скрипнуло кресло, к кровати проследовали легкие шаги, и над ним склонилось лицо красивой девушки в белом халатике, накинутом поверх джинсов и футболки. Вчера, в полубреду, он принял ее за любовь всей своей жизни — Алису, и испытал такой сильный стресс, что мозги его вернулись на место. Удивительное стечение обстоятельств! Словно кто-то нарочно организовал ему шоковую терапию, чтобы памятью о прошлом вернуть в настоящее. Даже сейчас, уже находясь в относительно здравом уме и трезвой памяти, он видел в этой девушке схожие с Алисой черты: глаза, губы, овал лица, пшеничные волосы... Как хорошо, что он вернулся! Как хорошо, что согласился принять неожиданное приглашение от Варламова и приехать на конференцию!..

— Здравствуйте, — улыбнулась она.

— Здравствуйте, — прокряхтел Николай Владимирович, перевернулся на бок и растер щеку. Вся правая половина лица у него затекла, и на морде отпечатался рельеф подушки. По ладони царапнула щетина. Опять оброс, недовольно подумал Чуйков. Одно радовало, что монашескую рясу с него сняли и обрядили в чистенькую больничную пижамку, и он не вонял, как скунс. Можно было даже руки поднимать вверх и шевелиться, не опасаясь, что эта чудесная девушка задохнется и погибнет, как муха от дихлофоса.

— Меня зовут Лиза.

— А меня Николай. Приятно познакомиться.

— Как вы себя чувствуете?

— Жить можно, — улыбнулся он. — Где Настя?

— С девочкой все в порядке, она в пансионате с моим отцом и подругой. Купается в бассейне и учится стрелять из арбалета... Простите! — закатила глаза к потолку Лиза. — Простите меня. Это я вам вчера стрелу... Туда... Мне ужасно неловко! Понимаете, мы дурака валяли с друзьями. Решили испытать судьбу и выйти замуж за того, на кого она укажет. Сказку о Царевне-лягушке на современный манер переиграть. Взяли арбалеты в прокате, вышли на улицу. Хотели по балконам пострелять: на чей балкон стрела попадет, там и жених... Но моя стрела вместо балкона попала... Вы уже знаете куда, — Лиза залилась краской и смущенно опустила глаза. — Только вы не подумайте ничего такого, я не собираюсь за вас... замуж и преследовать вас не буду.

— Ничего себе заявления! — возмутился Николай Владимирович. — Что же это получается, я напрасно пострадал?

— Что вы имеете в виду? — растерялась Лиза.

— Как — что? Натворили дел, девушка, и в кусты? Замуж за меня выходить не прошу, но хотя бы поцелуйте! — насмешливо потребовал Николай. — Не смотрите, что я такой страшный жаб. Может, после поцелуя я кем-то другим обернусь?

— Вы уже вчера обернулись, без всяких поцелуев, — расхохоталась Лиза, — перевоплотились из монахини в доктора исторических наук! И вовсе вы не страшный, а очень симпатичный Лягух, — кокетливо пропела Лизавета Степановна, присела на кровать, наклонилась, легко коснулась губами Колиной щеки, хотела было отстраниться, но он удержал ее за руку.

— Вчера ты меня расколдовала. Не уходи, —

прошептал он и заглянул ей в глаза, — ведь у любой сказки должен быть счастливый конец.

— Все будет хорошо, — Лиза приложила к его губам пальчик, высвободила руку, поднялась и подошла к окну. — Настя нам все рассказала. О том, что с вами случилось. Мне очень жаль, что вам пришлось столько пережить. Не волнуйтесь, ваши документы нашлись. Никто вас больше ни в чем не подозревает. Но в больнице вам придется провести еще какое-то время, врачи говорят, что у вас сотрясение мозга и о выписке даже речи быть не может. Так что восстанавливайте силы, а я буду вас навещать. — Лиза обернулась и с улыбкой на него посмотрела. — Вам что-нибудь принести? Чего-нибудь желаете особенного?

— Русско-итальянский словарь.

— Зачем вам словарь? — изумилась Лиза.

— Eletto! Devi farlo in ogni caso! Вот зачем, — объяснил Николай, взял с тумбочки четки, сжал их в ладони и сунул под подушку. — Эти слова перед смертью шепнула мне старуха-монахиня, и я должен исполнить ее последнюю волю. Пожалуйста, Лиза, принеси мне словарь.

— Мы разве перешли на «ты»? — приподняла бровки Лиза.

— Знаешь, моя дорогая, когда я шевелюсь и чувствую боль, сама знаешь, где, то...

— Хорошо-хорошо, что-нибудь еще тебе нужно? — рассмеялась Лизавета Степановна.

— Да, нужно. Настена мне нужна, а я нужен ей. Не знаешь, случайно, хорошего юриста? Мне надо опеку срочно оформить. Не хочу, чтобы она в детский дом попала. Она ни дня там не должна провести.

— Я сама юрист и помогу тебе. Правда, тебе придется на ком-нибудь жениться. Ты гражданин другой страны, и ребенка тебе не отдадут. Подумай пока над кандидатурой невесты, — подмигнула ему Лиза и выскользнула за дверь.

— А что тут думать? — пожал плечами Николай Владимирович. — Когда я уже обручен!

Глава 5

ТАЙНЫ МИРОЗДАНИЯ

20 мая 200.. г.

— Избранник! Ты должен сделать это любой ценой! — Николай закрыл словарь и озадаченно посмотрел на Лизу, потом на Варламова и следователя Зотову. — Не понял: и что же это я должен сделать любой ценой?

— Что она еще говорила? Вспоминай? — настойчиво попросила Лиза.

— Не помню, — почесал макушку Чуйков. — Больше ничего не помню!

— Вспоминай! — заорала на него Барышева.

— Я еще на тебе не женился, а ты уже орешь, — возмутился Николай Владимирович.

— Лиза, успокойся, — попросил Иван Аркадьевич и заходил по палате.

— Как я могу успокоиться, если в книге Трегуба написано, что сегодня в полночь у нас по расписанию намечается Апокалипсис! Раз Николай у нас избранник, то, скорее всего, его миссия заключается в том, чтобы остановить конец света. А он не помнит ни фига!

— Да, не помню! — с вызовом заявил Николай Владимирович. — Я имя-то свое с трудом вспомнил, а ты хочешь, чтобы я воспроизвел в памяти чью-то речь на итальянском языке, которого я не знаю? Если бы она на немецком говорила или английском...

— Вот и вас, Лиза, книга Трегуба ввела в заблуждение, — вмешалась Зотова. — Сегодня мне удалось переговорить с Константином Аполлоновичем. Знаете, что самое ужасное во всей этой истории? По поводу кровопролитных войн и Апокалипсиса Трегуб все придумал! Он мечтал, чтобы его книга стала бестселлером, а тема эта нынче очень популярна. Он хотел заинтересовать читателей.

— А заинтересовал свою дочь, — покачал головой Варламов.

— Что же получается — рукописи не существует? — спросила Лиза.

— Я думаю, что доктор Лиманский не стал бы обманывать своих маленьких пациентов. Но какие тайны в ней сокрыты, не знает никто, кроме доктора. Однако монахиня ехала в Москву с какой-то целью. Не исключено, что как раз по делам доктора Лиманского... Возможно, перед смертью он попросил ее о какой-то услуге. Мне неловко вас мучить, Николай Владимирович, но вы все же постарайтесь вспомнить, что еще сказала вам монахиня, — попросила Елена Петровна.

— Не помню, — упрямо заявил Чуйков.

— Тетя Элета, а что это у вас под подушкой такое желтенькое? Можно поглядеть? — спросила Настена, сидя на его койке и болтая ногами.

— Настя! Хватит меня тетей называть! — заорал Николай Владимирович.

— Не ори на ребенка! — рявкнула Лиза.

— А ты на меня не ори! У меня из-за тебя голова болит, и не только голова, между прочим, — с сарказмом сказал Коля.

— Хватит мне уже о своей заднице разлюбезной напоминать.

— Извини, Лиза, — смутился Николай Владимирович, — просто... Болит она у меня! — заорал он.

— Ничего, до свадьбы заживет, — успокоила Николая Лиза.

— Милые бранятся, только тешатся, — хихикнула Настена, выдернула из-под подушки четки и положила их себе на ладошку. Все замерли и уставились на ниточку янтаря у нее в руке. Настя полюбовалась ими, спрыгнула со стула, подошла к окошку. — Ой, тут буковки какие-то, если на свет глядеть, — сообщила девочка.

— Где?! — в один голос заорали все присутствовавшие в комнате.

— Откуда у вас эти янтарные четки? — спросила Елена Петровна.

— Монахиня дала, — нервно сглотнул Чуйков. В палате стало тихо, и все посмотрели на Колю странными взглядами. Николай вжал голову в плечи. — Вы хотите сказать, что я болтался в беспамятстве с ключами от тайн мироздания?!

— Возможно, поэтому Оксана Трегуб и продолжала вас преследовать, чтобы убить, Николай Владимирович, — предположила Зотова. — По большому счету, ей было все равно, видели ли вы ее лицо или нет. Она была одержима идеей спасти мир и всерьез считала, что выполняет святую миссию. В противном случае, Оксана избавилась бы и от проводницы, которая могла ее опознать. Когда вы открыли дверь, чтобы сойти с поезда, она направлялась к купе, чтобы убить монахиню, а вовсе не вас.

— Но она стреляла в меня через дверь из купе Холмогорова, — возразил Николай.

— Возможно, просто растерялась и машинально нажала на курок.

— А зачем она тележурналиста убила? У него же не было ключей, — спросил Николай.

— Холмогоров слишком близко к этим ключам подобрался и к рукописи тоже. Артемий активно общался с Трегубом, дочь была свидетелем их телефонных разговоров и встреч.

— Насть, сходи водички купи, пожалуйста, — попросила Лиза и протянула ей деньги.

Настя хмыкнула, дав понять, что она поняла намек — удалиться, но возмущаться по этому поводу не стала и вышла за дверь.

— Нянечка тетя Вася, которая фигурирует в книге Трегуба, — это Василиса, мать Насти. После того как она выступила в защиту Лиманского на суде, ее выжили из больницы. Оксана Трегуб не вас в той деревне искала, Николай Владимирович, она просто устранила человека, который видел рукопись, а значит, по ее мнению, представлял опасность для человечества. Адрес Василисы она нашла у Константина Аполлоновича в еженедельнике. Это случайность, что именно Василиса обнаружила вас на путях и принесла к себе в дом. Перед тем как сесть в поезд в Смоленске и убить Холмогорова, Оксана Трегуб приезжала в деревню, но Василиса была на дежурстве. Она не застала бывшую нянечку и вернулась. Ну а отчим просто попался под руку. Так что не вините себя, Николай Владимирович, — мягко сказала Елена Петровна.

Коля кивнул и отвернулся.

— Лена, но как же ключи-шифры в Берлине оказались? — спросил Варламов.

— Я думаю, об этом нужно спросить у бывших пациентов доктора Лиманского, — сказала Зотова и посмотрела на часы. — Едем в Смоленск, к ночи как раз успеем. Заодно отдадим этим людям то, что принадлежит им по праву.

— Кажется, я вспомнил, что говорила старуха, — подавленно сказал Николай, взял с тумбочки словарик и зашелестел страничками. — Так я и думал, — пожал плечами Чуйков. — Она просила передать детям янтаря эти четки. — Николай Владимирович откашлялся и поднялся. — Нет, все это, конечно, прекрасно, но как я в машине в Смоленск поеду? На чем, извиняюсь, я буду сидеть?

— Ничего, любимый, сидеть тебе не придется. У меня машина просторная, я положу тебя в багажник, — поцеловала Колю в щеку Лиза.

— Любимый? Ты сказала — любимый?

— Тебе послышалось, — проворковала Лиза.

Дверь в палату открылась, и на пороге появилась надутая Настена.

— Могли бы и погромче говорить, — буркнула девочка. — Я уже все ухо о дверь стерла!

Эпилог

От костра тянулся дымок к круглому диску луны. С неба падали звезды, отскакивали от горящих поленьев костра на ботинки и прятались во влажной траве. Двенадцать пар глаз смотрели на него встревоженно и с надеждой.

— Кажется, это принадлежит вам, — сказал он и протянул на ладони янтарные четки. В свете костра камешки светились, словно изнутри, и казались маленькими солнышками.

— Мы хотели помочь ему, как он когда-то помог нам, — сказала девушка с серьезными глазами. — Когда он заболел, мы собрали наши талисманы и отправили ему, чтобы он смог поправиться. Но...

— Вы ему очень помогли, — сказал Николай. — Это настоящее чудо, что он прожил так долго. Так сказали врачи.

— Правда? — В глазах у девушки появились слезы радости.

— Маш, посмотри, на нитке тринадцать янтаринок, — толкнула ее подруга. — Он прислал нам свой ключ!

— Значит, он здесь, с нами, как и обещал, — улыбнулась Маша. — Пора! — провозгласила девушка, поднялась и показала пальцем на вросший в землю валун. — Как выдумаете, она там?

— А куда же еще он мог ее спрятать? Больше некуда, — рассмеялся один из молодых людей. — Хорошо, что я догадался лопату с собой захватить.

— Копай тогда, чего ждешь, — подбодрила его Маша.

— Вы хотите сказать, что вам не нужны ключи-шифры, чтобы найти рукопись?

— Мы уже давно эту головоломку разгадали. Как вы думаете, чем еще можно заниматься детям в больнице? Лиманский нанес на янтарь первую букву имени каждого из нас, перемешал и раздал нам. Для посторонних, как ни складывай, получается абракадабра, а мы сразу все поняли. Он часто нас из больницы забирал, хотя это строго запрещалось, и мы всегда собирались в этом месте. Значит, рукопись он спрятал здесь.

Тяжелый валун поддался не сразу, копать пришлось долго. Наконец общими усилиями его вывернули из земли. Под камнем лежала металлическая коробка. В ней — свиток, обвязанный ленточкой.

Все сели в кружок на траву, Маша взяла свиток и открыла его. Глаза ее сияли.

— Читай, — поторопили ее.

— Читаю, — торжественно сказала Маша. — *Вначале сотворил Бог небо и землю. Земля же была безвидна и пуста, и тьма над бездною; и Дух Божий носился над водою. И сказал Бог: да будет свет. И стал свет. И увидел Бог свет, что он хорош;*

И отделил Бог свет от тьмы. И назвал Бог свет *днем, а тьму ночью. И был вечер, и было утро: день один.*

И сказал Бог: да будет твердь посреди воды, и да отделяет она воду от воды. И создал Бог твердь; и отделил воду, которая под твердью, от воды, которая над твердью. И стало так. И назвал Бог твердь небом. И был вечер, и было утро: день второй.

И сказал Бог: да соберется вода, которая под небом, в одно место, и да явится суша. И стало так. И назвал Бог сушу землею, а собрание вод назвал морями. И увидел Бог, что это хорошо. И произвела земля зелень, траву, сеющую семя по роду ее, и дерево, приносящее плод, в котором семя его по роду его. И увидел Бог, что это хорошо. И был вечер, и было утро: день третий.

И создал Бог два светила великие: светило большее, для управления днем, и светило меньшее, для управления ночью, и звезды. И поставил их Бог на тверди небесной, чтобы светить на землю. И управлять днем и ночью, и отделять свет от тьмы. И увидел Бог, что это хорошо. И был вечер, и было утро: день четвертый. И создал Бог зверей земных по роду их, и скот по роду его, и всех гадов земных по роду их. И увидел Бог, что это хорошо. И сотворил Бог человека по образу Своему, по образу Божию сотворил его; мужчину и женщину сотворил их.

И благословил их Бог, и сказал им Бог: плодитесь и размножайтесь, и наполняйте землю, и обладайте ею.

— Постойте, но это же Библия! Ветхий Завет. Бытие, I, — ошарашенно сказал Николай Владимирович.

— Ой, ой, ой, кажется, началось, чуть-чуть до конца фильма не досидела, — сообщила Варвара, держась за живот. — Иван Аркадьевич, вы меня, ради бога, простите, но мне нужно уйти...

— Варя, спокойно. Все будет хорошо, ты только не нервничай, — сказала Лиза и заорала на весь кинозал: — Врача!!! Мы рожаем!!!

Литературно-художественное издание

Мария Брикер

КОКОН КАСТАНЕДЫ

Ответственный редактор *О. Рубис*
Редактор *С. Догаева*
Художественный редактор *С. Груздев*
Технический редактор *О. Куликова*
Компьютерная верстка *Г. Клочкова*
Корректор *Е. Сербина*

ООО «Издательство «Эксмо»
127299, Москва, ул. Клары Цеткин, д. 18/5. Тел. 411-68-86, 956-39-21.
Home page: **www.eksmo.ru** E-mail: **info@eksmo.ru**

Подписано в печать 25.07.2007.
Формат 84×108 ¹/₃₂. Гарнитура «Таймс». Печать офсетная.
Бумага тип. Усл. печ. л. 18,48.
Тираж 8000 экз. Заказ 2060.

Отпечатано с электронных носителей издательства.
ОАО "Тверской полиграфический комбинат", 170024, г. Тверь, пр-т Ленина, 5.
Телефон: (4822) 44-52-03 , 44-50-34, Телефон/факс: (4822)44-42-15
Home page - www.tverpk.ru Электронная почта (E-mail) - sales@tverpk.ru